情在人间

喜怒哀乐皆为人情，人世充满人情

通透着一个情字，无论诗歌、杂文、小说、剧本、都是人情的表露。师生情、同志情、战友情、父子情、恋人情、夫妻情、兄弟情、爱国情、爱党情……

诗歌是人心灵的窗户，文章是人心中情感的呼声，而小说和剧本，则是时代生活的记录。

王振宪 著

华龄出版社
HUALING PRESS

责任编辑： 董　巍
责任印刷： 李未圻

图书在版编目（CIP）数据

情在人间／王振宪著．--北京：华龄出版社，2019.12
ISBN 978-7-5169-1548-6

Ⅰ．①情…　Ⅱ．①王…　Ⅲ．①中国文学—当代文学—作品综合集　Ⅳ．①I217.2

中国版本图书馆CIP数据核字（2020）第005770号

书名： 情在人间
作者： 王振宪 著

………………………………………………………………

出 版 人： 胡福君
出版发行： 华龄出版社
地　　址： 北京市东城区安定门外大街甲57号　**邮编：** 100011
电　　话： 010—58122241　**传真：** 010—84049572
网　　址： http：//www.hualingpress.com

………………………………………………………………

印　　刷： 三河市华东印刷有限公司
版　　次： 2020年5月第1版　2020年5月第1次印刷
开　　本： 710×1000　1/16　**印张：** 18.5
字　　数： 332千字
定　　价： 75.00元

………………………………………………………………

自　序

本书通透着一个情字，无论诗歌、杂文还是小说、剧本都是人情的表露。师生情、同志情、战友情、父子情、恋人情、夫妻情、兄弟情、爱国情、爱党情……

喜怒哀乐皆为人情，人世充满人情。

诗歌是人心灵的窗户，文章是人心中情感的呼声，而小说和剧本，则是时代生活的记录。

这些是我在从教和后来下海初期时的作品，有的发表过，有的没发表。

先集一册，一是对我自幼爱好的一个交代，二是一次试水，以为今后引路。

目录

第一部分 01

诗　歌

思兄

千里迢迢去路遥，
兄弟天涯各一角。
思兄只恨不生翼，
挥笔书信化天桥。

信

信儿虽轻意千斤，
翻山越岭见亲人。
一片真情随它去，
天涯海角心连心。

自勉

春去春又去，
秋来秋又来。
壮志冲云天，
莫等鬓发白。

支左解放军进校

春风拂面百花开，
革命怒涛滚滚来。
铁锤砸烂旧世界，
凯歌迎来新时代。

送支左解放军

桃花迎来雪花送，
亲人今日登归程。
风雨同舟战恶浪，
革命友谊万古青。

浪淘沙（送兄南归）（1967年“文革”中）

转眼北风吹，送兄南归，迢迢千里去难回。
来去匆匆似梦中，美景难追。
动乱兄南归，弟欲雁随，今去何年再相会？
临别挥泪祝兄行，一路风微！

赞地质队（姐姐）

踏遍荒山为人民，
荒山献宝姐献心。
地质队员心向党，
胜似葵花向太阳。

大鹏

昂首展翅击长空，
蓝天白云伴尔行。
雨雪风霜浑不惧，
笑迎坎坷万里程。

卜算子（悼周总理）

噩耗传广宇，
悲云凝太空。
忘我革命六十载，
尽勇亦尽忠。

声誉满天下，
功名照汗青。
总理身去精神在，
后辈争继承。

怀念周总理

生为人民谋天下，
死为国人吹警螺。
遗言蕴成惊天雷，
忠骨化为燎原火。
雷火唤醒中国人，
狂飙四五从天落。
王张江姚一扫光，
中华大地奏凯歌。

面对“文革”

精读马列志高远，
二十五史记心间。
潮起潮落无所惧，
云卷云舒自坦然。

命运

什么是命运?
命运是生命的轨迹。
命运的主宰是谁?
就是你自己!

赞邓小平

耿耿直言赤子心，
三落三起为人民。
个人安危九天外，
中华民族铸在心。

美丽的眼睛

眼睛，
美丽的眼睛，
你令我陶醉，
你令我痴情。

眼睛，
美丽的眼睛，
你饱含着智慧，
你洋溢着温情。

眼睛，
美丽的眼睛，
你引起我多少美好的幻想，
你唤起我多少幸福的憧憬！

眼睛啊！
美丽的眼睛，
你属于我的心上人，
你闪烁在我心中。

端午节赏月有感

月弯月又弯，
月圆月又圆。
一年一度端午节，
望君记心间。

游山海关

天下第一关，
威名不虚传。
扼守镇山海，
虎踞又龙盘。

秦皇岛观海有感

你若是大海，
我愿做蓝天。
眼前虽相隔，
极目总相连。

我的维纳斯

像夜空的星星，
明亮、晶莹，
那是您——
美丽的眼睛。

像盛开的牡丹，
芬芳、艳红，
那是您——

迷人的面容。

像出水的芙蓉，
玉立、婷婷，
那是您——
健美的身影。

像秋水的晨雾，
缥缈、朦胧，
那是您——
含蓄的感情。

像天然的水晶，
无暇、透明，
那是您——
圣洁的心灵。

您美好的一切，
在我眼中心中，
写一首小诗，
带去我的一片真情。

永远的思念

你忽而在眼前，
忽而又在天边；
你忽而在身旁，
忽而又在云端；
你忽而好像在历史中，
忽而就像在昨天；
那身影那笑容，
还有那会说话的眼。
忘却已不可能，
让美好永留在心间。
送走的是日月星辰……
留下的是永远的思念。

旧地重游

融融春光美，
潺潺流水青。
人去桥犹在，
历历故人情。

咏苏轼

父子三人皆光辉，
唯公诗文更为最。
一曲大江绝前后，
万古吟诵不朽碑。

读史有感

飞鸟尽兮良弓藏，
狡兔死兮猎狗烹。
莫做韩信千古怨，
应学范蠡陶朱公。

身影

每当我闭上眼睛，
就会浮现出您的身影。
苗条、文静、甜甜的笑，
秋波送来深深的情。

吻

吻，
甜甜的吻，
柔情、爱恋、温存……
激动着两颗青春的心。

吻，
甜甜的吻，
欢畅、热烈、迷人……
锁住两个恋人的魂。

春游北京龙潭湖

岸柳青青戏鸣鸟，
春水融融泛轻舟。
要问人生欲何为，
愿做白云信天游。

游大理

大理古城越千年，
三塔寺旁洱海边。
普洱茶后放眼望，
处处金花笑开颜。

天净沙（游云南，住傣族老乡家）

金塔、象谷、江流，
绿荫、鲜花、竹楼，
栽树、种稻、旅游，
雨留、人留，
傣家情记心头。

从昆明到景洪

满目林海无尽头，
车似轻舟海中游。
夜半灯火阑珊处，
店妇暖语把客留。

游晋阳

晋阳祠后思晋阳，
智伯渠前叹智伯。
千古往事化烟云，
永恒不变是汾河。

与老友共勉

东隅已逝莫灰心，
桑榆未晚待时辰。
太公垂钓终成事，
休叹夕阳近黄昏。

游岳王墓有感

忠心反被忠心误，
韩信岳飞袁师督。
知进知退唯范蠡，
功名商利传千古。

观西安秦兵马俑

始皇战阵惊天外，
威武豪气震宇环。
一统中华功盖过，
先于欧洲两千年。

游新疆有感

铁龙飞驰过阳关，
古道戈壁有残垣。
谁言关外无故人，
处处乡音满天山。

过戈壁滩有感

千里戈壁非荒原，
铜山铁山和煤山。
若是滚滚人流来，
何愁荒原不江南！

我的自白

共产主义是理想，
父兄革命树榜样。
尽心竭力为人民，
甘把一生献给党。

游台湾组诗

（一）

阿里山头望泰山，
茫茫云海思绵绵。
国共本是同根生，
复兴中华应并肩。

（二）

两次合作创伟业，
一次不合九州裂。
众盼合作第三次，
醒狮一吼惊世界。

（三）

同宗同文同肤色，
山隔海隔心不隔。
两岸全是龙传人，
大陆台湾皆祖国。

游祖国山河有感

天南海北祖国行，
翻山越岭万里程。
壮美山河看不够，
自豪感恩油然生。

普京

您是俄罗斯的骄傲，
是当今世界正义的旗手。
您让一切善良人欢呼，
让所有的恶棍们发抖！

咏永定河

永定河水长又长，
一路欢歌出太行。
奔向大海是夙愿，
谁要挡我谁遭殃！

悼彭帅

横刀立马战功彰，
万言为党道忠肠。
念冤归去心泣血，
怎让国人不感伤！

游南疆组诗

(一)

中巴公路

中巴公路一线牵，
翻山越岭何艰难！
只为人类共同体，
幸福生活万万年。

(二)

交河古城

交河古城没有砖，
凿坑挖土成宫殿。
民宅寺院样样有，
古城都府越千年。

(三)

阿克苏市

商楼耸立马路宽，
出租汽车跑得欢。
戈壁滩上建新城，
孔雀河边新景观。

（四）
喀什古城

商楼林立在四边，
喀什古城处中间。
现代古代相映衬，
汉族维族兄弟般。

回忆

回忆是对人生的回顾，
后悔是迟来的醒悟。
离成功只差一步让人流泪，
美好的成就令自己鼓舞。

无题

人生最好没有遗憾，
想办能办的事要抓紧去办。
人生有不测风云，
留下遗憾就是留下可怜！

咏松

悬崖绝壁是你家，
狂风暴雨尽笑纳。
冰封千尺仍傲然，
旭日东升更挺拔。

第二部分 02

杂文

兴趣与成长

兴趣对一个人是相当重要的，它可能关系到一个人一生的志向和事业的成功。

兴趣是一种潜在的强大动力。当一个人对某方面产生兴趣后，它就会给这个人带来不可思议的力量和勇气。这种兴趣会引导他积极地，甚至是忘我地努力奋斗。如爱因斯坦对于“相对论”、诺贝尔对于炸药、莫扎特对于音乐、爱迪生对于电、巴尔扎克对于文学、陈景润对于哥德巴赫猜想……

兴趣引起钻研，钻研的收获进一步提高兴趣的层次和深度，随着不断钻研，不断提高，有所发现、有所发明、有所创造。兴趣最终引导人们走上成才之路。

辩证法就是这样活生生的。在一般人看来是枯燥、乏味、难以忍受的事，或者是艰巨、困难、根本不可能成功的事，而对兴趣者来说，却是乐事，他们乐在其中，其乐无穷呢！

正是这种在儿童时期或青少年时期，最初仅仅表现为有无兴趣之间的一字之差，却往往成了后来人才与庸人的分水岭。生活中这样的人和事还少吗？

兴趣不是先天的。个人的兴趣是由他的生活环境和教育环境决定的，一句话，是后天的。在这一点上，学校和家庭的培养教育特别重要。尤其就早出人才、快出人才这一点讲，重视孩子的早期兴趣培养，家庭教育的作用更为突出。少年大学生百分之百得力于家庭早期兴趣培养，少年艺术家、少年作家、少年画家、少年优秀运动员……总之，少年时期便显露出某方面才华的人，又有哪一个不是得力于家庭早期兴趣培养的呢？

兴趣是可以培养的，但首先在于发现孩子的兴趣。这就需要家长细心观察，从孩子广泛接触生活、接触社会、接触知识的过程中，发现孩子的兴趣，循序善诱，从众多种兴趣中培养其最适合最有益最突出的兴趣，使孩子在高高兴兴中，在无限乐趣中，发展自己的知识、技能、智力……

培养孩子有益的兴趣，不仅是学校的责任，社会的责任，更是家长的责任。因为家长与孩子朝夕相处，是孩子人生的第一任老师，是孩子的保护人，是孩子生长与发展的经济保证人，有着学校与社会不可代替的责任。

培养孩子的兴趣要注意方法。首先，不应把家长的兴趣强加于孩子。家长的兴趣不一定就是孩子的兴趣。生活中我们也常见到家长硬要孩子按照父母的意志或学琴、或学画、或学游泳、或写大字……结果，有不少适得其反。其次，不可急于求成。教育是个渐进的过程，兴趣的培养也是循序渐进的。在很短的时间，就要求孩子对某方面产生浓厚的兴趣，就要求孩子取得某些成绩，这都是不符合教育规律的。切记不可拔苗助长，不要给孩子造成精神负担。在这方面需要的是细心、耐心、热心。

孩子的可塑性很强。鲁迅先生有句名言：其实即使天才，在生下来的时候的第一声啼哭，也和平常的儿童一样，绝不会就是一首好诗。

可见，孩子在人生的最初，并无天才与庸人之分。即使是天才，也是后天的。

兴趣是最好的老师。家长重视早期培养孩子有益的兴趣，那么，您的孩子就完全有可能跟着“兴趣”这位良师，早日踏上成才之路。

1986 年 北京左安门中学

为父之道诫

——读《伤仲永》有感

王安石的《伤仲永》一文，实在值得所有年轻父母一读。

望子成才之心，人皆有之，而教子成才之道，人未必皆有之。

我国宋代有个方仲永，天资聪慧，五岁时，“未尝识书具”，然而，一日“忽啼求之”，竟能“书诗四句，并自为其名”，而且，自此便能“指物作诗立就，其文理皆有可观者”。

真可谓神童矣！

被列宁称赞为十一世纪中国改革家的王安石，没有轻信“余闻之也久”，而是进行了实地考察，“于舅家见之”。可见神童方仲永确有其人，确有其事，并非讹传。用今天的话讲，这个小小的方仲永的确是个小天才。

方仲永如此小小年纪就才华出众，本应使他求高师以深造，促其成才，造福国民。可是仲永之父却整天拉着孩子在县里四处张扬，到处做客，或赚些钱币，在众人的赞许声中，安然自得，对儿子则“不使学”。结果呢？还是那个方仲永。十二三岁时，却“全作诗，不能称时之闻”，又七年，“泯然众人矣”。

天才变成了地才。谁之过？其父也。

神童至于此，岂不哀哉！

假使方仲永之父不是那么俗气与浅薄，而是精于为父之道，循序善诱，专心致力于孩子求学不止，奋力攀登，那么方仲永恐怕就不至于“泯然众人”了，很可能成为国家的栋梁之材，还可能名垂青史呢！

为父之道何等重要啊。失策，一失足成千古恨！重视孩子的教育，教育得法，可以使孩子变得智力超群；不重视孩子的教育，教育又不得法，即使像方仲永这样天资聪颖的神童，也不免被父母所耽误。

科学不是神学，来不得半点含糊。教育是一门科学，家庭教育也是一门科学。徒有望子成才之心还远远不够，还必须有教子成才之道，否则，神童尚不免“泯然众人矣”，更何况本来就是智力平平者乎！不满足于孩子的天资，不满足于孩子已经取得的成绩，不被赞扬声所陶醉，不图小利而近视，弃燕雀之小志，慕鸿鹄以高翔，才是教子成才之道。

方仲永实在可悲，方仲永之父的误子之道更可悲！后人也实在应该引以为戒啊。

1985 年北京左安门中学

应让孩子的学习进入良性循环

有不少家长希望孩子学习能取得好成绩，可又为孩子的成绩不佳而束手无策，他们中有的认为自己文化低，有的认为自己方法少。于是，能者则替孩子做题、写作文；不能者则起急发火，望子兴叹而已。其实，方法是有的。从预习入手培养孩子的自学能力，就是最好又切实可行的方法。

自学能力的强弱对一个人的成长至关重要。自学能力有如树根，知识技能有如树叶，根深方能叶茂。如果在孩子青少年时期，能培养好他们的自学能力，他们将来就能获得最大限度的知识和技能，为自己的一生打下坚实的知识基础。那就等于孩子们得到了一把能打开人类知识宝库的金钥匙。孩子们得到的就不单纯是一块“金子”，而是掌握了“点金术”。

如何培养孩子的自学能力呢？培养孩子自学能力的最好办法，就是从预习课本入手。因为教材不仅是经过专家们精选过的，而且是孩子们必须掌握的基础知识。尤其是孩子们预习的效果如何，可以从课本的答案和教师的讲课加以验证。这样可以及时纠正谬误，也可以及时总结经验。如此日积月累，持之以恒，这种预习能力就会渐渐转化为自学能力了。随着自学能力的提高，孩子的学习兴趣、求知欲望、进取心也就会进一步提高。更重要的是，这种自学能力的迁移，则会产生人们意想不到的收获。那些起初未显露“天才”的人，却很可能脱颖而出，成为人们将刮目相看的人才了。

这种自学成才的人举不胜举。如大发明家爱迪生、大文学家高尔基、大画家齐白石，这些为世人瞩目的伟人也都是自学成才的。因此，那些替孩子做题、写作文者，可以休矣；那些为孩子的学习不佳而束手无策者，亦可以休矣。

让孩子们从听不懂、不会做、再复习的恶性循环中解放出来，转入预习、听讲、复习、作业，再预习、听讲、复习、作业的良性循环中去吧。那样就会事半而功倍的。

我有个朋友，他女儿初二因病休学了，没能上初三。可是由于这个孩子在小学时养成了自学的好习惯，自学能力强，虽然没能到学校上课，却在医院里自学完全部初三课程，两篇习作还在社会上获奖，并且自学了三本大学的医学课本。因病休学，没有老师教，还能取得如此成绩，自学能力对一个人是何等重要啊！

我就很重视培养儿子的自学能力。我也是从预习课本入手培养孩子自学能力的。孩子还可以，五岁上小学，四年级跳一班，十岁上初中，十三岁上高中，成绩班上第一。课余还自学大学计算机教材。将来成才与否，不好预见，但有一点可以肯定，那就是他有相当的自学能力。

家长同志们，脚踏实地地从预习入手，培养孩子们的自学能力吧。这是孩子成才的好方法。

1986 年 北京左安门中学

让劳动课回归学校吧

——给国家教委的一封信

我国的教育事业有了很大发展，连续几年大学毕业生都在650万左右，这本是我国发展的一支可观的有生力量。然而却也造成了年年超限的就业压力，是真无就业岗位吗？不，有不少岗位却招不到人。何故？如今的青年学子，向往的是大城市，向往的是少出力而工资高，最好是风吹不着，雨淋不着，日晒不着的办公室之差。否则，便是“找不着工作”，于是乎怨天怨地，怨国家，怨父母……又于是乎出现不少“啃老族”，以及“宁可当小三，也不工作”之辈，更有甚者，自暴自弃，干起不齿的行当来。这不仅给国家和家庭造成极大的浪费，也造成社会的不稳定，长久下去我们的党和国家前途令人担忧。这些现象的造成，与他们轻视体力劳动，贪图享乐，好逸恶劳的思想分不开。

现在中国的家庭，大都是独生子女家庭，六个成人养一个孩子。孩子都成了家里“小皇帝”“小公主”，从小就娇生惯养，家里家外的活，都是大人干。他们用不着干。从幼儿园到大学毕业，几乎没干过什么苦活、累活。学校里过去的劳动课也不知从何时被统统清出了课程表。

过去我党的教育方针是“教育为无产阶级政治服务，教育与生产劳动相结合”，我们的学校培养的是“有社会主义觉悟有文化的劳动者”。

如今六十岁以上的同志，都是那个年代的学校教育出来的，他们从小学到大学每年每学期都有一定的时间参加劳动，这是要排入教学计划的。

而如今的学校，从小学到中学甚至到大学，劳动课、劳动教育，全被取消了。学生从小到成年，都未受过学校劳动教育，以致他们不知道劳动的重要，不知道爱劳动，不尊重劳动，不尊重劳动者。由此造成的好逸恶劳，贪图享受，奢侈浪费，中华民族的那些勤劳、朴素、热爱劳动的美德在他们身上少见了。

劳动课、劳动教育，实在应当回归学校，让我们的教育不至于让我们及后人后悔。

其实，只有那些热爱劳动的人，才是实干兴邦的人，中华民族的伟大复兴，正是需要这样的人的共同努力，才能实现啊！

劳动光荣，劳动者伟大。

过去教育的结果是争着抢着到最艰苦的地方去，到祖国最需要的地方去；现在的教育结果是，争着抢着到最享乐的地方去，到最挣钱的地方去。

两种教育、两种结果，相差何其遥远乃尔！

让劳动课回归学校吧！

2014 年北京

电视剧的悲哀

看了《樱桃红》这部电视剧，真叫人感到悲哀。这样拙劣的电视剧竟然也能被审批通过，更令人不解的是居然还有几家电视台播出。真是中国电视剧的悲哀。

优秀的文艺作品，应当是源于生活又高于生活的。这是我国文艺界倡导了几十年，并产生了无数优秀文艺作品的理论，是我国社会主义文艺创作的基本理论。

然而，《樱桃红》却反其道而行之。

首先，该电视剧背离了源于生活这一根本。当然，文艺的真实不完全等同于生活中的真实，它不是生活的完全照搬，但是文艺的真实应当是生活中可能有的。这好比是你在作品中谈到某社区出现了一只猫，不管你是否真的见到有这只猫，观众或读者都会认为这是真的，因为社区有猫出现是常事；如果你说某社区有一只大老虎，那肯定是不真实的，因为老虎不可能出现在我们日常生活的社区里，这就是不真实。我们想问，该电视剧创作又源于我国哪一方土地的农村呢？有它的真实性吗？

一个当代农村女青年竟然敢将燕子小姐弟推下山坡欲杀人灭口，还敢纵火烧掉老乐头的草房，使老人无处住，她不仅千方百计地迫害燕子小姐弟，还屡屡虐待她的公公老乐头，就是这样一个罪犯、恶人，却在当今法律健全的社会受不到制裁，村党支部、村委会的职责哪去了？有这样的村党支部、村委会吗？有这样的村子吗？对于这样一个违法分子，居然全村没有一个站出来检举、揭发的，有这种可能吗？该剧的创作团队把当代中国人民的觉悟和正义感评估得也太低了吧！

荷花不让燕子上学，烧书烧书包，这是严重违反中华人民共和国《九年义务教育法》的，她肆无忌惮地虐待燕子小姐弟和老乐头，这也是严重违法的。这种恶现象在我国有，但这种恶现象长期不被人揭发、检举，不被制止和惩罚，则在中国没有！这就是不真实，起码在当今的中国不真实。而这种脱离当今中国现实的作品，却在中国上演，这是在歌颂中国呢？还是在丑化中国呢？

电视是在中国极普及的宣传媒介，是广大群众接受宣传教育的重要途径，因此，电视剧这种文艺作品的创作和展播，是应当极为慎重的，因为它的影响太大了。

《樱桃红》这样质量差的作品，应当休矣。让那些鼓舞人民为实现祖国的伟大复兴的作品，多多出世吧，那才是人民所喜闻乐见的。

一个不可取的人物——刘慧芳

——评电视剧《渴望》

到处都有人议论《渴望》中的人物，众说纷纭，但对两个人物的看法似乎比较一致：王亚茹最坏，刘慧芳最好。

我倒认为，王亚茹并非一无是处，刘慧芳却不可取。

不必发火，待我一一说来。

其一，大成是最诚实、厚道、善良，而又实心实意爱慧芳的人，从剧情中我们可以看出刘慧芳也完全知道这一点。然而，令人不解的是，既然慧芳无心嫁给大成，为什么一开始不明确表示拒绝，而是若明若暗，玩弄大成那颗诚实的心呢？最终她还是甩了大成，给大成造成了感情上、心灵上、精神上的极大创伤。

也许有人会说："爱情是婚姻的基础，对大成的感激不等于爱情。"

那么我要问，对沪生的怜悯是爱吗？为什么能嫁给沪生呢？

可见，刘慧芳并不是以爱择偶的。因此，对真心诚意爱她的大成，她拒绝了；对并不忠诚她的沪生，她接受了，这就为她后来一幕幕的悲剧埋下了不幸的种子。

刘慧芳这样处理爱情、婚姻，有何可取之处呢？

其二，王亚茹是观众列入另册的人物，然而，造成亚茹那样固执、冷漠、孤僻、不近人情，难道就没有刘慧芳的责任吗？

母亲爱自己的儿女，这是女人的天性，不过只是在亚茹身上表现得更为突出罢了。亚茹真的不爱罗冈吗？不，完全不是。亚茹不能原谅罗冈的，正是罗冈"丢"了她的女儿。这种感情是真实可信的。问题是，如果刘慧芳在燕子"捡"了小芳之后，能千方百计，一年、两年、三年地寻找小芳的父母，能让小芳与生母早团圆，亚茹能够得到她应该得到的幸福，她的性格还会变得那么固执、冷谟、孤僻、不近人情吗？一个失去了自己珍爱的女儿的女人，难道精神、心灵、感情会无动于衷和正常人一样吗？

捡了东西应当千方百计还给失主，何况是捡了个孩子呢？刘慧芳为寻找小芳的父母究竟做了多少努力呢？在中国，失散几十年的亲人，都能找到，在同一个城市，仅仅几年时间，有什么寻找不到的呢？

其三，刘慧芳这个人物不真实，不可信。

文艺作品的生命是真实，当然，这种真实是艺术的真实，它指的是生活中不一定真有，但必须是生活中完全可能有的。而像刘慧芳这样的人，生活中有吗？没有，不可能有。

人民是一切文艺作品的最终鉴定者。

虽然刘慧芳也使不少观众流泪、动情，但是，没有一个人愿做刘慧芳的，也没有一个当父母的愿自己的女儿做刘慧芳的。这是为什么呢？就是因为她脱离生活，不真实。

编导的愿望是好的，希望给观众塑造一个处处助人为乐，处处为他人着想的完美人物，然而，恰恰在这一点上错了。生活中本无完人，如果为使人物完美，而硬要使不可能的事情屡屡出现在这个人物身上，那么就恰恰毁了这个人。因为她不真实，所以也就不会被广大成年的观众所接受。编导者让她做了许多正常人所不可能做的事，因此，她也就没有了血和肉，失去了生命。

重读《这样的战士》

一九二五年的中国，是何等的黑暗啊！军阀混战，连年烽火，帝国主义列强的魔爪伸向我国每一块土地！灾难深重的中华民族在死亡线上挣扎着！

多少同胞充当了帝国主义的炮灰？

多少善良的人被帝国主义的“和平”“友谊”所欺骗！

多少中华儿女惨死在帝国主义的屠刀下！

多少人又无声无息地死于帝国主义的软刀子！

灾难深重啊，祖国！

几千年的封建统治、封建思想、封建礼教、封建道德像一条条绳索束缚着中国人民的思想，麻醉着中国人民的灵魂。多少同胞身为奴隶而不自知，在“和平”与“友谊”声中昏昏而死。

这场景，真叫人又同情，又痛恨！

中国需要翻身，中国需要新的战士！

于是，鲁迅先生便写了《这样的战士》。

这战士，不再是“为洋人而背着毛瑟枪、盒子炮”的帝国主义的炮灰，也不再是闻鸣笛而股战的“乞灵于牛皮和废铁的甲胄”的胆小鬼，更不再是中华民族的败类——帝国主义的走狗！

这战士，是拿着自制的投枪为自身的解放和祖国的独立而战的奴隶，是“只有自己，但拿着蛮人所用的，脱手掷的投枪”走入“无物之阵”的勇士，是中华民族的精华——共产党人！

这战士，是机智、勇敢、有勇有谋、认识到自身的奴隶地位并为解放而忘我战斗的奴隶。

这战士啊，是真正的中国人。

多么无畏的战士，多么伟大的战士！

面对张牙舞爪、挥刀舞枪的奴隶主，他，举起了投枪！面对头上有着“好看旗帜”，绣着“慈善家”好名称，穿着绣有“公义学者”好花样外套的奴隶主，他，举起了投枪！

面对“各式地点头”，他，举起了投枪！

这是何等的英雄啊，这是真正的战士！

读到这里，我们眼前仿佛又出现了五四运动的学生和反动军警斗争的场面，仿佛又出现了二七罢工的滚滚浪涛，仿佛又出现了五卅运动……

李大钊、林祥谦、顾正红……不正是这样的战士吗！

伟大的鲁迅先生不也正是这样的战士吗！

向着手持屠刀的蒋介石，鲁迅先生举起了投枪！向着胡适这类汉奸文人，鲁迅先生举起了投枪！

向着惊诧的“友邦”，鲁迅先生举起了投枪！

正像伟大领袖毛主席所评价的那样，“他一贯不屈不挠与封建势力、帝国主义做坚决的斗争”，“向着他所经历过的腐败社会进攻，朝着帝国主义的恶势力进攻”，“站在无产阶级和民族解放的立场，为真理与自由而斗争”，“他一点也不畏惧敌人对于他的威胁利诱与残害……把钢刀一样的笔刺向他所憎恶的一切。他往往是站在战士的血迹中坚韧的反抗着，呼啸着前进！”

鲁迅笔下的战士多么令人敬爱啊！

鲁迅先生不也正是这样令我们敬爱吗？

中国已经不是一九二五年的中国了，世界也已经不是一九二五年的世界了；中国人民已经站起来了，世界不再是几个帝国主义主宰的世界了！但是，作为一个时代来说，时代并没有变。帝国主义不是还在到处干涉、扩张、侵略吗？不是还在耍着他的反革命两手——或者飞机、坦克赤膊上阵，或者“援助”“和平”欺骗利诱吗？老的帝国主义走狗、民族败类完蛋了，不是还有新的民族败类甘心充当帝国主义的走狗吗？

在当前这种国际形势下，无产阶级和革命人民不正是需要“这样的战士”吗？

学习鲁迅，做“这样的战士”，向着帝国主义，要勇敢地举起我们的投枪！

1998 年

重读《愚公移山》有感

《愚公移山》这个寓言故事，在中国可以说几乎是家喻户晓的，提起愚公移山人们会很自然地联想到“愚公精神”，眼前仿佛会出现愚公率领子孙不惧艰险，挖山不止的情景。我们几十年来就是这样宣传的。于是，《愚公移山》这篇寓言的教育意义，也就被仅仅局限在这个范围了。其实，这种认识未免狭隘了些。这篇寓言的教育意义远非如此而已。

最近我又逐字逐句地重读了《愚公移山》这篇寓言。由于认真，所以有所悟，联而想之，颇觉得仅仅宣传愚公不惧艰险，挖山不止，而且仅仅把这点称之为“愚公精神”，实在不够全面，也可以说不够正确。

首先，“愚公精神”不应当仅仅局限于“不惧艰险，挖山不止”，或者叫“自力更生，艰苦奋斗”。还应当包括愚公的无私和忘我。这点，原文是有明确叙述的。

之一，倡导移山的“北山愚公者，年且九十”。

中国有句古语，“人活七十古来稀”。愚公是“年且九十”，可见更是古稀之人了。然而愚公要移的“太行，王屋两山”，却是“方七百里，高万仞”。两相对比，困难之大，完工所需时间之长，是不言而喻的。愚公绝不会相信自己能“万寿无疆”，那种移山之后，“指通豫南，达于汉阴”的便利，他深知自己享受不到。愚公对智叟就明确说过，“虽我之死，有子存焉……”，可见，他根本没想到生前能移走山。

这不恰恰说明，愚公移山徒为众人，非为己也。

之二，“邻人京城氏之孀妻有遗男，始龀……”

可见，“面山而居者”，非愚公一家也。所以“惩山北之塞，出入之迂”，也绝非愚公一家人。何况，愚公虽老，家中尚有年轻力壮的子孙呢！而邻人“孀妻弱子”，岂不更“惩山北之塞，出入之迂”了吗！

由此观之，愚公移山非为己也，为众人耳。

正是因为愚公有这种无私和忘我的精神，他老人家才不惧己之“年且九十”，而决心向“方七百里，高万仞”的“太行，王屋”两山宣战，为民及子孙万代造福。无私方无畏。愚公不正是这样的吗？

愚公这种无私忘我的精神，是他艰苦奋斗，挖山不止的思想基础。根深才能叶茂，源远才能流长。如果没有这种无私忘我的精神，别说愚公移山，恐怕连移山的想法也不会有。因此，“愚公精神”难道不更应当包括他的无私和忘我吗？难道在宣传“愚公精神”时，不更应当宣传愚公的无私和忘我吗？

其次，过去人们只重视了愚公的精神，而从未重视过愚公的作风。其实，作风是非常重要的，对一个领导者来说，尤其是这样。愚公的优良作风，正是他所能率领众人艰苦移山的可靠保证。因此，忽视愚公的优良作风，忽视宣传愚公的优良作风都是不当的。

愚公的优良作风是什么呢？

文中是这样写的：“惩山北之塞，出入之迂也，聚室而谋曰：“吾与汝毕力平险，指通豫南，达于汉阴，可乎？”

愚公是长者，是移山的倡导者，但是，他不以老自居，没有摆出封建家长制的臭架子，没有搞什么“理解的要执行，不理解的也要执行”。也没有像如今某些领导者那样，官不大，架子不小，吐口唾沫就是钉。愚公采取“聚室面谋”。有事同群众商量，征求大家的意见，群策群力。这是多么好的工作作风啊！尤其是那个“可乎？”显得多么平易近人，多么亲切，多么尊重群众！一个何等可亲可近的领导者啊！他把移山的目的意义告诉群众。让每个人都知道移山的必要性；集思广益，不仅统一了移山的思想，而且，“且焉置土石”的难题也顺利解决了。愚公并没有强迫命令，群众就统一了思想。这不能不归功于愚公的良好作风。

愚公优良作风的另一个特点，是以身作则。

“年且九十”的愚公，当众宣布：“吾与汝毕力平险”，而且言必行，“遂率子孙荷担者三夫，叩石垦壤，箕畚运于渤海之尾”。

愚公不惧年迈，不畏艰险，与群众同甘共苦，亲自“叩石垦壤，箕畚运于渤海之尾”，这是多么难能可贵的啊！行动是无声的命令。领导者的千条命令，不如领导者的一次行动。愚公身体力行，不仅鼓舞了群众，而且进一步动员了群众，就连邻人之弱子，“始龀”，也“跳往助之”。

愚公没有后人的“官僚主义”作风。他既是移山的领导者，又是移山的战斗员；他不是高居群众之上，而是身居群众之中；不仅仅是发号施令，而是身体力行。他绝不像如今我们某些单位的领导者那样，只知布置任务，然后就是“君子动嘴不动手”！一切要求，一切规章制度似乎都是仅仅给群众定的，而他们自己却根本不执行。这样的领导与愚公比起来，相差何其遥远乃尔！那些工作上不去的领导，未必“年且九十”吧？他们的任务也未必比移“太行，王屋”两山艰巨吧？中央的方针是正确的，群众也愿意富国强兵搞好四化，何故你那个单位的工作上不去呢？是不是在自己的工作作风上，找找差距呢？

陈云同志说得好，“对于一个执政党来说，作风问题是个原则问题，它关系到执政党的生死存亡。”陈云同志讲得多么深刻啊！

总之，中国正处在一个伟大的变革时期。实现祖国的社会主义四个现代化，是一项极其伟大而艰巨的工作。这也如同愚公移山一样，既是为子孙万代造福的伟业，又是极艰难困苦的工作。在这个时候，我们认真宣传《愚公移山》，认真学习愚公无私忘我，艰苦奋斗的精神，认真学习愚公相信群众，依靠群众，以身作则的优良作风。只要我们举国一致，“毕力平险”，何愁“调整”不能搞好？何愁“四化”不能早日实现！

《愚公移山》真乃千古杰作！千年后的今天，仍然闪烁着它的思想光辉。它语言之生动形象，寓意之丰富深刻，实在令人叹服。《愚公移山》不过是祖国灿烂文化遗产之沧海一粟耳，这浩瀚之沧海，不正是我中华民族自强不息之力量和智慧的源泉吗！

1983 年

要坚定走“中国特色的社会主义道路”不动摇

战国时期秦国通过变法强大起来，郑国怕秦国吞并自己，于是派人去秦国献策修郑国渠，秦国采纳了，大动人力物力去修郑国渠，最后发现，这原来是郑国的阴谋。

如今的世界亦好比是当年中国的战国时期。中国异军突起，三十多年的变法，已经成为世界第二大经济体，而且发展之势迅猛，这不得不引起一些不存好意的国家惊恐，怎样才能遏制中国的发展势头呢？他们绞尽脑汁，想出了各种方法，其一就是他们所谓的“人权”大棒，其二就是各种经济谬论，其三便是军事围堵，其四是挑拨离间。

其中最能迷惑人的是各种经济谬论，其他三种容易被识破，因为那是明火执仗。

这经济谬论不易识破原因很多：一、中国人接触市场经济时间短，没有经验，中国人真正懂得市场经济的人确实不多；二、中国人太老实，不容易识破那些伪装“专家”“教授”，尤其是伪装成“朋友”的歹人的祸心。

比如，在中国发展成世界第二大经济体后，西方的“专家”“教授便出来教导中国人“应由出口型经济转向扩大内需型”。我们不禁要问，你们怎么都是不变的外向型、发展本国经济呢？你们怎么不转向“扩大内需型”呢？新加坡、韩国、德国的外向型经济，不是一直发展得挺好吗？日本一发展外向型经济变成了当年的世界第二大经济体，被美国呵斥转入“扩大内需型”后，经济便停滞了二十年，如今安倍又想转回去了。

让中国转向“扩大内需型”，你们都发展外向型，中国不就成了你们大伙的市场了吗？你们不就可以大赚中国人的钱了吗？中国钱都让你们赚走，中国还发展什么？

收起你们那副假善人的嘴脸吧，我们不会上你们的当。我们要走自己特色的社会主义道路。

又有西方一些“专家”“教授”教育中国人：“你们的人民福利太少，什么医保、工资太低，应把改革开放产出的财富多用于这方面。”

于是国内一些应声虫，也跟着叫喊，好像他们才是关心中国人的。

其实不然，除个别人是糊涂者外，其余大部分是阴谋者，或是他们的同伙。

西方的高福利、高工资已经毁掉了希腊，跟在其后的还有西班牙、法国等多个国家。

福利的高低，工资的高低是要量入为出的，不能不考虑国情民情而盲目地追星。希腊等国的前车之辙，应当成为我们后车之鉴。

中国是个人口众多的发展中国家，不像西方一些老牌的列强，他们用几个世纪的烧杀抢掠来的不义之财，以供他们享受，而我们中国是被列强国烧杀抢掠的国家，我们几千年来创造的无数财富被这些列强掠夺去了。刚刚发展起来，为了不再历史重演，我们首要的是应当发展经济，强军富国，其次才是逐步提高工资和社会福利，如果把刚刚创造的财富都用于提高工资和福利了，强军富国的钱从哪来呢？如果没有强大的军队，我们能实现祖国统一、能保卫我们的幸福生活吗？世界上就有那么一些国家总是害我之心不死，总怕中国强大起来，不好欺负。

毛主席有句名言：“凡是敌人反对的我们就要拥护，凡是敌人拥护的我们就要反对。”

那些披着羊皮的狼具有很大的迷惑性，我们中国人，尤其是那些好心的老实人，要提高警惕，千万不能上恶人的当。否则“一招不慎满盘皆输”。那时，中国梦就实现不了了。

2016 年北京

西方的“教导”不可全听

在中国经济高速发展已成为世界第二大经济体之际，西方的专家学者纷纷出头大讲中国的经济应当转型，由投资和外向型经济转向“扩大内需”，也就是别“出口”了，扩大“进口”吧！

也是，你想，你把那么多质又好价格又低的大众需求的产品都卖到人家那去了，抢了人家的市场，挣了人家想挣的钱，人家能欢迎吗？怎样才能将你挤出人家的市场呢？只有两个办法：一曰：用大棒，即，用“反倾销”“惩罚性美税”，二曰：胡萝卜，即，用“转向扩大内需”。

两种手段，一个目的，就是把你“打出”或“骗”出他们的市场，让他们的商品进入我们的市场，一句话，就是你别挣我的钱，只让我挣你的钱，就像十九世纪，外国商品蜂拥而入中国，抢走我们数十万亿两白银。

我们是“扩大内需”了，中国的钱全跑到列强们的腰包了，中国却变成了积贫积弱的半殖民地国家，几乎“国将不国”了。

中国人已不是旧中国人了，新中国的人民不是那么好骗的。还是你们这些洋教头们先扩大扩大你们自己的“内需”吧，省着你们的内需不够，于是乎对我们无端地挥舞“反倾销”“征收惩罚性关税”的大棒。

中国人是诚实做生意，该多少价就是多少价，不像西方的教头们，到中国来，用一盒火柴就换中国一张鹿皮！我们的价格是便宜，因为我们不像你们那样骗人，净想挣那昧心钱！谎价大过天！

中国人是老实，但老实人不是天生就是让你们来骗的！

还是收起你们那副假惺惺的伪君子面孔吧！我们知道自己该走什么路，如果都听你们的，我们不是永远赶不上你们吗？要知道，我们的目标不是赶上你们，而是要超过你们！

2016 年北京密云

也谈“依法治国”与“和谐社会”

依法治国在中国已有二千多年的经历，几经沉浮，几经争论，在中国实在是老生常谈了。

而和谐社会的提法不过十年左右的历史。如同“道可道，非常道”一样，“法可法，亦无常法”。随着社会的发展，各国的“法”，本国的法也是不断地变化着。而成功的国家，往往无一不是“依法治国”而达到发展和强盛的。常言道：“家有家规，国有国法。”“无规矩不成方圆”，就是这个道理。

国家不仅有民族性，同时也是有阶级性的，任何一个国家的执政阶级，都是不仅要维护本国的利益，而且更重要的是维护本阶级的利益，因此，任何国家都有它明显的阶级烙印，超阶级的国家现在是没有的。

所谓“和谐社会”是指在国家内部阶级与阶级之间，人群与人群之间，团体与团体之间，人与人之间，甚至人与自然之间，形成互相和睦相处，不相争，不相斗，平安无事，社会稳定，一团和气。

其实，“和谐社会”是人们的希望，是人们追求的生存目标。但是有人把它当成了手段，希望通过“和谐社会”来发展社会，来追求社会稳定，人们和睦相处，国泰民安。

这种以“和谐”求“和谐”的做法是不可能达到“和谐社会”的，在我国这些年的实践已说明这一个问题。不少地区，社区、村庄用“和谐”的手段去解决社会矛盾、社会冲突，结果如何，恶人得逞，刁人得利，忠厚老实的人们却吃亏，甚至正当利益、正当权利受损害，这样的例子举不胜举，这样“和谐”的结果，是恶人趾高气扬，良民忍气吞声。国内搞“和谐”，国内乱象丛生，国外搞“和谐”，屡受外辱外欺，一会儿被这个施惩罚性关税，一会儿那个非法抢占我国岛礁，小小无赖国家也敢有恃无恐向我国发难。你和他们“和谐”，人家不与你“和谐”，“和谐”了半天，人家不仅“吃着，喝着，还抢着”。国内“和谐”了，那些绝迹几十年的社会丑恶现象充斥社会，乱象屡屡。国际也未“和谐”成功，东海南海的乱局不就是与人“和谐”的结果吗？

我们应是法治国家，中国的法不可谓不全、不多，然而有法不依，执法不严，人情大于法，并有“和谐社会”为后盾，谁还那么认真“有法必依”“执法必严”呢？万一因为自己的“有法必依”“执法必严”破坏了“和谐社会”，那还了得？丢官是小事，自己说不好还要进班房呢！于是，假“和谐社会”之名，成了“有法不依”“执法不严”的自保之实，国能无乱乎？“和谐社会”论可以休矣！改革前，杀人、爆炸、吸毒、卖淫、嫖娼、贩毒、贪污受贿这些恶性事件和恶性的社会现象有今日之多吗？再“和谐”下去，中国的前途岂不岌岌可危乎？“和谐社会”是愿景，有如“大同世界”和“共产主义”，那是人类的共同目标，而这一目标的实现需要“无产阶级专政”，需要“依法治国”，通过我们曾经追求的“无产阶级专政”的道路，以无产阶级之法，来治理国家，才能慢慢达到“和谐社会”，那种企图用“和谐社会”的手段来达到共产主义的做法，只能是空想，是对良民的欺骗。

2010 年

呼唤律师的正义感

中国是社会主义国家，律师是人们尊敬的职业，律师本应知律、懂律、护律，主持正义和公道的职业，但是，我们的一些律师则不然。小百姓的冤状不爱接，嘴里说“案子多忙不开”，心里说“挣不了多少钱，事还挺难做”。如果说是大公司大老板的案子或是涉外企的案子，那是千方百计要接下的，再忙也不忙了，因为案值大，挣钱多呀，岂能“肥水流入外人田?!”

更有甚者，只要给钱多，再违法的案子，再大的恶罪也要昧着良心为恶人开脱，甚至不惜指导罪人作伪证，真可谓“拿人钱财，替人消灾”呀!

前些日，电视上报纸上不是报道过一个贼偷了村里人的东西，被村民发现后，欲逃跑，村民追之，此人跳河欲逃，未想体力不支，溺水身亡。

最后，小偷家人的律师振振有词说：“追小偷的村民应负小偷的死亡责任，因为小偷跳河溺水死亡是由于农民追的结果，如果小偷不被追，就不会跳河，也就不会死亡。”

法院居然判被偷的村民赔偿死亡小偷几万元！这叫什么律师呀！什么法院哪！被小偷偷了东西，发现了不追，有这样的吗？小偷这种丑恶行为不应制止吗？别说被偷者应追，任何公民都应当追，把他扭送公安局。

律师不为正义说话，却千方百计为罪人开脱，这是资本主义的为资产阶级服务的律师，是社会主义法制所不容的，此类律师有愧于人民律师的称号。

2013 年

小谈“财富”及其他

近些年改革开放，一些人先富起来了，于是不少人大呼：“贫富差距过大啦!”似乎主张应当赶紧“均贫富”。国际上也有呼声：“菲律宾，越南也认为中国大富起来了，于是乎争抢起中国南海的岛屿，无非也想“均点儿富”。

今天我也就“财富”与“贫富”一事，谈上一二。何为财富？新华词典注释：具有价值的东西。并举例：“物质财富，精神财富”。

财富的多寡即为贫富。

不过，现代人往往把财富只局限于物质财富，有如金钱、房产、汽车、股票、古董等资产。据有百万元以上者，为富人，据有亿万元者，为巨富。还没听说，某某思想家为富人或为巨富者的。凡没有百万元家产者，大都自以为是贫者之列。

其实，人类对财富的认识是有一个渐进过程的，而且在不断发展。人类之初只视食物为财富。那时的食物是共有的，因而无贫富之分。到了原始社会后期，原始社会逐步瓦解，出现私有物，才出现贫富。人类渐渐认识到不仅食物是财富，多余的私有物也是财富；到奴隶社会，人们认识到人口和土地同样是财富；到了封建社会，人们又进一步认识到权力更是财富，有权便有钱。原始公社时，人们没有认识到权力也是财富，所以才有领导权的谦让。也是，当时的首领是群众推选的，谁年长，谁比别人能干，谁当；有巢氏，神农氏便成了领导。然而当了领导尽指导大伙了，却误了自己家的活计，于是，想了想还是将领导位置禅让给别人吧，自己家吃饱穿暖才是硬道理。难怪改革开放之初，农村的村干部普遍不愿当。因为无权又无钱，管事不少，费力不讨好，还误了自己家的活计，因此，为躲避当村干部，而外出的大有人在。现如今可不行了。“别把村主任不当干部!”有权就有钱。人们知道了这个道理后，于是乎，千方百计争当村干部。如今，中外一样，禅让者鲜见矣。也许有人会说：“错！前些天西班牙国王还禅让了王位呢!”别忘了，那是禅让给他儿子，不是别的普通民众！国王，权力大大的，财富自然也大大的，谁肯禅让？当人们明白权力等于金钱这道理后，就出现了中国秦朝巨商吕不韦，为获更大的利润，而奇货可居，他投巨资于异人的事件。也有了近代山西巨商乔东家，他听说自己南方商号的小掌柜，私自拿出十万大洋资助某团长当上师长，不但不责怪，反而夸了小掌柜的事。后来，那位师长调到乔东家的商号聚集地，包头驻防，成了乔东家的靠山。有权就有钱，这是除了真正的共产党人都信奉的理论。

现如今，人们的认识又前进了，认识到"时间就是金钱"。难怪法国大文豪巴尔扎克，在别人和他谈话超过约定的时间后，他提出让那位客人付钱，因为那人多用了他的时间。人们近来又认识到，健康也是财富。也是呀，大病不仅可以致人死，而且可以使一个家庭致贫。

由此观之，由于人的年龄不一、学历不一、才智不一、健康不一，更何况资产不一、权利不一呢！所以贫富自然就难免出现了。

当然每个人的财富也就不一了。不仅不同的人，不同的家庭，不同的企业，甚至不同的国家，财富也是不一的。随着时间的变化，这种不一也是在不断变化的。财富的多少，贫与富永远在变化之中。

因此，只要还有人类社会，掌握财富的多少，贫与富的差别就永远存在，永远达不到绝对平均，到了共产主义社会，也不会绝对的平均。

故而，古往今来的"均贫富"，只是人们的一种美好的愿望，永远不可能绝对实现。

这也正是邓小平提出"让一部分人先富起来"的科学性所在。

正是这一伟大昭示，让中国十三亿人迸发出无限的创造力和生命力，在短短的三十几年里，改变了中国的面貌，使中国一跃，成为世界第二大经济体。中国不仅自己创造了巨大财富，而且为世界的发展贡献了巨大份额。几亿人脱贫，这真是人类历史上最伟大的壮举。

财富是可以通过辛勤劳动发明创造的，这就是中华民族的理念。但是财富也是可以通过盗取和抢夺获得的，这是某些懒惰和侵略成性民族的理念。

总之，财富之不均，与人们争夺财富欲望之间的矛盾，是人类社会一对永存的矛盾，是人类社会固有的元素。不管是一国之内，还是国与国之间，都是一样。

既然财富可以通过正当的辛苦劳动发明创造获得，又何必非要通过不正当的手段去偷盗、侵略获得呢？

留恶名于世，易；留美名于世，难。

日本首相安倍晋三，菲律宾总统阿基诺三世，两位"小三"应当深思哟！

2013 年

由小偷说起

提起小偷，没人不恨，古今中外，概莫如此。可不嘛，明明不是自己的财产，却千方百计盗为己有，而且不管被盗者的死活和感受。更有甚者，这贼人十有八九身带利器、以备受害者反抗。小偷伤人者屡有发生，小偷实为社会一害，人类之渣。然而，前些日忽听有人大赞小偷，不免为之一惊！

其人赞曰："小偷促进经济发展，对 GDP 贡献功不可没哩！"

此人何出此言？

对曰："'文革'之前，中国小偷很少，已是路不拾遗，夜不闭户，那时哪有什么防盗门、防盗锁，哪有那么多的协警员，那时银行有保安吗？有振远押运车吗？经济有现在发达吗？工资有现在多吗？百姓的生活有现在富吗？"

又曰："现在小偷多了，不仅不是夜不闭户，反而白天都要加防盗门、防盗窗，二十多层的高楼都要加防盗窗！现在，千人的防盗门厂、防盗窗厂、防盗锁厂全国有多少？这每年要消耗多少钢材？增加多少就业岗位？创造多少财富？为我国的 GDP 贡献多少百分点？还有，全国增添了多少协警员、联防员，保安员？如果小偷没有了，又都夜不闭户了，得有多少防盗门厂、防盗窗厂、防盗锁厂、保卫培训部关门？有多少万计的工人失业下岗？我们的 GDP 又将会下跌多少个百分点？"

此人一番连珠炮似的高论，说得众人目瞪口呆，细想想，虽说闻所未闻，却也颇有些道理。

想也是，时代变了，社会进步了，不少坏事变成了好事，如"文革"前禁止的赌博，如今不是可以有组织地发展彩票业吗？不是每年为国家挣许多许多个亿吗，可以支援国家建设吗？

又有计划生育后，中国的男女比例失调，男多女少相差几千万，于是明妓暗娼在洗浴、足护、美容、夜总会之处多少出现，并且屡禁不止，大有发展之势，听说有什么政协、人大委员提议，干脆学西方发达国家开放博彩业和红灯区。

三十年经济发展了，人们的思想来源也广了。

小偷、赌博、色情这类令人不齿的社会人群，居然成了促进经济发展和增加就业的措施，真不知道那些为新中国的成立而牺牲的英烈们，如果真在天有灵的话，他们会有什么感想。

在经济上，我们是应该补上新民主主义那段经济发展的不够，但是，我们是否应该补上那些为社会主义制度所不容的资本主义制度下的丑恶现象呢？难道资产阶级专政的社会制度也要补回去吗？邓小平的“改革开放”政策明确指出要“四个坚持”，如果没有了“四个坚持”，那还是邓小平提出的“改革开放”吗？

中国人早就知道三十六计中有“偷梁换柱”！瞒天过海蒙不了中国人！中国人毕竟是在中国共产党、毛主席的领导下走过来的，社会主义、共产主义的伟大理想，早已深根于广大中国人民的心里。小偷就是小偷，赌博就是赌博，娼妓就是娼妓，这些旧社会的丑恶现象是和社会主义，共产主义格格不入的，不可能和平共处。

但愿那位奇人的高论能惊醒善良的中国人，否则，伟大复兴的“中国梦”只能是幻想。

2013年北京密云

“粮老五”游记

“粮老五”在张总的红木酒柜里待了有半年了，虽然每次张总的高朋一来，“粮老五”总是被张总捧出来让他们赞赏一番，众人皆用惊诧的眼光赞叹：“张总这是二十世纪五十年代的五粮液！那得好几万元哪！”

“粮老五”还是感到非常孤独。有的朋友：“嘿，这要喝一口，还不成了神仙?”

“张总，哪弄来的？现在这种高档的酒恐怕是绝版了吧?”

“老张，哪天庆功会，咱们也来点嘴福尝尝！亿万富翁了，还这抠?”

张总忙把“粮老五”稳稳地捧回酒柜放好，又紧紧推上酒柜门，回过头对着朋友说：“别的行，尝这个可不行。来之不易呀，晚上是要锁到密室里的，今天大家来，我才从密室里把它奉献给大家欣赏的。”

人们都走了。张总小心翼翼地把“粮老五”请出来，放回密室的保险柜里。“粮老五”又蹲进了小黑屋，孤零零地与一些文书之类相伴，一个酒友也没有，它实在伤心得很。

一日，密室的门开了，保险柜的门也开了，灯光下，来了一个酒友，好像破了相，“粮老五”从张总的手缝中看出那是一瓶茅台，也是老掉牙的。

张总在灯光下又好好欣赏了一番，才恋恋不舍地把那瓶茅台，轻轻地安放在“粮老五”的身边。锁上，走出密室。

“朋友，你从哪里来?”“粮老五”问。

“呀，还真有个伴儿，我刚从赵委员那来，昨天还在拍卖行待了半天哪!”茅台说。

“听你这声音，也够年头啦，就叫你老茅吧!”“粮老五”说。

“行，这样叫起来多亲切，你哪?”老茅问。

“他们都叫我粮老五，一九五四年来世上，叫个粮老五，也算够格啦。”

“那是，您还是老哥呢，我是一九六二年的。”

“怎么听着那么耳熟啊。”

“我听着，你的名字也有些耳熟啊，咱们好像在哪碰到过。”

“是吗，很可能，你都到过哪?”

“那可多啦，天南海北一大转，几十年哪，什么人没见过？什么地没去过，什么车没坐过，什么场面没见过？除了没出国，哪都去过啦。你呢?”“粮老五”说。

“你是老哥呀，比我出世早，当然比我见得世面广，我没去过那么多地方，先是在咱们四川老家待了一阵，然后就去了北京，然后，什么沈阳、哈尔滨、大连、上海、杭州、南京、广州、桂林、武汉、西安、兰州、乌鲁木齐，一下又飞到北京，这不今天又遇到你，老哥。去的地多啦，我还在德国人、英国人家里待过呢?”

“我说个地，你去过吗?”

“什么地儿?”

“大庆。”

“去过呀！大庆大会战时去过，就在1225战队的庆功会上。”

“是吗，我说怎么那么耳熟，咱们就是在那见的面，那时你多英俊哪，雄赳赳气昂昂，好气派。”

“老哥，你那时也正当年，王进喜这人真够可以，领导把我们送给他，他愣没灭了咱们，那帮好汉把别的酒全喝了，就咱俩躲过一劫。‘文革’中，我被造反派抢去送给了省造反派的头头，你呢?”

“我被一个造反派头头送给了公安局的造反派头头，这么多年咱们还活着，真不容易呀!”

“就因为咱们有来头，名气大，有用处，多么高贵的见面礼呀，多么大人物的敲门砖啦，要是二锅头，早没命啦。”

“那可不，不过这身价也真够可以了，你市面身价怎样了？重重重孙子们都6000元啦！咱们这些老家伙已是稀世珍宝，无价啦!”

“是是，当初哪能想到今天的价呀，要早知今日，当初那些兄弟们就别卖啦，那时也太贱啦，真可怜它们了。”

“嘿，老哥，这官你都见过什么样的?

“什么都见过，从小科长到处长、局长、厅长、部长什么，这委员，那专家，这教授，那院长，一句话，除了中央领导没见过以外，统统都见过。”

“军队那，更别提了，除了元帅没见过，其他全见过！别的兄弟全被米西了，一看咱们这年纪，谁都不舍得喝，越老越尊敬咱们，现在更没人敢喝了，一口就几万元哪！这哪是喝酒呀，这是要命哪!”

“可不，现在，没点身价地位的人，还别想见到咱们了，国宝，大大的国宝呢!”

“是啊，要毛主席、刘少奇、朱德他们活着那该多好，咱们肯定能被接见。”

“哎，那可也许被米西了呢！那也值了。”

“米西也值，酒就是叫喝的嘛，不喝要它有什么用？真被好人喝了，也算是对人类有贡献！像现在这样，你传我，我传你，不定哪天没传好，掉地上，啪！碎了，一分不值，一点贡献都没有呢！那才可悲。”

“‘粮老五’你还真有牺牲精神，鞠躬尽瘁死而后已。”

“我们娘家人传话啦，全国统一价，谁低价卖，重罚，不供货!”

“你净被锁在保险柜了吧，没听新闻?”

“你娘家，换人啦，我娘家也换人了，中央说是违反垄断法，咱们两家娘家各罚两个多亿呢!”

“我不关心国家大事，只想明哲保身，别让人给米西了，还真不知道外面的事。那别人呢?”

“老朋友，你看人家，汾酒，不张扬，一边偷着乐呢！只顾默默地赚钱，让百姓痛快地喝，要那么贵干吗？吓人哪?！薄利多销皆大欢喜多好！国家挣税，厂子挣钱，工人涨工资，百姓喝便宜好酒，天下一大乐。”

“老哥，别白话了，来时听张总说，明天把咱俩都送出去哪!”

“去哪？好像是出国，张总要到外国办公司去。”

二十世纪六十年代中国酒业是春秋战国时期，茅台、五粮液、泸州老窖、汾酒、西凤酒，五霸争雄，起码是粮食酿的真酒。

现在是八国联军进北京。

什么法国酒、德国酒、日本酒、美国酒、英国酒、意大利酒、西班牙酒、韩国酒，不一而至。

没有一个是粮食酿造的，全是用酒精勾兑的，用来蒙中国人！咱们自己也学会了。一些白酒厂家自己不酿酒，而是四处买小烧锅酒，拉回厂勾兑，然后高价卖出，有的也学着用粮食酒精勾兑，学着大鼻子们，也蒙自己同胞，现在他们不是用鸦片害中国，而是用歪酒害中国，在他们本国十元的酒，跑中国来成几百元上千元的酒，这不是要弄中国人吗?

如今买酒哪里去？已不是牧童遥指杏花村了，而是国人遥指杏花村了。

1985 年

“一步跟不上，步步跟不上”吗？

在青年人中，我们常常听到这种说法：“哎，真是一步跟不上，步步跟不上啊！”持这种说法的青年，多半是在学习、工作、事业等某一方面落后了。

果真“一步跟不上，步步跟不上”吗？

其实，那可不一定！

为什么呢？因为世界是在变化的，万事万物都在不断地变化之中，一成不变的事物是不存在的。尤其重要的是，一切事物的变化都是有条件的，在不同的条件下，事物就会向不同的方向发展。“步步跟不上”，只是“一步跟不上”可能发展的一个方向，并不是全部。这“一步跟不上”究竟会向哪发展呢？关键就在于条件了。

那么条件是什么呢？

首先是如何看待这“一步跟不上”。是面对这“一步跟不上”的现实，而悲观、丧气、叹息不已呢？还是“卧薪尝胆”，发愤图强，决心赶上去呢？两种态度会产生截然不同的两种结果。

其次是，只有决心和愿望是不够的，还要有科学的分析。

世上的许多事，并非一有决心和愿望就能立刻兑现。这里，冷静的、科学的态度是必不可少的。那就需要认真分析下“一步跟不上”。看看这“一步跟不上”究竟到了什么地步，找找造成现状的原因究竟是什么。有些事情一旦明显地出现差距时，往往实际上已不是“一步跟不上”了。在这明显的“一步跟不上”后面，可能早已隐伏着许多“一步跟不上”的因素，不过是以前人们没有注意到它罢了。一旦这些“跟不上”的因素达到了某种程度，并且遇到某种足以表现它的情况时，它便毫不客气地显示在人们的面前。这也就是我们看到的“一步跟不上”。在我们认真分析这“一步跟不上”形成的过程中，那些造成这结果的因素，也就纷纷到我们的面前报到注册了。

真正达到这一步是很不容易的，但也还是不够的，这仅仅是认识世界，而我们的目的是改造世界。因此，分析这“一步跟不上”不是目的，改变这“一步跟不上”的现状，才是我们的目的。

这样，第三个条件就必须具备，那就是制定切合实际的改进措施，并且坚决实行之。只要这样，也只有这样，漏洞才可以弥补，差距才可以消灭。于是乎，“一步跟不上”就变成“跟得上”了。

但是，至此切莫骄傲。“一步跟得上”不等于“步步跟得上”，这还需要毫不松劲，持之以恒，于是才有可能达到“步步跟得上”。否则又会出现“一步跟不上”。

然而，“步步跟得上”还是个“跟”，可见还属于“后进”之列。如果再努力拼搏，就有可能“一步冲在前”。这种例子在运动场上是常见的。在长跑中，一些起初跑在中间的运动员，由于到后来越跑越快，在最后冲刺时，又一拼搏，于是，一步冲在前了。当然，在学习和工作中不像在运动场上那样生动、形象、直观，但是道理是一样的。

社会也是一样，清朝末年，中国落伍了。我们与西方资本主义国家相比，何止是“一步跟不上”呢？简直是望尘莫及了。就是在这种情况下，中国人民并没有悲观，并没有丧气，并没有无所作为，而是奋起抗争，前赴后继。尤其是在中国共产党的领导之下，中国人民经过几十年艰苦卓绝地奋斗，终于在一九四九年十月一日建立了新中国。在世界行列中，我们一步跃了上来。目前，党中央正率领全国人民向“四化”进军，这就是向世界表明，中国不仅要“步步跟上”来，而且有信心，有决心“一步冲在前”。

可见，“一步跟不上”不一定“步步跟不上”。青年同志们，只要立下雄心壮志，只要认真分析“一步跟不上”的状况和原因，只要制定切合实际的改进措施，并且认真实行之，就一定可以变“一步跟不上”为“步步跟得上”甚至可以“一步冲在前”，以致“步步冲在前”。

生活是美好的，祖国的未来在向你们招手，冲上来吧，青年朋友们！

1975 年

忙要忙在“点”上

松松垮垮、懒懒洋洋是做不好革命工作的，这一点已经被大家公认了。忙，紧张是革命工作的一个特点，这一点也已经被大家公认了。忙就一定能做好革命工作吗？否。忙，要忙在“点”子上。这一点还没有被一些人认识。

一九七九年过去了，许多社队干部都忙忙碌碌了一年。十一届三中全会的精神传达后，工作重点要转移到社会主义建设上来，有许多工作需要做。大家忙着干工作，这是很好的。但是，忙了一年之后，结果怎么样呢？有的社队生产上去了，社员收入增加了。有的社队仍然生产没上去，社队和社员的收入没什么大变化。当人们问到什么原因时，这些社队的干部会说：“反正我没歇着，一年三百六十五天，一顿饭都没踏实吃过。”言外之意，我忙了一年，工作上不去不能怨我。

认真总结一年的工作，不是为了追究谁的责任，而是为了总结经验教训，在八〇年中把工作搞上去。

那些工作成效大的社队，除去客观条件外，大都有个共同的特点，就是忙到“点”子上了。而那些工作成效不大的社队，除去客观原因外，也大都有一个共同的特点。就是没有忙到“点”子上，而是瞎忙了一年。用句土话讲，就是前者用了巧劲，而后者用了蛮劲、傻劲。

作为一个社队领导，一个生产的领导者，不仅要自己实干苦干，而且要巧干，从某种意义讲更主要的是巧干。社队的领导者，是几百人、几千人、几万人的社会劳动的指挥员。这和军队打仗一样：兵熊，熊一个；将熊，熊一窝。韩信不能抵过一个地痞，但韩信统百万兵后，攻必克，战必胜。他用兵如神，来自懂兵之战，来自指挥之巧。古人道，“运筹于帷幄之中，决胜于千里之外”，就是这个道理。这是讲指挥者领导得巧。举这些为例，不是讲领导者要脱离实际，脱离群众，而是讲领导者要注意工作方法，要抓住问题的关键，解决好这个关键。这个“关键”就是我们说的“点”。在哲学上，就是主要矛盾。

任何事物都有它的关键，这些关键不是人为的，而是客观存在的。人们不能制造关键，但是人们能够认识关键，解决关键。毛主席在他《矛盾论》这部光辉著作中就精辟地指出过："研究任何过程，如果是存在着两个以上矛盾的复杂过程的话，就要用全力找出它的主要矛盾。抓住了这个主要矛盾，一切问题就迎刃而解了。"

如何才能抓住关键，使自己社队的工作忙到"点"子上呢？

这里首要的是发现问题，找出影响社队工作前进的关键，也就是说找出主要矛盾。

因为事物的关键存在于事物本身，是事物内部规律性的反映。所以要发现事物的关键，把握问题的关键部位，就必须深入到实际中去，去了解事物、问题的全过程，并从分析、研究这些全过程中找出影响事物前进的关键。从而抓住这一关键，抓住不放，一抓到底，直到最后解决。这个关键问题解决了，其他受其影响和决定的问题也就迎刃而解了。这在我们一些社队干部的日常工作中还是不少见的。人少事少，问题简单，往往容易发现关键问题。而一个社，一个队就不那么容易了，人多事多，复杂得很。正是因为问题多而杂，所以就更不能胡子眉毛一把抓，就更应当讲究工作方法，忙而不乱，有条不紊，认清方向，抓住关键，有计划，有步骤地去战胜困难夺取胜利。

所谓忙要忙在"点"子上，就是要忙在关键上。只要忙在关键上，才忙得有价值，才叫忙在"点"子上了，才可能取得事半而功倍的效果。加速四化建设，绝不是单凭热情瞎忙一阵所能奏效的，这不仅需要高度的革命热情，而且还需要科学的态度和方法，在当今，后者更重要。因为我们不是在一百年内实现四化，而是要在二十年内，这就需要速度，而速度只能来自科学的手段和方法。黄牛累断筋，也没有火车拉得多跑得快。难道不是这个道理吗？

现在正是北方冬季，我们广大的社队干部正好可以利用这个"冬闲"之际，坐下来认真分析一下去年全年的工作，仔细研究一下一九八〇年大步前进的关键何在。一九八〇年是八十年代的头一年，头一年就要抓紧、抓住，切不能再瞎忙乱抓了，不然，到今年年底兄弟社队都上去了，我们怎么向社员和国家交代呢？不能再等明年了。明年复明年，明年何其多！还是应当从现在开始，从自己开始，以科学的态度和方法去抓一九八〇年的工作，忙要忙在"点"子上。

1974 北京槐房

第三部分 03

中短篇小说

送行

我和爹忙了好一阵，总算都准备好了。我吃饱喝足，急着要上路。“柱子，见了刘老师可一准把东西给她。要不是今天生产队开会，我说啥也得送刘老师去，这，你可要对刘老师说啊。”

我急着说：“爹，我都知道了。我得快走，要不，刘老师走了可咋办？”说着，我就要去开屋门。

爹一把拉住我，说：“还有，告诉刘老师，往后放假，可一准来咱这，就说，就说俺们西岭的贫下中农想着她哩！”爹的语气很亲切，心情很激动，不由得语调也放高了。我和爹不约而同地看了看炕上睡熟的妹妹。

说心里话，我还真怕妹妹醒了。不然，她准会哭着闹着跟我走。昨天晚上，她就闹腾了半夜，非要跟我去送刘老师。那怎么能行呢！你们可不知道，我妹妹才上小学二年级！她个子小，走得慢，她能帮老师拿什么东西呢？到时候，她饶着帮不了刘老师，还得让我照顾她，那还行！那我还怎么送老师呢！可说实在的，妹妹多想刘老师啊，她听说刘老师要调走，还特意给刘老师准备了礼物呢！你们猜这礼物是什么？是一枚有着梅花的毛主席像章！那是我大爷从军队里寄来的，那是妹妹最心爱的东西，这不，都在我的小包袱里哪！

看看妹妹没有动静，我走出了屋。外面的天空还是黑乎乎的，只有天上的群星在闪着明亮的光。

爹送我上了路。

我们刘老师是北京人，你们认得她吗？刘老师可好啦，她中等个，挺壮实。圆圆的脸，黑里透红，那眉毛又黑又粗，大大的眼睛可有精神啦！她留着短发，左边总梳一个“小刷子”。冬天爱围一条绿围脖，爱穿一身蓝色的棉制服，说起话来当当当，走起路来咚咚咚，可有股子劲啦，就跟我们山里人一样啊。

听刘老师讲，十月底的北京城还是秋天哪，可我们这燕山的深山区却已经是冬天了。刘老师给我们讲过好些故事，什么人民大会堂啦，什么人民英雄纪念碑啦，什么动物园啦、天文馆啦、颐和园啦，唉，可多啦，我都说不过来。

我们多么想去北京城啊，多么想看看天安门哪。我多么想再听听刘老师讲故事啊。可是，刘老师今天就要离开我们了！想到这儿，我的心热乎乎的，鼻子发酸，眼框就发潮，脚步，也不由自主地加快了。

顺着弯弯曲曲的山路，我下了岭。前面就是黄龙沟了。这黄龙沟底有一丈多宽，平时无水，尽是些大大小小的石头。夏天一发水，山上的泥沙石头都冲下来，这山沟就成了一条飞舞狂奔的黄龙。所以，我们这的老人就给它起了名叫黄龙沟。

去年夏天的一个后晌，天气大变，下起雨。开始还不大，我领着妹妹，还有俺村的小锁、二秃，我们冒着雨往家赶。刚上了东山坡，雨就大起来。我拉着妹妹紧跑，小锁和二秃在后面紧追，小锁还摔了一身泥。大雨像瓢泼的一样，哗哗直下。我们躲在山坡上的那棵老槐树下，大家互相靠着。又是风，又是雨，我们就像一群被雨淋湿的小鸡，在大槐树下缩成一团。我妹妹春花最小，她刚上一年级，雷雨把她吓得直哭。我把书包顶在头上，把妹妹紧紧搂在怀里，小锁和二秃头顶着书包紧紧靠着我。风雨越来越大，天越来越暗。唉，那会儿，我真不知如何是好啊！

小锁抹了把脸上的泥水，望着我说："柱哥，咱们要等到几时啊？还是往家跑吧，要不，天黑了，黄龙沟又发了大水，那，那可咋办？"

我看了看天，那滚滚的乌云铺天盖地，像有千军万马在奔腾。雷鸣、电闪、大雨滂沱。我急得像热锅上的蚂蚁。你们还不知道吧，俺们西岭村就七户人家，只有四个小孩上小学，这里就数我大，上五年级。六只眼睛望着我。怎么办？怎么办？！雨水和汗水流在一起，顺着脑门往下淌，我也顾不得擦了。我正想着，忽然，二秃惊奇地指着坡下对我说："柱哥，看，有个大人来了！"

我顺着他指的方向望去，可不是，我们刚才来的路上，正有一个人冒着雨急急忙忙走来。

近了，近了。

"刘老师！"二秃惊喜地冒雨跑过去。

"刘老师！""刘老师！"我们都跑了上去。说真的，这会儿我们多么需要老师啊！

"铁柱，别在树下避雨，容易受雷击啊！"刘老师说着，把自己头上蒙着的衣服拿下来，拧了拧，给我妹妹披上，背起我妹妹，一挥手："同学们，走！"说完，老师背起春花大踏步向坡顶走去。我们几个奔跑着跟在后边。

翻过坡顶，一眼就看到坡下的黄龙沟。那里已经是一条小河了。看样子水还不大。我忙提醒说："老师，咱们还得快走，要不，黄龙沟水一大，可就过不去啦!”

刘老师回头招呼了一下大家：“同学们，快走啊，我们一定要赶在山洪之前!”说完，老师背着妹妹小跑起来，一跐一滑，几次险些摔倒。我在后面带着小锁和二秃紧紧地跟着。

真不知摔了多少跤，可是，我们仨谁也没怨言，总是爬起来追上去。

终于来到了黄龙沟。

眼前的黄龙沟已有水。山水带着泥沙，水，在继续上涨。

刘老师毫不犹豫地说：“同学们，你们拉住我的衣服，走，咱们一起过河!”那声音是那样的坚定有力，就好像是在给我们下命令一样。

刚走十几步，水就没了脚，水里的石头泥沙打着脚，我们紧紧地拽着刘老师的衣服，一步一步艰难地向对岸走去。到了沟中间，水就涨到膝盖了，湍急的洪水冲得我们几乎站不住脚。刘老师一手扶着背上的春花，一手紧紧地拉着小锁，勇敢地往前走。说实在的，那次要是没有刘老师，我们准被山洪冲跑啦!

快到对岸时，雨地里跑来一个人：“柱子，小锁!”“爹——”妹妹真是喜出望外啊!

“大爷！刘老师来送我们了!”二秃冲我爹喊。

我爹披着块雨布跑过来，淌着水去接老师，一边把雨布披在老师身上，一边不住地称谢：“谢谢你啊，刘老师，可真谢谢你啊！快，让我来背她！看把你淋的……”没等我爹说完，刘老师就接了过去：“没什么，队长，快把他们接过沟吧，山洪就要下来了!”

我爹背着春花，左手拉着二秃，刘老师硬是把雨布给我爹和春花披上，紧紧拉着我和小锁向岸边走。

我们终于过了黄龙沟。

“刘老师，今天就住我们西岭吧。”我爹见雨大水急，天也要黑下来，就要留刘老师。

刘老师说：“我今晚还得去南山岗，今天该给赵宏的孩子补课了。还有他们那的几个夜校的青年，我要看看他们的作业。”

“这么大雨，翻山越岭不好走，还是明天走吧。”我爹诚恳地说。

我们上前去拽老师。

“谢谢你队长，我今天可真有事，那些学生还等我呢！铁柱、小锁，快回家吧!”

我爹看横竖留不下老师，立刻放下我妹妹，扯下雨布，去送老师。

春花叫道：“爹，这是刘老师的衣服!”说着把自己身上披着的衣服递给我爹。我爹接过衣服，看了一看，一扭头，下沟追老师去了。

我爹送老师过了沟心，大雨中，只见他俩推让了一阵，也听不清说的是什么，只见我爹把雨布往刘老师身上一披，转身往后走，到了沟中间又转回身看看刘老师的背影，才大步往回走。

刘老师的身影渐渐小了，看不清了。我的心热乎乎的，忽然像想起什么似的，立刻冲到水边，对着那奔腾咆哮的洪水高声喊道："刘——老——师，再——见——啦!"

"刘老师——再见——"我爹和二秃他们也都异口同声地喊起来。

雷雨狂涛中，我似乎隐隐听到刘老师的回声："再——见——"

时间过得多快啊，转眼已经一年多了，然而，当时那动人心弦的情景至今我记忆犹新啊，仿佛是刚刚发生过的。

穿过黄龙沟，我上了东山坡。

这时，天上的星星已经不见了，天空露出青白色。我顺着山坡的崎岖小路急步往前赶，我越走越兴奋。那小包袱在我的腰间一颠一颠的。那硬的大的是核桃，小的是栗子，那软的大的是柿饼，小的是红枣和黑枣。这些都是我们西岭的特产哪！还是小锁他爹和二秃他娘从家里特意挑的呢！我爹托人给刘老师买了一个大红日记本，还有妹妹送给老师的那枚心爱地带着梅花的毛主席像章，这不，都在我的包袱里呢！

前面的山林传来呼呼的风啸声，枯枝败叶哗哗作响，这情景不禁又勾起了我的回忆……

那是去年秋天的事了。

天渐渐的冷了。一天，爹对我说："柱子，你娘去世了，妹妹也小，我在队里有事，天快冷起来了，可想着打点山柴。"

我说："嗯。"

我娘是去年春天得肝炎去世的。爹当队长，事忙，天就要冷了，怎么办？想来想去，我决定先不上学了，打几天山柴再说。

一天傍晚，我打山柴回来，一进院，我愣住了，好家伙，当院放着两大捆山柴，足有几十斤哪！这是谁打的柴？我忙把背上的柴捆往地上一放，刚要喊出妹妹问个究竟，妹妹却自己欢蹦乱跳地跑出屋。

"哥哥，你猜这是谁打的山柴？"妹妹歪着头，背着手，向我闪着一双水灵灵的大眼。我一眼就看出了她那憋不住的高兴劲。

我立刻跑上去，蹲在妹妹的跟前，急不可耐地问："妹妹，快说，是谁啊？"

"我不说，你猜猜？"说着，她还特意摇了摇头，两个小辫直扑楞。

哎，是谁给她梳的头，这么光溜？嚯，还是新头绳？！“谁啊？快告诉哥哥！”急得我两手直摇晃她。

“给你，你看看。”妹妹把一张叠着的纸条递给我。

我接过纸条，站起来，匆忙打开纸条，贪婪地读着：

王铁柱：

你和小花这两天没上学，听二秃和小锁说，你们在打山柴。我趁课余时间打了点柴，收下吧，往后我再帮你们打。

柱子，告诉你爹，叫你们来上学吧，明天就来，我们山里的孩子也要学好文化，将来好建设祖国啊！”纸条的下面写着“刘老师”三个字。

“是刘老师！”我看看这封信，又看看那两捆山柴……我仿佛看到了刘老师挑着那两捆山柴，在崎岖的山路上艰难地走……我的眼睛模糊了……

我强忍着，为了不使眼泪流出来，我望着天空，然而，那激动的泪水还是涌了出来！我的心潮有如翻腾的大海……

“哥，刘老师已经把玉米饼子贴上了，说叫我一会儿看看锅，你快去看看熟了吗？”

我望着那封信，心情久久不能平静。

直到天黑好久，爹才回家。我把那封信给爹念了一遍。油灯下，我看见爹直愣愣的，两行泪水直流到嘴角，直滴到胸前！爹哭了。那还是我有生以来第二次看到爹哭呢！

爹把我和妹妹拉到炕沿跟前，激动地说：“柱子，小花，咱们永远不能忘记刘老师啊！这是党给咱山里派来的好老师啊！你们是咱西岭第一拨学生，可一定要上好学，不要冤枉了刘老师的一片心！”

爹的一席话，直说得我们兄妹两人热泪吧嗒、吧嗒往下掉哇！

走过树林，到了坡顶。这时，天色已经大白了，站在坡顶，已经可以看到东方天际的一抹红霞。榆树沟炊烟袅袅。我急步向坡下走去。

一股寒风吹来，咽得我差点儿喘不过气来。多亏我戴了爹的狗皮帽子，还有这厚棉袄，要不，可真够呛。哎，对了，这棉袄——还有一段故事哪！

那是去年冬天的一个下午。

那两天，我们这儿下了一场雪，山山岭岭到处是白雪茫茫。天气变得冷极了。因为我还没穿上棉袄，所以那两天没上学。我妹妹也没去。

这天下午，我在炕边补我那双破棉鞋，鞋底已经漏了，我只好从别的破鞋上剪了一块底往棉鞋底上缝。妹妹穿着我的小棉袄在炕上做作业。我正缝得起劲，忽听外面喊：“铁柱！铁柱在家吗？”

我一下就听出是刘老师的声音，忙答应："在家，刘老师!"

我撂下手里的活，骨碌一下跳下炕，从桌底下抄起一只单鞋穿，开门往院里跑。

刘老师已经进了院。还是那身蓝棉衣棉裤，还是那条绿毛围脖，脸冻得红红的，左肩挎着绿书包，右胳膊还夹着个黑东西。我忙迎上去："刘老师!"

"柱子，快把这棉袄穿上，别冻着!"说着，老师从腋窝下拿出一件黑棉袄，递过来。那，那我哪肯呢！我转身跑回屋。

老师也进了屋。

炕上的妹妹活蹦乱跳地叫："刘老师！刘老师哦!"

"春花，春花。"老师招呼着走到炕边，摸摸妹妹的头，看了看她的作业，然后才放下书包和棉袄去掸自己身上的雪。

我忙着给老师烧水。

一会儿，老师从炕上拿起了我那没补完的破棉鞋问："这是你补的，铁柱?"

我走到炕边，不好意思地说："嗯，我补不好。"

"来，我给你补上。"刘老师戴顶针，拿起锥子，哧溜、哧溜的，不一会儿就纳好了！老师把鞋左右看了看，伸进手摸了摸，然后放到炕上，并没叫我穿，而是对我说："来，试试这棉袄吧。"

这时，正好吊子里的水开了，我忙灌水。还给老师倒了一大碗，端到老师跟前。老师忙站起身说："来，我端，我端。"老师把水放到了窗台上，转身问："你爹干什么去了?"

妹妹抢着说："我爹领社员干活还没回来。"

"柱子，来试试这衣服合适不。"老师拉我试衣服。

我急着说："老师，我，我不要，我有!"

老师把我拉到炕边，语重心长地说："柱子，我知道你娘去世后，家里就剩下你爹和你们兄妹俩，春花小，你爹是队长，工作忙，又是个男的，我就想着给你赶件棉袄。这两天下雪，你们没去上学，我想，准是你没棉衣穿。想到这，我紧赶了两个晚上。这不，还是赵大娘帮助做的呢！也不知合适不。来，试试吧!"

听到这，我，再也忍不住了，一头栽到刘老师怀里……

刘老师摸着我的头，慢慢地说："别哭，别哭，都上五年级了，还哭呢？少先队员最坚强，你爹为大家东奔西忙，你一哭，他该多伤心哪，那会影响他工作的。好好的，哭什么？别哭了。今后要好好学习，长大了当个好医生，专为咱贫下中农服务。疾病夺去了咱多少人的生命啊!"

老师给我擦干了泪，又给我试棉袄。

一试，可正好：袖到腕、腰拢身。我总觉得不是自己的，挣扎着要脱。

刘老师抓住我的手说："柱子，咱工人阶级和贫下中农可是一家人哪！我父亲是二七车辆厂老工人，新中国成立前咱两家都过着苦日子，那是一棵秧上的两个苦瓜啊！你娘不在了，我是人民教师，我也有责任帮助你们啊。柱子，穿吧。这不……"说着，老师转身从她的书包里拿出一双新塑料底棉鞋，硬塞给我，说："再试试它，这是我妈给寄来的，看行吗？"

那怎么行呢？我强着不穿，刘老师硬是给我穿上。

这是一双黑灯芯绒面，白塑料底五眼棉鞋。全村，这还是第一双呢！

老师用手按按鞋头，抬头高兴地说："挺好，挺好，我没看错！这回，柱子、小花，明天上学吧？你们不上学，小锁和二秃他们也不去了，咱们贫下中农子女都不上学，将来怎么建设山区？又怎么建设祖国呢？"

屋里静静的。

一会儿，老师接着说："柱子，去把小锁、二秃叫来我给你们补补这两天的课。"

等老师给我们补完课，太阳都快落山了。我们留老师，老师说："不行，今天夜校还要上课，不能耽误。明天，你们都要上学去！"

我们站在村口的大石头上目送着老师。

老师踏着一尺深的雪向山下走去。

远啦，远啦，一个小黑点儿在一片白茫茫的雪海中移动……

第二天一早，我穿着刘老师给我的新棉袄上学去了，二秃、小锁和妹妹都高高兴兴地去了。那次大雪天我没舍得穿新棉鞋。这不，我现在脚上穿的就是那双棉鞋，你们看，还挺新的呢！

不知不觉我下了山。

这时，正是吃早饭的时候。

我拐了一个弯进了榆树沟。我们学校就在这个山沟里，这是我们大队的所在地。一进村，我就直奔学校跑去。

远远望去，学校门前有一大堆人。

跑近一看，原来是牛爷爷、春生叔、赵大娘，还有小玲、大刚、二石头等，好家伙，可真不少哇！

我走近，春生叔开了腔："嚯，这不是西岭王队长的大柱子吗？哎，柱子，你干啥来啦？"

"干啥？送老师呗！"我说着挤进人群。

“你也来送刘老师?”春生叔惊奇地问。

“噢，只许你送，就不许我们送?”我不服气。“哎，明明是你一个人，怎么说你们呢?”

我指着自己身上挎着的包袱说：“这是大家的心意啊，我，我是他们的代表!”

人们你看我，我看你，微笑着，低声谈论着。

“你们怎么还不进去呀?”我问。

“我们怕惊动了刘老师，让她多睡会儿吧，她这一路上可够累的。茂山公社离咱这得有一百多里的山路，下了汽车还得走几十里山路，不容易啊!”牛爷爷说完，捂嘴咳嗽了几声。

人们你一言我一语，低声谈论着刘老师这几年来的模范事迹，什么翻山越岭家访啦，什么到南山岗办识字班啦，什么开夜校啦，什么扎针灸啦，等等，可多啦，我都记不过来。

这时，朝霞映红东方，如果不是前面的山挡着，我们就可以看到冉冉上升的红日了。虽然今天是星期天，这时也应该有动静了。然而校园里却静悄悄的。人们都有些莫名其妙。

春生叔说：“四年了，刘老师还没起这么晚过。”赵大娘也有些急：“也是该起了，别误了车。”

“叫叫门。”

“刘老师起了吗?”春生叔问。

好一阵，没人应。

春生叔看了看大家，又冲着门缝放大了嗓子喊：“刘老师!”

好一阵，还是没人应。人们都慌了神，七嘴八舌地问：“怎么啦?”“出什么事啦?”

原来校门是虚掩的，人们蜂拥而入，进了院，直冲北面的小屋走去。那是刘老师的宿舍兼办公室。屋门没锁。春生叔又叫了一声，还是没人应。大家望着牛爷爷，这里他最老。春生叔扶着牛爷爷去开门。

门开了，人们都惊呆了：屋里的两张床，一张空着，另一张床铺盖叠得方方正正，那个小办公桌上也收拾得干干净净。

人们挤进屋。就听春生叔喊道：“这里有封信!”大家一下拥过去。我怎么也挤不过去，我多么想看看那封信上写的是什么啊。急得我差点哭出来。

“快念念!”大家催促。

“好，我念。”

乡亲们：

感谢你们对我的教育和关怀，榆树沟的四年生活是我永生难忘的，它使我学到了先前在学校里从没见过的许多知识，使我懂得了为谁生活、如何生活，使我更深刻地理解到幸福的真正含义。榆树沟的贫下中农都是我最敬爱的好老师啊！

记得七五年刚来的时候，我不喜欢这山沟沟，甚至想离开这里，回北京。那时候，有多少贫下中农来帮助我啊。多少个夜晚、多少次谈心、多少次忆苦，手把手教我垒塘堰……如今真要离开这里了，我感到是那样难舍难分，就好像女儿远离母亲一样啊！

但是，当我想到深山区还有多少贫下中农子女没有学习的机会时，我便毅然决然离开这里。我要让更多的贫下中农子女学文化，不能再做睁眼瞎……

我在这里的四年中，还有不少缺点，我决心到新的岗位上克服它，乡亲们请相信我吧。

我要去的地方是由此往西北一百多里的茂山公社干峪沟大队，那里要建立一个新学校！

为了不惊动大家，不误农活，今天一早我就走了，只是叫朱老师和新来的张老师送我好了。请原谅吧。

再见啦乡亲们，再见啦榆树沟，以后我一定来看你们！

此致

敬礼！

刘雪梅

1979. 10. 11

听到这里，大家不知如何是好。赵大娘在一边直抹泪。

“这可怎么办！”我急得直跺脚，哭着嚷。

还是牛爷爷有办法，说：“快追去，车也许还没开！”

这声音像是命令。春生叔和另外几个青年挤出门，向校外跑去。

我也追了出去。

榆树沟像发生了什么大事，青年在前头跑，老年人在后头追，我们这帮小学生在中间跑，沥沥拉拉足有半里地！

人们争先恐后地向北山跑去。翻过山就是通往深山的公路，那里有汽车站。

先跑上山头的人们向我们挥手喊："快，有汽车！"喊完，飞奔下山。

等我跑到山顶时，真是上气不接下气了。热得我把皮帽拽下来，大汗直流，满头直冒热气！我定眼往山下望去：一辆黄绿两色的长途汽车正慢慢启动！

"刘——老——师！""刘——老——师！""刘老师！"

那呼声震天动地，山谷回响。可是一点也听不到刘老师的回音！

只见汽车的窗口有一个小红点在上下挥动。

"刘老师向我们挥主席语录呢！"我惊喜喊。

"刘老师！刘——老——师！再——见！"

"刘老师！再见！"

山上上下，人民呼喊着。

汽车渐渐远了，消失在山脚的拐弯处。

我看看身上的包袱，又看看汽车消失的方向。云蒙峰巍然屹立，鹰嘴岩边的那棵探身凌空的青松，仿佛是刘老师在向我挥手……

1975 年 北京密云

路过新宫

真叫人心里急，本来就是顶着大北风往城里赶，偏偏自行车的后带又跑气了！我只好下了车，回头看了一眼后车架上绑着的电机，那家伙稳稳当当地躺在车架上，睡得正香呢！

已是下午三点一刻了。估计离永定门还有二十多里路。真要是一直推车走到永定门，恐怕天黑才能到哪！再说，这么远的路还不把后带辗坏了！要知道，后车架上躺着的那台电机四十多斤哪！

我四下看了看，只有前面公路西的村子离我最近了，大约也有一里半路。这总算是一线希望，我决定到那村子里去想办法。

快要下公路了，一个老大爷从公路东边走过来。那老人中等个，右肩上打着锹，两手揣在袖筒里搂着锹把，眉毛胡子挺重，那饱经风霜的脸上刻着一道道的皱纹。他戴着顶褪了色的古铜色裁绒帽，两个放下的帽耳朵，在脸边颤动着，一身的黑棉袄棉裤，棉袄上拦腰系了条蓝布带，裤腿系着黑绑腿像个灯笼裤，脚蹬着一双五眼黑灯芯绒胶底棉鞋。

看样子是往村里去的。

“老大爷，这附近有修车的吗？”我问。

老人扭脸看着我，上下前后打量了一番，然后说：“这农村哪来的修车铺啊？东高地，南苑才有哪！”

我愣了一会，真有些发愁了。

老人看着我车上的电机，问：“怎么，上北京去修电机？”

“不。我是北京电机厂的。孙庄公社李家坨大队这台电机的毛病属于我们产品的问题，我是专程来取的，好给他们再换一台，我们只能支农，不能坑农啊！”

“好，好，这两年的风气变多了。是要讲信用，讲质量。你的车哪坏了？”

“后带没气了。”

“嗨，带子没气好办，那不用找车铺，上我家吧，我有气筒。”

真是天无绝人之路。我忙称谢："大爷，那太好了，谢谢您，谢谢您。"

"谢什么，你也是来支农的嘛！来，跟我走。"

我推着车，跟着老人下了公路，向前面的村子走去。

不过我心里直打鼓，要不是气门芯的毛病，而是带子扎了可怎么办？那可不是气筒能解决的问题。可是又一想，打了气再说，就算坏了，打足了气也能顶一阵子，总比现在这样"嘎噔""嘎噔"强。

一路上我们聊了不少话。从谈话中我知道了这个村子的名字和它的来历。那来历还真有点意思呢！

这个村子叫新宫村。这里原本不是村子，而是清朝皇帝的一个行宫。原先北京南郊大红门以南方圆四十里是皇帝围猎的地方。有一年，乾隆爷来这里打猎，有个会行事的太监，为了讨好皇上，连夜将附近的一棵刚开花的白玉兰树移到行宫里。第二天乾隆爷一到，一眼就看到了这棵稀有的大玉兰树。乾隆爷看着那满树怒放的白玉兰花，赞不绝口，而且还作了首诗哪！那玉兰花确实开得很盛，很美，香气扑鼻，再加上那位太监的一通神吹，皇上大喜，当即赐名行宫叫玉兰宫，而且在这住了一夜。于是这行宫便叫玉兰宫了。几百年过去了，历史变迁，行宫早已不复存在，那棵大玉兰树也早已不存在了，而行宫没有了，美名却一直流传到今日。"玉兰宫"演变成新宫，最后成了一个村庄，叫新宫村。

老大爷的家在村边，院子很宽敞，一排六间大北房，青砖红瓦，院子里鸡窝、兔窝、猪圈，还有两只羊，一个大菜窖在院子中间。嘿，好红火的日子啊！

真可恨，气筒子挺好使，就是打不上气。可见是带子扎了。我失望地摇摇头，打算推车走。

老人拦住我说："我有补带的家伙。一家有四辆车，这点小毛病都是自家修理。你打下手，我补。"

"那还不误您的工？"

老人乐呵呵地说："不碍的，我退休了。"

"什么？退休？"

老人边找工具，一边说："是啊，我退休了。"

"您是退休工人？"

"不，是退休农民。"

"怎么？农民也有退休？"

"工人能退休，我们农民就不能退休？"老大爷瞥了我一眼。

"您老退了休干什么呢？"

“咱庄户人哪能白吃饭呢？我得给集体出把力。这干四化，也跟过去打老蒋一样，得有钱的出钱，有力的出力。我种了一辈子地。不能把经验都带给土地爷，得留给后代。这不，我们几个老头合计好了，日落西山以前，还得放放光呀!”

“你们这还有集体？没分田到户?”我惊奇地问。

“我们是靠着集体才富起来，哪能拆了集体！没有集体，我们还会穷，好日子长不了。年轻人，你们不懂这些，老辈人都懂。”

我递过去水盆，老大爷一边讲，一边一段一段检查车带子。

我真没想到，农民的生活起了这么大的变化。这黄土地里能种出什么宝呢？农民一月挣一百多元？！

“大爷，您这儿都种什么呀?”

“种什么？北京有名的‘心里美’就是我们这种的!”

“咕噜，咕噜”。水盆里直冒气泡。

“好，就是这儿。”老大爷把带子拿起来说：“递给我锉。”

“大爷，您歇会儿，我来。”说着，我硬把车带拿过来，一边补带，一边追问：“大爷，您村的收入怎么这么高哇?”

老大爷从后腰带上拔出烟袋锅，装上一锅烟，点着火，“吧嗒，吧嗒”吸了两口，接着说：“嗨，这还不是高的呢，高的一月合三四百元呢。有了生产自主权，生产就好办了。这地长什么，不长什么，我们最清楚，我们在这块地上活了一辈子啦。前些年就不行，弄得我这种了一辈子地的人，成了不会种地的了。你说这地里长棒子吧，上面不听，非叫你种稻子。你说这沙地长水萝卜吧，上面不听，非叫你种粮食，说要以粮为纲。你说，地不会多了，人越来越多，得搞点副业，办点厂子，上面说这是走资本主义。结果呢？闹腾了十多年，越闹越穷。多亏了改革开放，要不，农民可怎么过！今年又是好收成，粮食萝卜丰收，汽车修理厂、水磨石厂、皮鞋厂、胶盒厂，一年就是百十多万元。今年每人收入少不了三千块！整劳力，好的一年得五六千元！两人一年就是一万多块！再加上各家的家庭副业，这一年就富起来了!”老人爷讲得眉开眼笑，就连那嘴角的胡子都翘上去了，还一颤一颤的呢！

我上好车带，开始打气。老大爷站起身，进里屋去了。一阵洗东西的声音。一会儿，老大爷两手掐着四个洗净的水萝卜，用头顶开门帘，走出来，招呼我：“小伙子，尝尝我们新宫村的特产。”说完，拿到案板上就切。

“哎！大爷，我可不吃了，该上路了，风大，还有二十多里哪！这就够麻烦您的了。”

我想去拦他，可手正在打着气，气筒子没法放，我愣在那不知如何好。

“快打好气，一会洗洗手，我给你切开，我们新宫村的水萝卜是真正的心里美萝卜！又甜又脆，来到我们这，哪有不吃的！快来吧！”

一阵“咣当，咣当”的刀响，两个水萝卜切了一案板。紫红紫红的萝卜心，泛着白霜，那水灵，那鲜，真招人喜欢。我的舌头冒出了口水，我赶紧咽了下去。我刚收拾好气筒和其他修车的家伙。老大爷捧着切好的萝卜催我，说：“快洗手，过来吃。”

盛情难却。我赶紧洗了手，接过两大块咬了一大口，好家伙，那脆，那甜真没治啦！萝卜水顺着嘴角直往下流，我忙用手擦了一下。

“真是脆萝卜赛过梨啊！”我连声称赞。

“不，这还不够呢！”

“怎么，还不行？”

“是啊，我们几个老汉正带着青年培育新良种呢！我们要让新宫村的‘心里美’长得更好，更多，不光让北京人能吃上它，还要让外地人也吃上，我们还计划搞出口呢！我们要让外国人也知道中国有个新宫村，有个新宫村产‘心里美’萝卜！”

临走，老大爷硬塞给了我几个洗好的脆萝卜，说让我带给同志们尝尝。

老人送我出了院子，满脸堆笑地说：“今年秋天再来吃我们的水萝卜吧，小伙子，我等着你！”

“大爷，我一定来！”

不知是风小了，还是由于车带打足了气，我感到骑起来轻快多了，好像后车架上根本不存在那四十多斤的电机一样。

一路上我反复回味着老大爷讲的话。是啊，旧社会只给新宫村留下了一个美好的名字，新社会才给新宫村带来了美好的生活。

1978 年 北京

入队

放学了。

在回家的路上，李华追着吴小鹏问：“鹏鹏，班长找你干吗？哎，给咱说说。”

“入队的事。”

“让你入队？”

“我不入。”

“哟，干吗不入呀！傻帽！”

小鹏没有回答，只管往家走。

静校铃响过了，二年级办公室只剩下刘丽华老师一个人。她收拾好作业本，从抽屉里找出了一年前吴小鹏写的《入队申请书》。

“刘老师：

我热爱少先队，我也想加入少先队。好孩子都入队了，我也要做一个好孩子。往后我听您的话，不再让您生气了，您让我抄几遍书，我就抄几遍，让我入队吧，我保证上课注意听讲，不玩东西了。

一年级一班 吴小鹏”

看着这张字迹稚气的《申请书》，吴小鹏的生活片段，一幕一幕在刘老师的脑海里闪过。

吴小鹏是从外校转来的，那时这个班才是一年级第二学期，没过多久，班里发展少先队员，吴小鹏目不转睛地看着少先队员的红领巾，那认真，那羡慕，那眼馋，到今天刘老师还记忆犹新呢！可是，吴小鹏比同学小一岁，不到入队年龄，再说，“他上课玩东西，下课玩土，怎么能入队呢。”

别看吴小鹏年纪小，功课却挺好，在班上总是前三名，有一次区里统考数学，他还得了全年级第一名呢！可惜，他太贪玩了，常常因为玩铅笔啦，玩尺子啦，被任课老师告状。一次，上图画课，他用垫板向墙上晃影，老师把垫板没收了，还到刘老师那告了一状，还有一次上刘老师的课，吴小鹏拿一块小磁铁，一会吸笔帽，一会儿吸螺丝，桌子腿、椅子腿，见哪有铁，就吸一吸，铅笔头上的铝片磁铁吸不上，他很奇怪，翻来覆去的吸。结果让刘老师把磁铁没收了，还狠狠批评了一顿，罚抄一课书。

“这怎么能入队呢？考验考验再说吧。”刘老师对班干部说。其实，学习委员魏小娟是同意吴小鹏入队的，只是少数要服从多数，学生要服从老师罢了。

一批又一批“飞”队员去掉了翅膀，如今到了二年级，全班只剩吴小鹏“带翅膀”了。

第二天中午，二年级一班的小干部们在教室里开会，又一次讨论吴小鹏入队的问题。

中队委李明亮先发言：“我还是同意发展吴小鹏入队，昨天，他是说不入队了，可那不是真心话，他是说自己还不够格，那是严格要求自己呀！自己说不入，就不发展啦？”

“我不同意吴小鹏入队，昨天给他《少先队员登记表》的时候，他推着不要，这就是不想入队，咱们少先队不能请他入队！”朱军气呼呼地说。

学习委员魏小娟看了看大家，慢慢地说：“咱们发展他吧，前几次讨论他入队，都差点，其实他学习好，也不骂人，也不打架，就是小动作多，那可以慢慢改。要不发展他，咱们六一节可就成不了红领巾班了。”说完，她又看了看大家。

中队主席黄秀丽说：“先说吴小鹏够不够少先队员的标准，再说别的，都发发言。”

“我说够，他有好些方面比有些队员还好呢！发展了他，咱们可就是红领巾班了！我同意发展。”生活委员说。

“我不同意。他必须承认昨天的错误，再看他几天，离‘六一’还有两周，来得及，要不，咱们成了求他入队了！”军体委员支持了朱军的意见。

班长王辉环视了一下大家，说：“我看让中队长黄秀丽把大伙的意见带给刘老师，听老师的吧。”

“就听老师的？咱们的，就不听啦？”生活委员瞥了一眼，说。

大家互相看了看，目光集中在班长黄秀丽身上。

“听中队主席的。她说怎么样，就怎么样。”李明亮打了个圆场。

沉默了一会儿。黄秀丽看没人再发言，于是说：“举手表决吧，同意‘六一’前发展吴小鹏的举手。”

二个人举手。

“不同意的举手。”

也有二个人举手。

中队主席两次都没举手。

同学们互相看了看。

“散会。班长，咱俩去找老师吧。”

干部会散了。

听了学生干部的汇报，刘老师的脑袋“嗡嗡”直响。吴小鹏不要《少先队员登记表》，干部两种意见，这怎么向校长交代呢？四月底报“红领巾班”计划时，她是当众向校长保证过的呀！没几天就到‘六一’了。“吴小鹏呀，吴小鹏，你是怎么搞的！”刘老师自言自语。

刘老师决定下午就找吴小鹏，亲自摸摸情况。

下午的谈话怎么样呢？

你听：

“吴小鹏，昨天干部找你，你怎么说的？”

“我说，我不入了。”

刘老师心里一惊，然后问：“为什么？”

“您不是给我们讲过‘滥竽充数’的故事吗？还说少先队员要过得硬，不能滥竽充数，合格就发展，不合格，就不发展。”吴小鹏说得十分认真，那颗诚实的心真好比无瑕的水晶，晶莹透明。

刘老师点点头。是的，这话她说过，还不止一次。

“干部要是同意发展你入队，可不叫滥竽充数。”

“老师，我还不过硬呢，那次上语文课，我把手放到前面了，没背后，你批评我，不是说要好好考验考验吗？我一定要经得住您的考验。”一双诚恳又天真的大眼睛望着老师。

刘老师一时说不出话来，这些都是事实。可是，他一个人不入队，全班就不能评为“红领巾班”，然而，这话怎么回答那双诚实的眼睛呢？

老师毕竟是老师，办法总还有。

“这些天，大家都反映你进步挺大，图画老师还表扬你呢！”

“可是，前天上算术课，我的手又跑到前面来了，您没看见……”吴小鹏惭愧地低下头。

刘老师听到这里，一阵心酸，看到这个原先天真活泼的吴小鹏，如今竟变成这样一个唯唯诺诺谨小慎微的人，她深深感到一种说不出的内疚……

“刘老师，我一定要经得住您的考验，做一个名副其实的少先队员。”

刘老师无可奈何地点点头。

这几天，刘丽华老师一直是在极度的内疚中度过的，她有意识地观察着自己班上每一个学生的性格，极力从中搜索着那些被自己扭曲的部分……

直到五月二十九日下午两点，吴小鹏也没同意接受那张《少先队员登记表》。下午四点钟，刘老师来到校长室，如实汇报了情况。

老校长语重心长的教诲，使刘老师流下了激情的泪。

五月三十日全校开了“六一”庆祝会，学校表彰了八个“红领巾班”，没有二年级一班。因为还有一个人不是少先队员，那人就是吴小鹏！

中午，刘老师到吴小鹏家做了一次非常成功的家访。

下午四点，别的班早放假了，二年级一班的教室里正在开发展会……

会上，刘老师讲了话，吴小鹏发了言，老校长也讲了话。

最后，老校长宣布了一个振奋人心的好消息：“同学们，这是票！”全班同学的眼睛一齐 投向校长高举着的大红《请柬》上。

“学校决定：你们班代表我校‘红领巾班’去参加人民大会堂的‘六一’庆祝会！刘老师明天带你们全班去！”

一阵长时间的、热烈的掌声，飞出了二年级一班，飞出了教学楼……

1981 年北京

宁宁的心愿

“爸爸，我今天算数又得了一百分，您奖励我什么呢?”刘靖刚进门，宁宁就迎了上去，两手一伸，仰着笑盈盈的小圆脸，一双水汪汪的眼睛望着爸爸。

一听这消息，爸爸高兴得连挎包都没来得及放，往胳肢窝里一夹，弯下腰，双手捧着宁宁的小圆脸，亲昵地说：“是吗？我的好儿子!”

“当然是。不信？您问妈妈!”宁宁的脸被爸爸的大手捧着，扭不过去，只好用手指了指厨房。

“是真的，你儿子又得了一个一百!”妈妈从厨房探出头来，大声回答。

“好儿子！爸爸亲亲!”刘靖在宁宁的小圆脸上连亲了两下，接着说：“爸爸说到做到，只要你得一个一百，我就答应你一件礼物，这次你要什么呢?”

“我要一身尼龙运动服!”看来，宁宁早就想好了，爸爸一问，他便脱口而出。

“这……”儿子的一句话，使爸爸卡了壳。他想起了前几个月在西单商场见到的那身漂亮的儿童运动服。“对，那就是一身尼龙的，要二十多元呢!”他曾在柜台前站了很久，最后还是没开口，离开了那里。他默默地在心里下了决心：“等到春天，孩子考了好成绩，非攒钱给孩子买一身不可！可是，现在……”

爸爸怕孩子失望，想了想，轻声说：“这天儿还冷呢，刚三月份，还穿不得……”

“爸爸说话不算数！我不干！我不干!”宁宁撅起了小嘴儿，眉毛也拧到了一起，小眼睛一翻一翻的。他用手甩开爸爸的大手，扭头向厨房走去。

爸爸一看儿子生气了，忙放下挎包，紧跟着追到厨房。

“妈妈，您看爸爸，他说话不算数，他说，我得一次一百，答应我一件礼物，我这次得了一百，他又不答应了!”

宁宁小嘴撅得老高，用乞求的眼光望着妈妈，他多么想从妈妈那里得到援助啊。

“你要什么啦?”妈妈一边炒菜，一边回头瞧了儿子一眼，亲切地问。

“一身尼龙运动服。”

妈妈一听，也一愣，笑着说：“嚯，我们宁宁的口气还真不小，要一身，还得是尼龙的！”

宁宁低下头，手扶着门，眼望着煤气灶上的蓝火苗，小声说：“我们四月份开小学生运动会，我是校队的，还要穿呢。老师说的。”

爸爸追过来问：“我哪次说话不算数了？你忘啦，《365夜》、足球、《少年科技报》……”

“我就说这次。”宁宁不服气地翻了爸爸个白眼。

爸爸看了妈妈一眼，然后解释：“这一次也不对呀，我答应一件别的礼物不行吗？你再说一件，怎么样？”爸爸还真怕自己在儿子那落个说话不算数的名。因为他给儿子讲过“四人帮”之流如何说假话、大话、空话欺骗人民。自己如果说话不算数，会叫孩子看不起的。不过，真要突然毫无准备地拿出二十几元，给孩子买一身尼龙运动服，也确实够呛，因为这半年厂子不景气，只能发75%的工资，什么奖金也没有。他刘靖现在的家境还没富裕到随时可以拿出二十几元买一些不吃紧东西的地步。他上有老，下有小的生活，是要靠精心设计过的。全家这几个月，每月一百四十六元的收入，真是每一块钱都有着落。这个月的二十元，加上上月的七元，合在一起给宁宁的奶奶买了件毛衣。今天二十五号，离下月开支还有十天，就剩下十三元六角四分了。更主要的是，今天单位动员买国库券的事，还没和妻子商量呢！

“我就要运动服！别的什么都不要！您说话不算数。以后，以后我也不算数！”宁宁还真有点儿拧劲。

还是妻子有办法，她给丈夫使了个眼色，对宁宁说：“好儿子，给买，给买！你爸爸说话从来都算数，我可以作证！怎么样？咱们先吃饭，吃完饭再说，要不，饭该凉了。”

宁宁乐了。他冲着爸爸一耸鼻子，一努嘴，洗手去了。

刘靖莫名其妙地望着妻子。

“快洗手端饭，还愣什么？”妻子冲丈夫笑着说，一家人高高兴兴地吃起晚饭。

一边吃饭，爸爸一边问：“玉玲，你们那说买国库券的事了吗？”

“说了，我们明天让报数，我正想回来和你商量商量。”

“嗨！你当时就应该报，还商量什么！党员得带头呀！”爸爸埋怨着。

“我党员带头，你还是干部，更得带头。都得带头，咱俩各买多少，也得商量商量，日子也得过呀！”

“你计划报多少？”爸爸问。

“我们的平均数是每人四十六元七角，不少人是报二十、三十的。我想报五十，还想再报多点，没和你商量，没定。你说呢？”妈妈停住了筷子，看着爸爸。

宁宁也瞧着爸爸。

“真是一家人，咱们想到一块去了。各报一百吧！国家，国家，要先国，后家！振兴中华是全民族的事，人人都应当尽力，何况我们是党员呢！”

“那怎么安排一下呢？”妈妈又问。

“不是四月至九月底吗？按月扣好了，一下子可拿不出。”

“我也这么想，一百元，六个月，有一个月二十元，其他五个月，每月十六元，这就行了。你那一百元，也这么办吧。”

“我后一个月二十元，你头一个月二十元。”爸爸很坦然。

“这样一个月就扣三十几元，也不是个小数啊，再想想……”妈妈小声说，好像是自言自语。

“就这样吧，节约点，就都行了。”爸爸依然不动摇。

妈妈看到爸爸很坚定，高兴极了，愉快地说：“好，就这么定了。快吃饭吧，别凉了。哎，宁宁你怎么也没吃啊？凉不凉？我再给你热热？”

“不用了，快吃吧。一会儿还要听广播讲座呢，今天是星期五。”爸爸催促。

宁宁一句话没说，可是爸爸妈妈的对话，他一句也没落下，全听进去了。

直到上床睡觉，宁宁也再没提买运动服的事。

夜里，刘靖夫妻俩在床上又小声说起儿子买运动服的事。

“玉玲，给孩子买运动服的事儿，你挤眉弄眼的，搞的什么鬼？你满口答应下来，明天我没钱给孩子买，那可怎么办？”

“你想办法呗，谁叫你早应得一个一百分给买一件礼物呢！这回啊，你也着一回急吧，省得都让我一人着急！”

“得！我给儿子借钱也得买，我不能让儿子笑我说话不算数！”刘靖一扭身，给了玉玲一个后脊梁。

“哎，别急呀，我有办法。”妻子扳了扳丈夫的胳膊。

“有办法快说，我听着哪。”刘靖一动不动。

“扭过来，我才说哪。”

“好，好！快说吧。有什么好主意？”

“咱家不是还有十三块多吗？”

“对呀。怎么？不过啦！”

“你别急呀，还有十天，留七元用。拿出六块……”

“噢，六块能买一身尼龙运动服？你当是白给哪！”

“你急什么？听我说呀！”

“快说呀！我听着哪，我耳朵里也震不出钱来！”

“宁宁这四年攒的钱也有二十元了吧，不会先拿出来买运动服？”

“嘿，你怎么不早说！”刘靖立刻眉开眼笑了。

“小声点儿，别把孩子吵醒。”

“快开灯！”刘靖急不可耐了。

“干什么？”

“我得看看宁宁到底攒了多少零钱。”

“别抽风了，说风就是雨！快睡吧，明天再说。”

“不行，我答应的事没着落，那我可睡不着。”说完，刘靖拉开灯，披衣服下了床。

“你看你这个人，搁不住事，三更半夜地瞎闹腾什么？”

“儿子那几个小储蓄盒，在哪放着呢？”

“明天再说吧，我的好丈夫，你对儿子可真是一百一！”

“不行，明天一早孩子问我，我怎么回答呀？得让我心里有点儿底，那样才能踏实。”

“在床底下，那个木盒里，那个小电视，小绿房子，还有那个小邮筒，再加上桌子上那个今年买的小白象，都是。你不怕冷，自己数去吧，我可睡了。”

等刘靖数完最后一个钢镚时，脸上兴奋得像一朵花。他立刻跑到床前，刚要说话，妻子突然睁开眼问：“多少？”

“你没睡啊？十九块三毛七！再加上你那七块，二十六块多，能买一身尼龙的了！”

“快睡吧。明天还得跟孩子商量商量，原先咱们说等明年宁宁十岁的时候，才数这些钱呢，还差一年，提前用这些钱，还得听听孩子的意见。”

“没问题。他会同意的。哎，往里点儿。”

“哎哟，这凉！”

这一夜，宁宁做了不少梦。一会儿梦见去买运动服，一会儿梦见自己穿着一身色彩鲜艳的红色带白边的尼龙运动服，一会儿又梦见自己穿着新运动服站在领奖台……

第二天早晨，宁宁一起床就到大床底下找他的储蓄盒。

爸爸妈妈很惊奇，互相看了看。他们心说，儿子昨天晚上没睡？他知道爸爸动他的储蓄盒了？

刘靖小声对妻子说："怎么样？我说没问题吧。看来，宁宁也想到他的零用钱了，不信我问问看。"

爸爸蛮有把握地问："宁宁，你找储蓄盒干什么？是要买运动服吗？"

"爸爸，我也要买国库券，支援国家建设！"

爸爸妈妈都愣住了。

"那运动服呢？"爸爸问。

"我不买了，我要买国库券。你们是党员，我是少先队员，我们要从小爱祖国！"

爸爸妈妈兴奋地跑上前。妈妈抱着儿子的头，在脸上亲了又亲。爸爸两手握着儿子的手，轻轻地揉了揉，嘴里不停地说："我的好儿子，我的好儿子……"

1980 年 北京

我班有个个别生

因工作需要，我在半截儿接了初一（三）班的班主任工作。

张校长对我说："老马呀，您有经验，这个班交给您学校放心，您看还有什么问题吗?"

领导这么信任，我还能说什么呢？我答应了。

说心里话，教了近三十年书，班主任当过二十多年，这工作难不倒我。

第二天我便走马上任了。可万万没想到，没过两小时，当天上午第二节课后，数学老师小刘在楼道里截住了我。

"老马，第四节课下课，您把辛宇给我留下！他又不完成作业！这回，我非罚他不可!"

看着小刘老师那生气的样子，我这当班主任的还能说什么呢？先得拢着老师呀，不能让老师上了一天课，再生那么大气。再说刚接班，得和所有的任课教师搞好关系，否则，不好办。我满脸堆笑地说："小刘哇，别生气，我一会儿把他给你留下。当学生不完成作业还行？该罚!"

刘老师一走，青年教师小张神秘地说："马老师，辛宇可是咱们学校的尖子!"

"怎么个尖子法?"我问。

"您不知道！今年小学升初中考试，辛宇数学一百，语文九十八点五！这是咱们学校历年来招生的最高分！这成绩，就是上市重点，也拿下来了！可却偏偏上了咱这。"

"我倒是早听说今年收了个尖子生，就是还没对上号是谁。"

"这回，您就对对号吧!"

这话里好像有佐料。

我笑着点点头。心想：也是啊，这么好的成绩，不上重点中学，到我们这没人疼没人爱的三类学校干什么？图个啥呢?

第四节课一下课，我就到班上把辛宇叫住了。

站在我面前的辛宇，是个中上等个子的学生，留着典型的学生头，蓬松松的黑发下，有两道浓浓的眉，眼睛稍有些往里凹，圆圆的，很有神。略呈长方的脸上，有个高高的鼻子，厚厚的嘴唇。那对儿扇风耳，像两个大贝壳，向两旁张开。红领巾映在雪白的衬衫上，更显得鲜红。一条浅灰色的化纤筒裤，裤线笔直。脚上是一双白球鞋。一个蛮精神的少年。

“马老师。”一双探寻的眼睛望着我。

“数学老师找你，为作业的事，快去吧。要听老师的。”

辛宇点了点头。

我蛮有把握地回办公室了。

可谁想到，事情完全出乎我的意料！

下午两点一上班，刘老师又气冲冲地找到我。

“老马，辛宇这孩子也太骄傲了，自以为是！作业不完成，中午也不留下，丢下一张条，跑了！喏，给你！”说着，他把辛宇的作业和那张条子杵给了我。

“老马，您这当班主任的可不能护着学生！”

“别生气，我找他！让他向您认错。”然后我又开玩笑地拍了拍他的肩膀说：“老师的话，就是圣旨！不听还行？！”

小刘走了。我暗暗叫苦：“辛宇呀，辛宇！为了你，我又把刘老师得罪了。这是何苦呢！”

我压着火打开了那本作业，那上面除去“√”外，还有用红笔写得几个大字：“又缺七题！补上！一道十遍！！！”

那几个惊叹号，就像几枚地对空导弹似的戳在那里，一个个昂首冲天，跃跃欲试。

再看看辛宇写的字条，上面辛宇讲了一篇“道理”。我全看过后，虽然对一题罚十遍感到确实多了，但对辛宇居然敢少做七题的胆量也确实感到惊讶。

“好大的胆子，照这样下去，还得了？！”我心里暗暗说。

忽然，我联想到自己教的外语，“对，看看他是如何对待我的吧！”

我立刻翻出辛宇的外语作业本，打开一看，不由得笑了。那作业不仅字迹工整，而且多做了不少，有些还是没讲的呢！

看到这些，我的气消了一半。

下午第三节课是课外活动。我让同学把辛宇叫到办公室。

看样子，他是刚从球场下来，只见他头上、脸上、脖子上都是汗，背心的前胸湿了一大片。背心和运动裤上还印着球印呢！那双白球鞋也尽是土。他那裸露的四肢，显得健壮有力。

他一进门，就抹了一把脸上的汗水，接着问："马老师，您找我？"

"是。怎么，踢球哪？"

"嗯。咱们班正和二（1）班比赛哪！"

"别只顾踢球，昨天的数学作业你少写了七道！知道吗？"

"知道。"

"啊，知道?！那你为什么不做完呢？"

"老师，那些题也太重复了，简直是浪费时间，白消耗精力。"

我一愣，他居然还蛮有理！

"多练，可以熟能生巧嘛！刘老师是为你们好。不然，你们多写了，他还要多判，这何苦呢！"

"也不想想，八门功课，都比着这么留作业，学生受得了吗？学生、老师都弄到作业堆里去了，学生不能主动地学，老师没时间细批改，更没时间细备课。最后是：讲不好，学不好，也玩不好！"

谁想到他竟连珠炮似的甩了这么些！我扫了四周一眼，办公室的老师都停下笔，看着他和我。我连忙制止："小声点，别的老师还工作呢。"我感到这还不妥，给他使了个眼色，示意他先出去。

我们来到操场东边的小树林。

"你的意思是什么？"我问。

"同一类型的题，做一两道会了就行了，有什么必要非做一二十道呢？纯粹是疲劳战术，这不叫学习，这叫熬人！"

"不写，会给你2分！"

"给几分都行，反正我学会了！"

"那……"真没想到"分儿，分儿，学生命根"，可在他面前这分儿竟贬值到如此地步！我无可奈何了。

"你先去吧，我再想想。"

是啊，他没事人似的走了，可我怎么向刘老师交代呢？我真后悔不应当接这个班主任了。我回头看了看操场，辛宇正和同学们踢得热火朝天呢！那个花足球吸引着多少孩子们哪！看着他们那欢快的样子，我的心仿佛轻松了些。

为了从矛盾中解脱出来，我决定去家访。

"如今哪个家长不望子成龙呢？劝劝家长给辛宇转到重点中学算了。"我正是抱着这种想法，兴冲冲地去辛宇家了。

"辛宇这孩子考得不错，当初怎么不报重点中学呢？"

辛宇的母亲说："老师呀，您不知道，我劝过他，小学的老师、校长都来家访过，可他不听。他说重点学校整天考、考、考，分、分、分，早自习，晚自习，假期不休息没意思，不去。你们学校的大操场和足球队吸引了他。所以第一志愿非报你们学校不可。”

“他爸爸怎么想？”我问。

“嗨，我们老辛哪，别看他是个知识分子，他倒主张让孩子们多玩玩，说玩就是孩子的天性，要学好，也要玩好。还说，孩子现在不玩，工作了，就没时间玩了。”

正说着，辛宇进门了。“马老师！”

“一直踢到这会儿？”

“不。他们有几道题不明白，让我给讲讲。”

“作业都写完了？”

“自习课就写完了。”

“都写完了？同学们不是吵吵作业多吗？”

“反正要都写，得到夜里十点多。”

“你是怎么学习的？”

“爸爸从小教我，学习要从预习入手，培养自学能力。另外，学习要走在老师讲课之前。回家后，我主要是预习功课。还有我爸说，改一道错题，胜过做10道新题，就这些。”

原来如此！

转学的事自然没有办成。不过辛宇这个个别生的个别之处，我渐渐都领教了。

说来也怪，辛宇什么玩也没少了，却一直保持着全年级学习尖子的地位。

家访回来的路上我一直在思考：辛宇这孩子的想法和做法并非没有一点道理，我一定向校长反映一下，我们的教育方法是否应改一下呢？

1978 年 北京

改　行

由于工作需要，我被安排到离南苑不远的一所农村小学当校长。

说实话，老伴和孩子们都反对我还干教育这行。老伴就说过："你当校长二十年了，结果怎么样？这十几年整得你还不够受？又批又斗，还轰回原籍，我看这回落实你的政策，就要求改行吧。要不，就提前两三年退休算了。"大女儿也劝我："爸爸，您这次能回到北京真不容易，这回把您的问题弄清楚就行了。您那么大岁数还干什么？现在当干部可不比"文化大革命"前，一大堆难题等着您哪！再说您的身体也是个问题啊。"

说心里话，这十几年的辛酸苦辣像噩梦一样，还时时在我的脑子里浮现。在那最难熬的日子里，我真想以死了却余生，可是，看着女儿苦苦哀求我活下去的信，我只好活下去，心想，别再给子孙们造罪了。要不是打倒"四人帮"后的复查工作和给"右派"摘帽甄别，我这冤案到死也平反不了。想到组织上把我的户口迁回北京，想到给我平反恢复名誉，想到重新给我安排工作，我咬了咬牙，决定不改行，也不退休了，决心再像当年那样干它一场，也好报答人民。

我怀着这种心情到玉兰村小学报到上班了。在欢迎我的校会上，区教育局的领导还讲了话，我也说了几句。我看到这个三十几人的小学居然还有十四个男教师，心里别提多高兴了。男教师占这么大比例可真少见。而且尽是些三十岁左右的中青年，正是年富力强有作为的时候。那天我心里很高兴。夜里我把如何治校抓教学的计划又修订了一遍。不知老伴什么时候醒了，心疼地说："都一点了，快睡吧！明天还得早起呢！"我一看表，可不，都夜里一点二十了。

可是谁想到，第二天就遇到了难题：毕业班的赵老师坚决要求调动工作，要不，就撂挑子！

那是第二天的中午，我刚吃完饭，就有一个男老师敲门进来。

"刘校长，您刚来我就给您添麻烦了。不过，实在没办法，我想了再三，还是得麻烦您。”

我忙站起来，说：“坐，坐。没什么的，有什么事你说吧。”

在旁边看报的马主任向我介绍说：“这就是赵志华，教毕业班的，很有能力。”然后继续看他的报。

“赵老师，坐下说，坐下说。”我要给他拉椅子。

“不，不了，校长。我们班有几个后进生中午来补课，我这就得去。我写了一份材料，您先看看，您和马主任商量商量。校长，主任，放我走吧，城里的学校我联系好了。”

他将一叠信纸交给我，然后向教室跑去。

马主任立刻放下了报纸，看了看我，说：“老刘，他可不能放，五年级今年全市统考，骨干老师都走了，咱们还不得扛白旗！”

“他以前提过调工作的事吗？”

“提过，是两年前的事。”

“理由呢？”

“嗨，就是一、家远；二、母亲有病需要照顾；三、自己身体不好。不过，没放他走。他教学挺好，我来这五年，他一直教毕业班。”

“好，我看看他写的材料再说吧。”

“对，也许有些新理由。这也说不定。”马主任向我点点头。

当我把这十几页的材料看完后，觉得心里憋得慌。这份材料写得有理有情，写了他为什么报考师范，六七年怀着什么心情来到玉兰村小学，这些年他是怎样一心工作的，然后写了目前自己的困难，请求调动工作。调动工作的理由是马主任说的那三条，不过说得很有理。那字里行间洋溢着赵老师的热情、理想、辛酸、苦闷、悲伤……

“没想到赵老师一九六八年才参加工作。”我说。

“他是六六届毕业生，‘文化大革命’一起来，晚分配了。”马主任向我介绍。

“我还以为他四十多了，原来是个青年人！”

“他今年三十三，还没结婚呢！哪里有四十！”

“三十三？白头发都有了，背也驼了。真不像啊。”

“抽烟，又不爱体育活动，再加上那副紫框眼镜，可不显得老嘛！有什么新理由吗？”

“还是你说的那三条。不过，他调工作的决心很大，态度挺坚决，要不答应。他不干了。”

“好，真是蔫人出豹子。没想到他还要动真的了。这可要处理好，这‘光委会’有九个人哪，一个动，那九个人也不安定了。”

我一愣，忙问：“什么‘光委会’?”

“就是‘光棍委员会’。这是咱们那些没成家的小伙子开玩笑起的，不过还真叫起来了，一共九个人，赵志华是光老大，李明亮二十六最小，是光老九。”马主任一本正经地向我介绍。

我确实感到这不是一件小事，这不仅关系到安定赵志华的情绪，调动他的工作积极性，而且关系到八九个同志的情绪和积极性，甚至关系到学校的升学率和学校的名声问题。

“马主任，这事情一天都不能耽误，我去他家访问一趟。”

“今天去?”马主任问。

“对，现在就去。只有掌握了实际情况，才好解决问题。”

“他家的地址您知道吗?”马主任又问。

“这材料上都有，我能找到。学校的工作您多照顾下吧。”

我一看表：二点三十五。

换了三次车，下车后又找了近一个小时，敲他家门的时候，已经是五点十一分了。这是离北京中医医院不远的一个小四合院。

赵志华家住的是一间西房，大约有十四平方米。他母亲是一个满头白发的老人，背驼得很，行动很不便。看样子，我进去之前她正做针线活。老人知道我是志华学校的校长以后，非常高兴。又是沏茶，又是倒水，我很不忍心让她忙。我谈了来意之后，老人便滔滔不绝地谈起来。

“这孩子在家老大，他有个妹妹六七年到山西插队了，如今在那成了家，落了户。孩子他爸是七〇年去世的。我在街道干点杂活，一月挣二十几块钱。这一年多身体不好，孩子硬是不让再干了，总不干也不行啊，光靠志华那三十八块钱怎么过?我正盘算，等身体好些再给人家看个小孩儿什么的。”

“这些还好说，只是志华的事，真让我放不下心。校长，您就把他调回来，成全成全我们这一家吧。他在你们那都干了十多年了，别的什么要求也没提过，就连七七年那次调资，他都让了。这些学校里都知道的。志华都三十三了，我们都是过来的人了，也得为他们想……”

我的心一惊，莫非赵志华还有什么别的难处，我忙问：“他还有什么叫您放心不下的?就直管讲吧，我就是来了解情况的，也好帮他解决问题。您就讲吧。”

老人看看我，又看了看窗外说：“反正我们都是过来的人了，您又是志华的校长，我就直说了吧。男大当婚，女大当嫁。我们志华都三十三了还娶不上媳妇，你们就不为他想想？他为学校想，他为别人想，学校也应为他想想。我们志华哪不好？不能干？不能吃苦？品行不好？不就是当了个小学教师吗？要早知道当小学教师就娶不上媳妇，我说什么也不能叫孩子上师范！如今落得快要断子绝孙了！”赵志华的母亲越说越生气，额头的血管嘣嘣地跳着。

“别生气，您慢慢讲，慢慢讲。”

“听上次来的那几个青年讲，您那有八九个娶不上媳妇的，还成立了什么委员会！是不是？”

我只好如实讲：“是。”

“我心说，是不是你们那风水不好，怎么那么多的光棍呢？还听说连社员姑娘都不愿嫁给你们那的老师？真有这事？”

“这我可不清楚，我是刚调来的。”

“我都六十三了，我不能看着志华这孩子这样下去。要说困难，这是最大的困难，这个困难解决不了，您就把志华调走吧，我当妈的也得为孩子想想，这是一辈子的事！”

“这……这……这叫我怎么说呢？婚姻问题不能包办，是自由恋爱我不能打包票，不过，一定帮他考虑。”

“还有八九个呢，您考虑得过来吗？还是放走志华吧，您就看在他给你们拉了十几年车的份上，行行好，要不，我给您跪下。”说着，赵老师的母亲就要下跪。

我忙上去制止她。“不，不，别这样，别这样。”

“那您答应放他了？”一双期望的眼睛直愣愣地看着我。

“我……我……您还有什么？他调工作还有别的理由吗？”

“我们邻居中比他小的那几个也都成家了，他的同学，有的孩子都上学了。可我们志华连个对象都找不到，给他介绍过几个，人家一听是农村的小学教师，连面都不见，就一个个吹了！小学教师就这么不值钱？我供他上了十多年学，到头来，有文化不如没文化！谁想到？这新社会当老师的还得当光棍！”

我劝解说：“不会的，不会的。如今不正是在提高知识分子的地位吗？”

“那是指大知识分子，什么专家，教授的，提高你们了多少？”

“这得慢慢来，反正没把我们忘了。再说国家也有困难。”

“慢到什么时候？志华都三十三了，不还是一月三十八元！连个媳妇都找不上！”

我一看，再说三钟头也劝不通她，只好转了话题：“赵老师教书挺好，是学校的骨干，五年级是重点，还是由赵老师担任年级组长。关于调工作一事，我回去再和同志们商量一下，回头让赵老师回您话吧。”

我从赵老师家出来，已经路灯通明了。

在回家的路上，我一直思考着赵老师的那份材料和他母亲提出的问题。

那天回到家已经是晚上十一点钟了。我一进门，一家人都围上来，问我怎么回来这么晚。我简单谈了家访的事。老伴埋怨：“叫你退休你不退，叫你改行你不改，刚上两天班，就忙得你三更半夜才回家，快吃饭吧，都热了三回了！”

饭后，我把孩子们叫到身边，真想听听姑娘们到底是怎样看待农村教师的。我问，“你们说农村的小学教师有什么不好？怎么就找不到爱人？”

大女儿脱口而出：“农村教师，户口都是农村的，有了孩子也都是农村户口，城里的姑娘谁愿找这麻烦？”

我说：“我们学校的教师都是国家教师，没有农民户口的。”

三女儿争着说：“不是农民户口也不行啊，工资少、地位低、没福利，起早忙晚一天，夜里作业还得判到十来点。一个工作两三年的青工，比一个大学毕业的中学教师挣得还多，何况是个农村的小学教师呢！如今的老百姓可不是十几年前的了，那会儿讲觉悟，现在讲实际。工人几点下班？八小时以外，全是自己的时间，一星期一倒班，有的是时间干家务，老师能行吗？整天忙得团团转，家务活谁来干？这可不是一天两天，这可是一辈子几十年的事！”

真没想到，刚刚二十三岁的女儿，竟对小学教师发表了这么多知情的议论。“这些都是听谁说的？”我瞪了她一眼。

“谁说的？我师傅就这么说。不真实吗？”

我无言以对。

那天夜里我很久不能入睡，那九个青年教师的脸谱一直在我的眼前晃来晃去。

第二天上班，我和马主任又商量起这事。我说：“现在的女青年也真成问题。不过，赵志华他们为什么不在学校附近找个农村姑娘呢？不也一样过日子吗？再说，农村姑娘能吃苦，也好将就。”

“嗨，刘校长，您刚来，不知道情况。您以为这农村的姑娘就好找了吗？不是那么回事！前五六年，农村小学的教师还真像您说的那样向农村发展了一阵，咱们学校的牛老师就娶了个大队的姑娘。现在也不行了，前两年就闹离婚，牛老师不离，这不，都分居一年多啦！”

“什么原因？”我问。

“原因？人家说得好哇：一、当老师上班早，下班晚，家务活没人干，自留地种不了，猪喂不了，草打不了，一年白丢三百多元；二、老师工资少，三十多岁了，一月才三十八元，还不如社员挣得多！将来孩子上学，队里也不管报销学费。可不，这一算，一年要比社员少挣五百多元。十年就是白丢六间好瓦房啊！所以，如今的社员都不找咱们小学教师！”

“好家伙，我万万没想到，农村的小学教师到了这种地步！”

“这地步还不算最坏的呢！咱们学校的朱老师，前四年，也就是他三十四岁那年，眼看在北京找不到老婆，就找个外地的吧，结果找了个河北省的。现在都两个孩子了，老婆孩子的户口弄不来，两地生活，每年的路费就花不清！弄得吃不上，穿不上，一屁股两赖账，真叫人可怜。过一段您就知道了。老刘啊，农村小学教师，可真不好当啊！女同志当还没啥，有的是小伙子找。可小伙子当，就真有点危险！赵志华他们就是例子。”马主任也难过地低下头。

我听完马主任的话，抬头看了看他，不觉得一惊，原来他也是不到四十岁的人，莫非他也有些……

这可真是个难题。抓教学需要人，人需要精神愉快，可这些年富力强的人却有那么大的精神负担！我此时真有些后悔了，我能解决他们的困难吗？这工作、这成绩……我又怎么回答赵老师的请求呢？

我感到这玉兰村小学前途暗淡，我那宏伟的教学计划，看来只能是伟大的空想了！

第三节课，我去四年级听了一节课。

下课后，我前脚进办公室，赵老师后脚就跟进来了。

“校长，我下节是科任课，有空节，我想问问我的问题怎么样了。”

“坐、坐，咱们谈谈，谈谈。”我招呼他坐下。

我递给他一支烟，自己也点燃一支烟，我趁这工夫，仔细看了看他。他正划火点烟。瘦黄瘦黄的脸，腮骨突起，一副紫眼镜快滑到了鼻子尖，留着分头，已有白头发，尤其是额前那一绺密密的白发特别显眼。额头和嘴角都有了皱纹。眼睛显得挺大。胡子刮得挺干净。不过，即便如此，也像足有四十岁出头的人了。

“赵老师，你的情况我知道了，确实是困难。家远，又有老母亲，负担挺重。不过，教育局有通知，为了提高我区的教学质量，对于中年教师不能轻易放走，需要区里批准才行。你教书快十一年了，也算中年老师了，听马主任讲你是学校的骨干……”

没等我讲完，赵老师就接过去了：“我不当老师也行，改行不行吗？答应我改行也行啊。”

“改行也不容易，局里规定了三条。”

“哪三条?”

“第一条，不适合当教师。”

“我就不适合当，我……”

“这是指有犯罪行为的，不能做教师的。”我看了他一眼。

赵老师脸红了，忙解释：“不，不，我这条没有，我这条没有。”说完，在烟灰缸上磕了磕烟灰。

“第二条，文化程度低，没有培养前途的。”

赵老师把眼睛往鼻梁上一推，满脸欣喜地说：“我就适合这条。对，适合这条。”

我磕了一下烟灰，说：“你不适合这条。你是正规的师范毕业生，又是‘文化大革命’前毕业的，怎么能说文化程度低呢?”

“不，我能力低呀。”

“能力低还叫你教五年级?”

“那不是因为赶鸭子上架吗!”

“一个中专师范生，教小学五年级，怎么能叫赶鸭子上架呢？马主任说你挺能干，是五年级组的骨干，还指望你挣分呢！你不适合这条。”

“那第三条呢?”赵老师两眼闪烁着期望的光。

“第三条：因为身体原因，不适合做教师。”

“都什么样才叫身体不适合做教师呢?”

“那也挺多的。比如腿摔坏了，不能站立，当教师都站着讲课，不能站，当然就适合当了。还有，比如不能讲出话，不能发音，或者，眼坏了看不见，或者耳朵听不见，总归，因身体的残缺致使不能做教师的，也可以转业。”

“那——我有神经官能症，小的时候得过小儿麻痹症，抽过风，还有，六七年前上师范时，有一次拉练，得了风湿性关节炎，这些病算不算呢?”

真没想到，他有这么些病!

“那要有医生证明。而且要证明病情不适合当教师才行。”

“好，好。就这样吧。谢谢您校长。”赵老师站起来要走。

“你再考虑考虑，我们也再研究研究。”我送他出了门。

几天以后的一个中午，我们这个大车院似的校园里，突然活跃起来。透过玻璃，只见老师们围着一个衣着讲究的青年妇女又说又笑。看来，这人是这个学校的熟人。后来，我看到马主任也从饭厅走过去，和那人说笑了半天。尤其是那些小伙子们，三三两两地议论纷纷。不过，离那么远，我自然听不到他们议论的是什么。

过了一会儿，我正在看《人民教育》，突然有人跑进屋来。

“刘校长，我要求转业！”

吓了我一跳，原来是光老九——李明亮。

“怎么啦，小李？”

他拉把椅子，一屁股坐到我跟前，气愤地说：“这老师高低是不能当了。有文化不如没文化。您看刚才来的那个李秀英，原先是咱们这儿的队派教师，一九七二年转成正式教师的，只念过小学四年级，别看人家教不了书，这教不了，倒好了！前两个月转正到工厂托儿所看孩子，您猜怎么着？在学校的工资三十七元，现在人家一月六十多元！我这年轻力壮的，哪干不一样，非窝在这儿不行！”

“哎，小伙子，别这么想啊！咱们是事业单位，不能和人家企业单位比，没那么多钱，你说怎么办？国家也有困难，这需要慢慢来，这么大个国家，这么多人，又经过十年的动乱，不容易啊。你干得好好的，怎么想起转业了？”

“不是讲多劳多得吗？当老师少劳了吗？工人八小时工作，老师几小时工作？他们创造财富，我们更创造财富了！工人创造的是利润，我们创造的是人才！谁的贡献大？”

“话也不能这么说，工人创造的是物质，没有衣食住行的物质，社会怎么存在？人家是物质财富的直接创造者，咱们教育事业是间接创造者。”

“那我还愿当工人呢！我年轻力壮干什么活不行？这不是分配我来的吗，我可没志愿当老师！当老师，忙了半天有什么好？非等我到赵老师那地步——连个对象都混不上！”

“别这么说呀！”我一边劝小李，一边看了眼门口。那里乱哄哄的，有人在挤门。

不知什么时候，那里围了不少人，他们攒动着脑袋往里瞧，有的跑到窗口那往里探望。大都是男同志。我一细看，不觉一惊，原来尽是些“委员会”的人！

这时，马主任挤进了办公室。他拍着小李的肩膀说：“哎，哎，小李，别急呀。这事得慢慢解决，你没看《光明日报》上的文章，国家也在考虑教师的事呢！”

“报上的文章管什么用，瞎嚷嚷半天，干打雷不下雨，还不是那一套——用话填活人！”

我看一时讲不通他，门口又围这么多人，于是对他说：“好，这样吧，你反映的事我们再向局里反映反映。”

“刘校长，还有我们哪！”门一下打开了，六七个小伙子争先恐后地对我说。这时我才发现，他们中间没有赵志华。

那天中午的风波弄得我好几天不舒服。可是赵志华怎么那天没来呢？这倒是个谜。

一周过去了。

星期一的早晨，我刚进办公室，赵志华就跟了进来。

“刘校长，这是医院证明，您看看。”

我放好书包，接过证明仔细端详着。

那是一张有声望的市级医院的诊断证明。上面明确地写着：赵志华同志，经医生诊断两耳鼓膜穿孔，完全失去听觉。特此证明。

那日期明确地写着：一九七九年九月六日。并且盖着医院的大印。

看了看证明，又看看赵志华，我笑了笑，心想：这小伙子还真有后门！

“刘校长，这证明是真实的，我不能当教师。”

我拍了拍赵志华的肩膀，笑着说：“哎，赵老师，你开什么玩笑啊？这耳聋不耳聋的，也可以弄假证明？坐吧，坐坐。”

赵志华两眼瞅着我的嘴，愣愣地呆站着。

“您说什么？说什么？我听不见，一点儿也听不见，您给我写出来吧。”他急忙从兜里掏出一个小本，又把钢笔递给我。

“嗨，你瞧你装的，行了，行了，行了！坐下吧，坐下吧，咱们再谈谈。”我一边说，一边接过本和笔。

我打开本看，上边用什么笔写的字都有，什么样的字体都有，好家伙，不少篇都写满了字，什么内容都有，有的字像是掉上了水点，字迹模糊，我忽然想到运动中爱人流着泪给我写过的信，那被泪水浸透的信纸，上面的字不也是这样的模糊吗？我的心一惊，立刻向赵老师望去。他还直愣愣地站在那，两眼盯着我的嘴。像所有的聋人那样，在琢磨我的口形，为的是从口形上分析我说话的内容！

“刘校长，这证明是真的。我不能再当教师了，放我走吧。”他苦苦地哀求着。

我拼命地抓住赵老师的双臂，使劲地摇晃着：“赵老师，你怎么能这样！你怎么能这样！你毁掉了自己！……”

“刘校长，您说什么？我听不见，听不见，您给我写出来吧。”

我两眼望着他，望着他……

“刘校长，别这样，我是自愿的，我高兴……”

我转过身，把本放在桌上，万分难过地在本上写了两行字：“你不应当这样！不应当啊!!! 今后还怎么工作？怎么生活!!”

万万没想到，他接过小本看了看，笑了笑说：“刘校长，这是我心甘情愿的，我是人，我不只应当为国家工作，也应当有妻子，儿女，家庭，幸福！您放我走吧，反正我不能教书了，我的工作已经联系好了。×××研究所。”

“你到那怎么工作呢，你的耳朵……”

“您说什么？我一点儿也听不见，一点儿也听不见。您给我写出来吧。”

我忘了，他今天是个聋子！

我急忙在他的小本上又写了几行话：

“你到那怎么工作呢？他们确实答应接收你吗？”

赵老师接过小本看了看，满怀信心地说：“我联系好了，那肯定要我。那项工作主要是动脑和手，眼睛好就可以，不用耳朵。我又写了一份申请改行的报告，您一块报局里吧。又麻烦您了。对，这张证明也一起交上去，不然他们不会信。学校也得拿出意见来吧？”

听到这些再看看这情景，我还能怎么办呢？难道还非得出人命？不，我不能再留他了！

“是的，我这就拿出学校的意见。”

我马上写了一份关于赵老师转业的意见，并且让他看了看。他非常满意，眼睛闪着泪花，双手紧紧握住我的手。

最后我使劲地盖上了学校的印。

赵老师因病在家休息了一个多月。然后经区里批准，他果真转业了，而且真是他要去的那个单位。

又是一个多月过去了。

元旦前两天，我下班回家，女儿递给我一封信，拆开一看，原来是赵志华请我元旦去参加他的婚礼！

望着这封信，我好久说不出话，心里难过得很。我的眼前仿佛出现了八个苦苦哀求的面孔……

当天夜里，我终于怀着沉重的心情拿出信纸，我想，我这把岁数了，改行也没人要了，还是退休吧。于是，我向教育局写了退休申请，并结结实实地盖上自己的印。

1975 年于北京槐房

地狱里的风波

四十八岁的石文贵终于提前到阎王爷那里报到了。

如何进的地狱大门，石文贵记不清了，反正现在是由两个小鬼押着，据说是去阎王那报到。

地狱里黑洞洞的。一个小鬼儿在前面引路，一个高个子的在身后押着。戴着手铐脚镣的石文贵，深一脚浅一脚地往前走。他感到浑身发冷，这阴森森的地狱使他毛骨悚然，怪不得人们提到地狱就害怕，原来这阴间还真是吓人。他不由自主地摸了摸自己的前胸和腋窝，哪都凉冰冰的，没有一丝热气，不过肉还有弹性，这说明还没冻僵。“好家伙，比定陵的地下宫殿可冷多了！”石文贵想着，不由脱口而出，说了这么一句。

“少废话，快走！”后面那个高个子的小鬼儿照石文贵的屁股就是一枪托。石文贵来了个踉跄，回头一看，黑暗里有两道蓝光，那是小鬼的两只眼睛。他忙扭回头，低着，哆嗦着急忙往前走。

走了一阵，前面有了亮光，而且越来越亮。渐渐看清了。原来这地狱里也用了电灯？石文贵感到很惊奇，心想，这阴间也近代化了！

他被押着穿过一道又一道门，终于在一个办公室模样的门口停住了。

前面的小鬼儿敲了几下门，高呼：“报告，石文贵到。”

“进来！”

石文贵被押进屋。

“报告王爷，石文贵到。”前面那个小鬼申报着。

一听叫“王爷”，石文贵心想，这大概就是地府的阎王了吧？于是，他定定神，抬起头向前望去。

这间办公室的日光灯雪亮雪亮的。石文贵又是一怔，哎，这阎王爷何时也进化到这步田地！他居然穿的不是古字画里的那身古装束，而是穿了身中山服，好像还是毛料子的，头顶已经秃了，两鬓却还长着两道黑发，就像京剧《林海雪原》中坐山雕的尖脑袋样，只是他戴了副眼镜！那阎王没有马上回答小鬼的申报，伏案写着什么东西，在前方的案头放着厚厚的一摞本册。石文贵心想，这阎王爷还挺开化，一九六六年实在不应把它列为四旧！瞧，他工作多负责任，这要比派出所的刘所长强多了。上次，因为要求让儿子去工读的事，石文贵找过刘所长，都下午三点了，老先生还在睡午觉呢！

好一阵，阎王才稍稍抬起头，眼光从镜框上边射过来。

“好，你们来了？”说完，他放下手中的卷宗，打开了一个本册，拿起一支毛笔，接着问：“你叫什么？”

“石文贵。”

“哪里人？”

“天庆人。”

“在人间干什么？”

“印刷工人。”

“什么政治面目？”

“群众。”

“你犯了什么罪？”

“杀了我儿子。”

“噢？父亲杀儿子？你家还有什么人？”

“只剩一个十一岁的女儿。”

阎王看了看石文贵脑门上的那两个窟窿，说：“嗯，是法院枪毙的。”于是他打开身后的一个文件柜，取出了一个用塑料绳串着的圆铜牌，放到桌上。

“石文贵，你儿子叫什么？”阎王关切地问。

“叫石虎。”

阎王又将一本厚厚的本册打开，翻了翻，把滑到鼻子尖的眼镜往鼻梁上推了推，说：“石虎——流氓。在第三层地狱。怎么，你去看看儿子吧？”

“不。我们已经断绝了父子关系。”石文贵毫不犹豫地回答。

“还是去见一面吧，说几句话。反正也是路过。不然，以后就见不了了。你们毕竟是父子一场嘛！”然后，阎王对小鬼们命令道：“给他们十五分钟，让他们父子见见面。把这牌子给他戴上。回头叫医生给他整整容，把那个窟窿堵上。下去吧！”

两个小鬼押着石文贵走了。不一会儿，他被押上了电梯。小鬼一按电梯，石文贵立刻感到浑身轻飘飘的，好像悬了空。凭经验，他意识到这是往下走。

“马上就到第三层了，准备好。”那个小个子的小鬼提醒道。电梯突然停止下降，门开了。石文贵还在犹豫，那个高个子的小鬼把他推了出来。

石文贵被押着往前走，两边铁栅栏里的犯人纷纷拥挤到铁栅栏边，用好奇的眼光张望着他们。

石文贵看看左边，又看看右边。铁栅栏里面一个个显露出人的模样，有老人，有青年，有的满脸横肉，有的轻浮的微笑里透着狡猾，有的横眉立目，有的流露着淫笑，有的留着飞机头，有的留着男不男女不女的长发，这些人的面孔和姿态使石文贵立刻想到人间的刑事犯牢房。他感到心里一阵恶心。

他们终于在一个铁栅栏前停住了。

不一会儿，这个空牢里，走进一个青年。

石文贵心里一惊：这不是石虎吗？哎，谁把他的头安上了？

“噢？是您呀爸爸？真没想到！我想，这地狱里没有我的亲戚呀。原来是您？您怎么也来了？”

石文贵愤怒地瞪着他儿子。他发现儿子的脖子上有着牛皮绳缝的针脚，心想，哪个可恨的家伙给他缝上的？居然还让他活在这里！

石虎见他爸爸不吭声，还以为他有点后悔不该杀死自己的亲生儿子了，于是兴致勃勃地说：“我还以为你立了功呢？怎么也到这阴间地府来了？”

石文贵终于怒不可遏了：“呸！你个兔崽子你还有脸和我说话？”

“老头子，别假积极了，你把你当棵葱啊？谁拿你炝锅啊！对，就算我是流氓，土匪，你是老实工人，又怎么样呢？你不就比我晚进来三个月吗？我还以为你长命百岁呢？”

“我是为民除害，死得重于泰山！你是社会渣子，罪该应得！”

“哈哈哈！”石虎双手抓住铁栅栏，仰面大笑。

石文贵被这一笑弄得莫名其妙，然后马上又镇静了，“呸！”石文贵冲着儿子脸就是一口痰。“你还有脸笑！”

石虎收住笑，用手抹了一把脸上唾沫，然后指着石文贵挂在胸前的铜牌说：“快看看你牌子上写的字吧！”

石文贵忙拿起小鬼刚才套在他脖子上的那个铜牌，仔细看了看。那铜牌上刻着个隶书的“十七”字。然后又看了看儿子胸前挂着的铜牌，那上面是个“三”字。石文贵脑袋嗡地一涨，身子有点摇晃。

“我是第三层地狱，你是第十七层地狱！比林彪才少一层！哈！哈！”又是一阵狂笑！

石文贵气得眼冒金星，哆嗦着，说不出一句话，

石虎看到这情景，一本正经地说：“不要再装英雄了，爸爸。不管怎么说，你还是我的生身父亲，我不能看着你在这地狱里再吃亏！我比你早来三个月，在这地狱里，我可以说比你经历得多！”

这地狱里也还有吃亏不吃亏的？石文贵又是一惊。他万万没想到自己大义灭亲

了半天，倒落得在地狱里还不如小偷、流氓，竟然才比大卖国贼林彪高一层！想到这里，他便感到需要听听儿子的，他心里说，好话坏话都要听，听完再说。这时，他突然感到心里痒痒，非常想抽烟。他两手上下摸了摸，没有一支烟，只好咽了口唾沫。他真后悔下地狱前怎么没带上烟呢！哪怕是九分一盒的也好哇，现在来不及了。

“我说老头子，不，爸爸，如今为人办事不能像你那样一根筋！要灵活点才对。有谁像你那么认真？派出所，公安局又怎么样？派出所我去过十多次，公安局去过四次，还不是那么回事！没多少天就回来了！他们不能把我们怎么样。那次派出所姓李的警察打了我一个耳光，我上告了，这叫体罚！结果那姓李的在大会小会做检查，还给我当面赔礼道歉！为这事，他上次都没调了级！过去是抓阶级斗争为纲，如今不为纲了。公安局不能专人民的政。就说我的喇叭腿裤吧，你不让穿，那是国家卖的。那次我去看《望乡》你打了我一顿，后来我听说《青年报》上发表了不少评论文章，还向青年推荐呢！你总和潮流扭着！就说那次你因为我打群架，把我扭到派出所，结果怎么样呢？实话告诉你吧，正是那个姓李的警察，他把门一关，给我一杯茶，两支烟，我们两个聊了两个钟头，中午就回家了，中午饭都是在家吃的。跟你说吧，警察也得想想自己的后路。上次派出所的姓马的警察不就被几个农民给装在麻袋里臭揍了一顿，然后扔到了河边！差点儿没给扔河里！他们警察手里连根棍子都没有，‘小蛋子’他们有火枪，有硫酸枪，我的三棱刮刀都是后进的了！他们警察还能当一辈子警察？他们得罪了我们哥们儿，等他们脱了警察服以后，我们还饶得了他！警察专吃这碗饭的，还得考虑怎么对待我们呢？你个臭工人，有几个脑袋？碎了你，还不跟捏死个蚂蚁一样！这几年，国家都不管我们，你多这一鼻子眼儿出气干什么？”

石文贵越听越生气，气得浑身直哆嗦，太阳穴嘣嘣直跳，大声吼道：“你……你……你个混蛋！国……国法不管，我家法管！我不能叫你祸害老百姓！”

“好！你家法管！你杀了我，你有什么好？咱家有什么好？咱俩都下了地狱，我妹妹可怎么办？李猴他们会糟蹋她的！你想到没有！”

“啊？……”

“到时啦！别吵啦！走！”两个小鬼催促。

石文贵听到儿子的最后一句话，就像受到了巨大的雷击一样，再也撑不住了，栽倒在地上。那个挂在他胸前的铜牌正好掉在他的脸上，上面刻着的“十七”两字清楚可见。

两个小鬼儿把石文贵拖进电梯。

电梯又继续向地底下降下去。

1979 年北京

神秘的邮包

上午十一点半，刚响过下班铃，就听见供销科的小刘高声喊："王厂长——包裹单！"

王宇开门下楼，向传达室跑去。

正是中午下班买饭时间，院子里人很多。几个姑娘挤眉弄眼地说："厂长，要是好吃的，别忘了我们，嘻嘻……"

"好，好！"王宇边跑边说。

王宇进了传达室，把印章递给邮递员说："谢谢啊，老李。"

邮递员老李微笑着说："王厂长，这人都到北京了，不给你送来，还寄！"

司机小刘把包裹单急忙递给王宇，说"厂长，两双冰鞋！千百来块钱哪！"

王宇一愣，心想，谁会给我寄这东西呀！他接过包裹单，仔细看着寄信人的地址和姓名。仍然是：广州市××街××号，艾寄。

一点没有变化，这是两年来的第四次了。

"厂长，还是我帮你取吧。拿身份证来。"小刘风风火火地跑出去了。

王宇慢慢向办公室走去。只听身后有人说："咱们厂长怎么老是天上掉馅饼呀！咱们怎么一回也不掉！"

也怪了，这已是第四次了。从第一次开始，王宇就按着寄包裹人的地址，姓名，去过信。一连好几封信，都退了回来，说："没有此人。"可是包裹每次都写得清楚楚：寄北京市×××，王宇厂长收。

第一次，是一套纯毛的西服。

第二次，是一架日本理光照相机。

第三次，是一块瑞士名表。

第四次，是两双高级冰鞋。

也曾经有人怀疑这是有人行贿。上级为此还找王宇谈过话，并调查过。结果没有查出一点证据，厂里的职工都反映王宇挺好，尤其是这几年不少服装厂都下马了，王宇他们的服装厂却发展很好，不少产品还出口到国外呢！上级也就不再过问这点小事了。

饭还没吃完，那些闻讯而来的姑娘小伙就来到厂长办公室，挤了半屋子。你一言我一语说起来。

“厂长，听说又给你寄东西来了？这到底是谁给你寄的？”

“你管得着吗？厂长别理他们，听说是两双，要行，匀咱一双啊，怎么样？

“你想得美，那是厂长和夫人一人一双，你瞎掺和什么！”

“厂长，你这朋友还真行，千里之外，知道你爱溜冰，刚入冬，冰鞋就寄来了。”

“哎，你们猜这寄东西的人啥目的？”

“服装，叫咱厂长提神，和人家谈判时，不丢份！咱厂长本来就是个美男子，人是衣服马是鞍，咱厂长配上那身西服，正经一个大厂的老板，谁能小瞧！”

“那架相机可给咱厂立下了汗马功劳。咱厂长到哪都带着它，给咱厂攒了多少珍贵资料啊！”

“哎——，你这么一说，这个寄东西的人是为了咱们厂啊！”

“可不，还真是，看来，这几年咱厂的发展跟这个不知名的贵人还真有关系呢！”

“嗨，别瞎咧咧了，瞧，小刘来了，快让他进来。”

小刘拎着个包裹挤进办公室，把包裹放到了厂长办公桌上。

几个姑娘小伙抢着上前去拆包裹。

“真是好皮子，多白呀！42号。”

“让我们瞧瞧！”

你拿我抢。

小刘惊奇地说：“西服的尺码正合咱们厂长，这冰鞋的尺码也正合咱们厂长！看来，这寄东西的人一定是很了解咱们厂长的了。”

大伙也突然觉得小刘说得有道理。

“厂长，这个寄东西的人肯定了解你，要不，这尺码怎么这么合适呀！”

“看看邮戳，是哪的。”有人提议。

人们开始从邮包上找邮戳。

“这儿哪，北京市！十一月二十日九点四十。”

“啊——，北京寄出的？！那怎么是广州寄来的？”“这不明明写着是从广州寄来的吗？你们看看。”小马指着包裹单上寄包裹人的地址，大声说。

小刘说：“那有什么奇怪的，每次都一样，地址没有变，都是写的广州，可都是由北京寄出的!”

王宇一挥手:“别瞎猜了,给我,给我!等我弄清了再说。都回去好好休息休息,下午还干活哪!”

大伙你看看我,我看看你,出着怪脸挤出了厂长办公室。

大伙走后,王宇又陷入了沉思:这究竟是谁呢?

“除了我妈和我爱人,谁能这么准确地知道我穿衣,穿鞋的尺码呢?”王宇越想越不得其解。

技术科苏丽是厂子的技术尖子,26岁,年轻漂亮,高挑的个子,瘦瘦身材,一头瀑布般的披肩发,乌黑亮丽,细细的眉毛下,有一双含情脉脉的眼睛,瓜子似的白白净净的脸上,一笑便会出现两个美丽的酒窝。真不愧是服装设计人员,衣服从来不买,全是自己剪裁自己做,总是那么新颖、那么合体,走起路来轻盈潇洒,她是全厂公认的美女,不少杂志社的记者要为她拍照,做杂志封面呢!可苏丽都一一拒绝了。厂里、厂外追求她的人很多,不知为什么,苏丽也都一一拒绝了。苏丽的父母都在“文化大革命”中被“革”了命。她没有家,也没什么亲戚,参加工作以来,一直住在厂里的女工宿舍。最大的爱好就是设计服装。服装图书、服装杂志、服装资料,就是她的全部财产,就是她的命。她不放过任何一次北京城的服装展销会,她也不放过任何一次见到的街上行人穿的新颖服装。服装简直就是她的全部生活。

一次公安局来人到厂里了解苏丽的情况,是王宇接待的。新中国成立前夕苏丽的大舅跟着国民党走了,后来从台湾到美国经商,中美建交后,她大舅一直通过外交部寻找在大陆的家人。几年的周折,北京市公安局终于像大海捞针,在这个服装厂里找到了他的外甥女。

苏丽听妈妈说过,有个大舅在国外,而且,“文革”中因此妈妈爸爸还受牵连,挨批斗,可她从来没见过这个大舅。

没多少天,厂里确实收到一封来自美国的信函,是寄给苏丽的。那封信在厂里引起不小的轰动。

有人说:“哎哟,小苏有个富翁的美国舅舅,人家还不出国,咱这小庙还能留得住?”

有的人说:“怨不得小苏不结婚呢,原来是准备出国哪!”

还有人说:“小苏可不能走,咱厂的服装设计全指着她哪!”

王宇心里也直发慌。可不是,服装市场竞争这么激烈,全靠好的服装设计师呀!没有好的服装设计师,哪来的好服装啊!没有好的产品,厂子还有什么前途。想到这,王宇情不自禁地说:“我的小祖宗,你可千万不能走哇!”

一个月过去了，苏丽还和以前一样，没有任何要出国的动静。

市公安局来了电话找厂领导，说苏丽的大舅从美国要来，让厂子出车送苏丽去北京机场接她舅舅，多给些关照，这是外事工作。

这可难坏了王宇，派车送小苏去机场没问题，厂里有辆桑塔纳2000，问题是，小苏没有家，厂子也没招待所，小苏住在厂里的女职工集体宿舍，给她大舅接哪去呀！

王宇答应了市公安局，忙又叫来所有的厂领导商量如何办。

谁也想不出好办法，只好找苏丽。

苏丽听到这消息后，又惊又喜。马上就能见到自己的亲人了，她怎么不高兴呢！

“厂长，不用厂子出车，我自己打个车去就行了。不过厂里先借我几千块钱，我去个宾馆租间房不就行了，今后再从我工资里扣吧。”

“市局说，还是让厂子出车送你为好，让厂子领导陪你去，说这是礼节。厂子可以先借你一万块钱吧，不够再说。”

事情出乎王宇所料。过几天还没等王宇和苏丽他们去机场接人，长城饭店打来了苏丽大舅的电话，人家已经住进长城饭店了，是她舅舅的秘书打来的，让小苏马上去，说董事长非常想她。

王宇马上派司机小刘送苏丽去了长城饭店。

临上车前，王宇对苏丽说：“这几天你不用上班了，陪陪你舅舅吧，需要帮什么忙来电话，替我们向你舅舅问好。”

“谢谢，谢谢。”苏丽转身上了车。

苏丽一共陪了她舅舅五天，每天都给王宇打一次电话，问问厂子的情况。这五天苏丽陪大舅去了故宫、颐和园和八达岭长城。一直住在长城饭店，根本没回厂里住。

第六天下午两点苏丽来到王宇的办公室。

“厂长，我回来了。”

“好，快坐下，说说你们玩得怎么样？你舅舅还满意吧，给你说了点什么美国的新鲜事？”

“我舅舅那边一大家子人，舅妈、表哥、小侄女，他们生活得挺好，我舅舅要我去美国，说这里没什么亲人，让我一个人在中国，多孤独呀，没成家，也没房子，一个人，说走不就走了吗！”

“那你怎么说？”王宇直愣着两眼问。

“我说我不能走，厂子需要我。我说服了舅舅，今天上午我送他们去了机场。厂长，我下午还不能上班，得搬家。”

“搬家？搬哪？”王宇惊奇地问。

“我舅舅硬是叫秘书给我买了套公寓，在朝外大街那边，今后我就不在厂里住了。”

“那上班这么远怎么办？”

“我舅舅给我买了一辆帕萨特，我也不会开。先坐一段公交车，等学会开车了，就好办了。”

“噢——，行，叫司机小刘再找几个人帮你搬家吧，还需要什么？”

“对，把这一万块钱还厂里吧，没用上。”

当天，厂里又沸腾了。

有的说：“看人家小苏多有福，摊上这么个阔舅舅，几十万元的公寓，几十万的汽车，不费吹灰之力。”

有的说：“小苏真傻，这么好的机会，不去美国，在这待个啥劲呀，多少人想去都想疯了，有机会，她还不去！真是不知她怎么想的！”

也有人说：“人各有志嘛，看来，中国还有吸引小苏的地方，让她舍不得。”

半年过去了。厂里又陆续收到从美国寄给小苏的三封信。

这半年，虽然苏丽工作和经常一样积极，勤奋的工作，但每次见到王宇总好像有什么要讲的，但又没讲。有不少次，小苏来到王宇办公室，站了一会儿，又走了。有时是因为有人和厂长说事，有时并没有人。王宇感到小苏好像有心事。

王宇实在怕苏丽出国，苏丽可是厂里的栋梁呀！

这天，王宇把苏丽叫到办公室。

“小苏，我想给你介绍个朋友，也不知你有了没有？”王宇开门见山。

苏丽脸一红，低下头，两手在胸前紧握，非常紧张地小声说：“厂长，我有，谢谢您。”

那声音很低，但很清晰。

“是吗？太好了，太好了！哪的人？在哪工作？”王宇很兴奋。

“北京人，就在北京工作。”还是那样的小声，还是低着头。

“太好了，北京人，北京工作。说实话，我真怕不是北京人，不在北京工作。”

“为什么？”苏丽抬起头，好奇地问。

“怕你走哇，咱们厂不能没有你！”

苏丽忙摆着双手说：“厂长，可别这么说。”

这时，销售科的刘科长风风火火地进来了，“厂长，有件急事，得赶紧商量。”

苏丽一听这个，忙起身说：“厂长，你们谈吧，我先走了。”

苏丽走出厂长办公室，立住脚，手伏在心口，闭上了眼睛，足有两分钟后，她才走开。

“厂长，服装展销会上，一家香港公司订了咱们5000套，这可是300多万美元哪！”销售科刘科长简直是眉飞色舞。

“谁设计做的？”王宇兴奋地问。

“小苏的呗！还能有谁？这可得好好奖励！”

“是，是，哎，大刘，奖励什么？”

“钱呗！这回可别那么抠！大方点。咱们真能走好出口这条路，那可就要插翅膀啦！”

“你提个建议，奖多少？”

“我想想，怎么也得五万元吧。”

“行，咱们开会商量一下，然后开个大会，当众奖励，对大家也是个激励。”

“那就看你的了。”

厂务会一致同意奖励苏丽十万元人民币。

奖励大会开得很隆重，全厂职工都参加了，连那退了休的老职工也回厂参加了大会。

当厂长宣布完，苏丽上台领奖时，大会出现了让所有人感到震撼的一幕：苏丽在台上首先向全厂职工深深鞠了一躬，然后走到讲台上激动地说：“成绩是大家的，我感谢领导和同志们这些年来对我的培养和支持，这钱我捐做咱们厂的奖励基金，以鼓励更多的同志为厂争光。”

苏丽的举动引起全场暴风雨般的掌声，经久不息。

会后，王宇的手机响了，一条短信：“厂长，下班后，请到我家做客，我在光明楼百货商场门前的停车场等你，苏丽。”

王宇看完后关掉手机，看了看周围。进了自己的办公室。

临下班前，王宇走到自己办公室窗前，两眼直直地盯着楼下院子里苏丽的那辆灰色帕萨特。

下班铃响了，苏丽开车出了厂大门。

五分钟后，王宇也匆忙下楼，开着厂里的那辆普桑出了厂大门。

在光明楼商场门前，王宇见到苏丽，苏丽示意跟着她车走。这时已是下午6：30了。

王宇的车跟着苏丽的车，一会便消失在车流中。

王宇给爱人打了电话：晚饭不回家吃，有事，可能回家晚点。

苏丽的车开进了一个有保安站岗的高档小区，停在了一个有二十几层的公寓楼前。

花园，草坪，曲径，大理石的路面，宫灯式的路灯，一辆辆高级车整齐地排列着，院子里没几个人走动，真是闹市中的一片静地。

电梯在第十八层停住了，王宇跟在苏丽的后面进了苏丽的家。

这是一套三室两厅两卫的居所。客厅足有四五十平方米，比厂里的小会议室还大。王宇还从来没见过这么大的客厅。

“这有多少平方米？”

“一百九十八平方米。”

“要换拖鞋吗？”

“不用。”

“我参观一下？”

“可以。”

王宇把楼上楼下所有的房间都看了一遍，赞不绝口。

“咱们厂谁来过这儿？”

“就你一人。”

“你这住房赶上部长了，这宽敞，住10个人也不挤呀！还是两层楼，太棒了。我只在电影里见过。”

“想喝点什么？”

“弄点茶水吧。”

王宇在客厅里欣赏着几面墙上的字画。

“来，坐下喝点茶。”

“你这是中外结合啊，有中式房间，有欧式房间，高雅，庄重，装修精美，这些都是你设计的？”

“不，不，全是我大舅一手办的。”

“小苏，有什么事，你说吧。”

“厂长，你看这是什么。”苏丽从她的卧室里拿出一个古香古色的大镜框来，放到王宇面前的大茶几上。

王宇大吃一惊：一张苏丽和王宇合影的大照片，背景是北京国际展览中心，苏丽和王宇并肩站着，半身像。两人都笑得很开心。

王宇从未见过这张照片，他想了又想，没有和苏丽一起单独照过相呀，自己确实和小苏一起参加过北京国际展览中心的展销会，可是不曾一起照过相呀！

“这是哪来的？”王宇好奇地望着旁边的小苏问。

“摄影师拍的。”

“我怎么不知道。”

“这是人家抓拍的，事后给了我一张，我给翻拍放大了。”

“这是哪年的事？”

“三年前的那次展销会上。”

“你干什么留它？”

“这是重要的纪念。”

王宇把镜框放在茶几上，转身对苏丽说，“这张照片确实拍得不错，你不怕被你的男朋友看见？”

“我不怕，就是要让他看见！让他知道我的心！”“啊?！他是谁？”

“他，他……他就是你！王宇，我爱你！我爱你！我爱你！”苏丽一下扑到王宇的怀里，发疯似地亲吻着王宇……

“你怎么啦！怎么啦，别这样！别这样！”王宇惊慌失措了。

好一阵，苏丽情绪才稳定下来。

“你这是怎么啦？”

“是你给了我工作，给了我生活的勇气，给了我机会，如果七年前你去我的学校招工时，不要我的话，我哪能有今天！当你和嫂子结婚时，你知道我多难过吗？你不知道！只有我自己知道。这几年我看到你和嫂子生活挺好，我也不忍心破坏你们的婚姻，可是我放不下你，虽然我无法改变现状，但我心中始终想着你，你是在我孤苦伶仃的时候，给我温暖和光明的人。有了工作，你知道我多高兴啊！好多天我都睡不着觉。”

“小丽，你别这样，你年轻漂亮，那么多的小伙子都追你，肯定有你看中的，你应当有幸福的生活。”

“不，我心中只有你，爱情是什么？是吸引、是甜蜜的感受，是给予、是奉献，是美的享受！这一切只有你能给我。这也正是我不出国的原因，大舅又几次来信让我出国，你说我怎么办？”

苏丽坐正，用手理了理头发，用期待的眼神看着王宇。

真是一道难题，王宇无言以对。

沉默，沉默，还是沉默。

“即使不能和你一起生活，能和你一起工作，能天天见到你，能天天听到你的声音，这就是我的愿望。”

“我不值得你这样，我从来没想到你会这样想。当初录取你，一是工作需要，二是你的表现，三是你的学历表，一个孤儿，我们本应关照。后来的一切，都是你自己努力的结果啊，我并没有特殊关照你呀。”

“你的敬业精神，你的聪明才干，你的爱心，你的诚实，你的坚忍不拔，你的光明磊落，这一切都深深地吸引着我。没有你，能有厂子的今天吗？多少厂子都垮了，多少工人都失业了，我们厂没有！你为大家，为厂子付出的心血，我都记在心上，爱并不是凭空的，爱并不是无源之水！”

“那你让我怎么办？”

“我很痛苦，爱你，却得不到你，你就在咫尺，却又在天涯，我实在受不了了，看到嫂子那样贤惠，你的女儿那样活泼天真，我不忍心做第三者，可我真的舍不得你呀！难道我的爱情就这么残忍！”

“别这么想，你一定会有美满的婚姻的，你是个好姑娘，好人一定会有好报。”

“我大舅病重，一定要见我，昨天又来了电报，这是我唯一的亲人哪。”

“那你就去美国看看他老人家吧。”

“这一去，可就不一定能回来了，大舅为我在美国安排了工作，催我好几回了。”

“是吗？那可怎么办？”

“我也为难。”

“你需要我帮什么忙？”

“我决定出国。从明天开始，我请假，请个长假，我办公桌的钥匙就放在书柜上，你们拿去吧，我，没我什么东西了。我办出国手续时希望厂里能关照。”

“放心，厂子会关照你的，需要帮什么忙，你就说。”王宇要起身走。

“等等。”苏丽跑过去，紧紧地站在王宇的对面，张开两臂，两眼温情地看着王宇：“抱抱我吧”。

王宇紧紧地抱住了苏丽。苏丽把脸紧紧地贴在了王宇那宽厚的肩膀上。

王宇回到家里，一夜没睡着，一幕幕往事像电影一样……

第二天一上班，苏丽就来厂办出国证明。同志们都吃了一惊，但很快又平静下来，“本来嘛，这么好的出国条件，谁会放弃呢！”

“这一去，准不回来了，人家大舅可是亿万富翁啊，小苏美国享福去啦！”

一个月后，快下班了，王宇的手机又响了，一条短信：我明天上午的飞机，你今晚八点来北京饭店，我在大厅等你，苏丽。

这可能是一生中最后一次见面了。王宇决定去见最后一面，也算是为她送行。

太突然了，送她什么礼物呢？王宇有些犯难。想来想去，真不知送什么好，送什么才合苏丽的心意。最后王宇认为还是问一下苏丽，让她称心如意，明天一早买好，到机场送她时再给她。

晚上八点，王宇准时来到北京饭店大厅，苏丽一身标准职业女性服装，更显潇洒美貌，光彩照人。

苏丽带王宇来到八层一个套间。

"手续都办妥了？"

"是。房子、车子都卖了，一身轻，就带了这么一个箱子，给大舅他们带点北京特产和一包天坛的五色土。还有咱俩的那个镜框。"

"你带它干什么？"

"这是在中国最重要的纪念。这是咱们的结婚照！"

"啊——"王宇一愣。

"是，这是我认为的。"

"我真不知给你买什么礼品好，想了半天也想不好，你看需要什么？"

"你能来，我就特别高兴，我就没白暗恋你一场。王宇，你能答应我一个请求吗？"

"行，你说吧。"

"你不是也要送我一份礼物吗？"

"是啊，一定要让你满意的礼物。"

"你说的，你不答应怎么办？"

"我一定答应！我向你保证，如果不答应你，我立马撞死。"

"别，别，这话不吉利。"

"你说吧，要什么？"

"种子。"

"什么种子？"

"你的种子！"

"啊——"

……

"明天你不用去送我了。二十年后，我会带着儿子来见你的，让你们父子见面，我要为你培养一个让你自豪的儿子！"

停了一会儿，苏丽又说："那四个邮包都是我寄的，它代表了我的心。"

1984 年于北京左安门中学

小李鑫

“温州人会挣钱!”这恐怕是当今中国大多数人的共识。据说他们从小就培养孩子们的经商意识，还据说，他们是学习了美国的先进教育理念。也是啊，温州人敢为天下先，二十世纪八十年代初，中央电视台就多次播报过温州的事例。听说改革开放后，是温州人最先走出本地到全国各地经商的，还听说开放后，是温州人最先走出国门到世界上去挣外国钱的。

于是，我对最有经商头脑的温州人肃然起敬了。

前些日子，我因公出差去了一趟山西的太原。

四月的太原比我想象的美，并不像有人说的，大晴天早九点都看不到太阳，整天都是煤灰满天飞。四月下旬的太原，正是春光融融，鲜花盛开的季节，人们脱去臃肿的冬装，换上简约的春装，尤其是那些年轻的姑娘小伙，花枝招展地点缀着太原的街道、广场。春天给太原带来了生气，到处是一派欣欣向荣的景象。

我们住的不是市中心，好像是城乡接合处一个普通旅馆，周围的商业气息还挺浓，不算宽的街道两旁店铺林立，各式各样五光十色的广告招牌到处都是。坐商、游商，操着南腔北调招揽着来来往往的顾客。

沿街不时有三三两两的钉鞋摊儿，北京郊区的街道边，也有这样一道风景。

一个特别的钉鞋摊吸引了我。

在一个胡同口，有一个小小的钉鞋摊。这里的店铺和行人少了些。一个小小的男孩守着那个小小的钉鞋摊。

那个小男孩坐在一个小木凳上，蓬乱的头发下面一双警觉的大眼睛，时不时四处张望，好像猎物在躲避猎人；一会儿，又来回搜寻着每一个过往行人的双脚，又好像猎人在寻找猎物。他穿着一身黑色的过了季节的破棉衣棉裤，多处露着黑白相间的棉絮，缺扣子的领子，向外裂着，破了的袖口向外翻着，破裤下，露着一双半新的鞋。他的左前方是一个钉鞋的小木箱，盖开着，里面大概是钉鞋的工具和材料吧。正前方摆着一个方便顾客用的木制拖鞋，地上整齐地摆放着两个细长的鞋油盒，两个鞋油刷子并排躺在旁边。一干、一湿、一灰，三块擦鞋布，整齐并排搭在钉鞋箱的箱壁上。

我在五米远的地方立住脚。好一段时间也不见有顾客去。我走了过去。

“先生您擦擦鞋?”那小孩儿站起来热情地招呼我。看样子，身高也就是一米二三。

望着他那双热情和期待的大眼睛，我不知所措：“哦，哦，……”

“先生，我早看见您了，您站在那半天，是不是又想擦鞋，又不放心我能擦好鞋呀？放心吧，包您满意!”

“你怎么知道我一定是要擦鞋的呢?”我奇怪地问。

“您的鞋挺新的，不可能修，那一定是擦鞋啦!”他扬起头，歪着，笑眯眯地望着我。

“我要不是来擦鞋的呢?”

“不会的。您不修鞋、不擦鞋，就不会在那站半天看我这，更不会朝我走过来。”那小孩非常自信。接着，他弯腰把那个小木凳递给我，让我坐下，他从身后拿过两块砖自己坐下。

“先生，先左脚，还是先右脚?”

“都行，还是先左脚吧。你小小年纪，还挺会看。那好，你再看看我是干什么的?”

那小孩扬起头，上下仔细打量了我一翻，低下头，一边干活，一边说：“我看您是外地来太原的，不是本地口音；又不像来旅游的，旅游不会是一个人，再说，这条街也不是旅游点；也不像在这上班的，要是的话，上班时间能在这迈着方步闲逛？一个人穿着整整齐齐夹着皮包，在街上迈着方步走，不是个体商户了解市场的，就是给公家出差的。”

“嘿，小伙子，你还真可以啊！几岁啦?”我惊奇地问。

“九岁零五个月。”

“听口音，你是南方人吧?”

“温州人。”

“你父亲也在这吗?”

“不，他们去新疆了。”

“那你跟谁在这呀?”

“我自己和几个小同乡。”

“你这年龄正是该上学的，怎么跑这么远来钉鞋?”

“我们村剩下的都是老公公老婆婆，还有就是不到上学年龄的小娃娃。村里上学的孩子少，学校办不起来，村里的小学停办了。像我这么大的孩子，有的跟爸爸妈妈到外地上学去了，有的就不上了，出来闯世界了！”

“你这么小一人在外地，你父母放心吗？”

“有啥不放心的？我爸爸说我是大人啦，也该出来闯闯啦。我爸爸还说，报上讲，美国的小孩七八岁就知道卖报挣钱呢！您还说我小，我们那几个伙伴，都管我叫老李哩！”小鞋匠颇有些得意。

“那你们吃住怎么办？”

“吃不用花钱，住，更好说了，我们一块住在窑洞里，冬暖夏凉，可好哩！”

“你小小年纪不上学，将来没有文凭怎么办哪？”

“我爸爸说，能看信能写信就行了。我爸爸还说，上到大学毕了业，得花十多万元呢！学费、杂费、书费、赞助费、借读费、住宿费、实习费，可多啦！我爸爸还说，就是毕了业也不一定能找到工作，到那时候，大学生都臭了街啦。还是学一门手艺好，将来有饭吃，能养家。我爸爸还说，将来中国都成私营的啦，到头，都得自己养自己，国家哪管得了那么多人呀！”

我一听，心想这位家长怎么这样教育孩子呀？于是问：“你父亲现在干什么呢？”

“左脚好了，先生，换一下右脚。”

小鞋匠擦了擦额头的汗，解开了胸前的两个上衣扣，又低下头，一边干活一边回答：“家穷，没钱上大学，跟我爷爷种了几年地，后来做扣子生意，后来我妈妈也跟去了。这些年哪都跑，这不又去新疆了。”

“小朋友，你上过几年学？”

“上了两年半，三年级没上完，就跑出来了。”

“中国这么大，你怎么就选太原了？”

“我爸爸说，上海、北京大，人多，住得贵、吃得贵、管理严，创业起步不容易哩！太原这地方天高皇帝远，吃住都好办，人容易活。我爸爸还说，中国人还是猿猴的时候，就是生活在山西，没房、没衣都能活，山上吃果子，坡上种庄稼、山底挖窑洞、山沟里取水吃。后来人太多了，山西住不下了，才移民到全国的。”

小鞋匠的解释，真叫我哭笑不得。

“那这三百六十行，你怎么就选上钉鞋了呢？”

“嗨，我干别的，人家都嫌我小。小厂子说我个头小，大厂子说我是童工；我自己干吧，一没钱，二没力，三没门。我死也不能去偷呀！我想起我爸爸说的了，什么都不行，就学钉鞋！”

“这钉鞋有什么好处呢？”

“说是钉鞋，擦鞋也干，这行投资少，用不了几个钱，我钉鞋的这些家伙都是我爸给的。再说，我是小孩，也不用办执照。工商来了，我就跑；跑不了，我就哭，不是我不想办执照，是他们说我小不给办。我是个穷人，也不怕他们带走，真带走了，我还不愁吃住了呢！您没看，我不敢在大街闹市摆摊，跑到小胡同口摆摊嘛？一有事，就窜小胡同溜啦！”

我陷入了沉思……

“先生，全好了，您看看，满意不？”小鞋匠又擦了擦额头的汗，抬起头，东张西望了一下。

这小鞋匠干活还真麻利，干布先擦去浮土，潮布擦去鞋上的污点，再上油。一丝不苟由上到下，由前到右，由右到后，由后到左，再由左到前，精心地擦，那认真，那细致，那周到，那光亮，真没得挑！比我自己擦的都认真，都漂亮。我前后左右看了看，十分满意地说：“挺好，多少钱？”

“两块钱。先生，您这鞋的皮子真好哇，要常上上油擦擦，能穿好久哩！”

他小小年纪还真有眼力，我这是三百多块买的呢！

我看这小鞋匠挺健谈，再说，甲方约好明天会谈，今天又没别的急事，我还真想和这小鞋匠多聊聊，别看他人小，懂事可不少。于是我说：“小朋友，我想再和你聊聊天，当然，不能耽误了你的生意，这样吧，这两块钱是工钱，剩下的几块钱算是一会儿的误工费吧，怎么样？”

小鞋匠笑眯眯地接过钱，说：“行，那您就问我吧。”

“这钉鞋一天能挣多少钱？”

“大人们钉鞋，弄好了，一天能挣百十块，弄不好，一天少了也得二三十块！”

“你一天能挣多少？”

“嘿嘿，我小，我不行。好了一天五六块，不好时一天两三块，有时碰上工商追得满街跑，那就一分也挣不着啦！”

“那你还干这行！”

“我爸爸说啦，不吃苦中苦，难得甜上甜。哪有天上掉馅饼的好事！钱要是那么容易挣，也就轮不到咱乡下人啦！我爸爸还说啦，什么积土成山、积水成渊，一分一分地挣吧，慢慢挣，将来，牛奶会有的、面包也会有的。”

“你父亲讲的也有道理。”

“先生您不知道，我们老家那边，外出钉鞋发了财的有的是，娶媳妇的，盖楼房的，办厂子的也不少呢！您一定知道中国有个正泰集团吧？可大啦，我爸爸说，那个老板就是我们家乡那边的人，二十年前他也是钉鞋起家的，后来成了大老板，听说，他现在有好多个亿呢！”

我真没想到，他小小年纪竟有这样的见识。

“小朋友，那你挣了多少钱了？”

他狡黠地笑了笑，低下头说："我爸爸说啦，这是秘密，谁问也不能说，要不，就发不了财。"

这时，我的手机突然响起来。是一同出差的小李要我赶快回旅馆，说甲方谈判人员来了。这可是大事，关系到今年厂里的生产任务，不能耽误。

"小朋友，我有急事得马上回旅馆，还没问你叫什么名字呢？"我一边起身一边说。

"我叫李鑫，不是新旧的新，是三个金字的鑫。"

"哦——李鑫！好，再见吧，小李鑫。有时间你还是多看些书吧，苏联的大文豪高尔基，也是从钉鞋开始他的人生之路的。"

小李鑫站起来向我挥手："先生再见！"

我转身急匆匆向我们住的旅馆走去。

大约三分钟，我听见身后边像小李鑫的声音："先生！先生！等等！"一阵跑步声。

我停下来，回头看，果然是小李鑫，他正气喘吁吁地跑过来，"先生，才几分钟，我不能收您那么多钱。"说完，把四块钱硬塞到我兜里，转身就跑了。

"哎！哎！别别！……"我愣了，站在那里。

望着小李鑫那一蹦一跳跑去的背影，我心里真不是滋味。

我急忙赶回旅馆，一进门，甲方的刘经理忙从沙发上站起来，看了看手表说："走吧！大张，到饭店咱们边吃边谈吧。明天市里有个紧急会，只好提前今天来了，走吧！"

我们双方来到附近的一个大点的饭店，要了个雅间。

酒足饭饱后，合作协议也签妥了，双方都满意。真是皆大欢喜。看表，下午两点半了。

我们这伙人，打着饱嗝走出了饭店大门。

站在饭店门口的高台阶上，我下意识地左右看了看，忽然，发现左边附近一个小饭馆前，一位大个子服务员正直着脖子吼："你就知道上我们这要呀！从明天起，到别处要去！"

只见那个要饭的小孩深深鞠了个躬，然后一蹦一跳地跑去了，那背影——哎！那不是小李鑫吗？！

一蹦一跳的背影，渐渐看不见了……

"吃饭不花钱。"我想起小李鑫说的话，心里一阵酸楚……

1999 年于北京密云

一夜情

真没想到，活到了三十五岁，我竟然也遇到了一夜情，而且是那样的勾心锁魂，让我朝思暮想。

那是2006年夏天的一个星期五。

早上刚到办公室不一会儿，会计师大张就兴冲冲地跑过来："王经理，告诉您个好消息，我又复查了一遍，上半年已经完成了全年计划的240%！利润完成了全年的275%！这可是几年来最好业绩喽！"

"是吗？好！这个月给大家多发些奖金！这几个月大家都不容易呀。"

"还不带大伙玩玩？"

"行，你们想去哪啊？"

"嗨，工作挺忙，远处就别去了，没那么长时间，到北京的远郊区，去上一两天，玩玩、住住，也放松放松，怎么样？"

"好哇，就这么着，听通知吧！"

大张高高兴兴地走了。我安排好工作后，告诉秘书小吴："我去密云一趟，家里的事你和马经理商量吧，不是大事，别找我。"

我就像小鸟飞出了笼子一样，开着我的"老广本"一溜烟地跑出了北京城，沿着京顺路、京密路、京承路飞奔而去。

郊区的空气就是好。蓝天、白云、绿树成荫。过了四元桥，我打开车窗，关掉冷气，开着音响，哼唱着流行歌曲，那个自在，那个爽快，那个惬意，哎呀，就别提啦！美——

密云地区和我没什么业务往来，我没去过，这是第一次。真没想到密云区竟然这么美！一进十里堡，宽阔的马路不亚于长安街，路两旁是松树和鲜花，然后是新建的高楼大厦。一条大河从城中穿过，汉白玉栏杆的大桥上，车水马龙，河两岸垂柳婆娑，水中有游船；岸边是绿茵茵的公园，还有华表式的群雕。清洁、美丽、新颖、别致，一座完全现代化的新城。穿过城区，没见一间平房！密云县城真美啊！我去过北京的其他郊区，密云区最美。

曾有好几个朋友向我推荐密云的雾灵山，要约我一起去玩，单位的同志们也想放松放松，于是，我想先去雾灵山探一下路。听说雾灵山自然风景区完全是原生态的，报纸也介绍过，但是我没去过，路不熟。好在，我车上有本北京旅游地图，边看边走，顺着京承路一直向前奔。

一路上我下了几次车问路，因为北京建设太快，有些环岛、岔路口地图还没来得及标，还真不知怎么走。

到了一个叫“太师屯”的地方，路旁高大的广告牌上“国家级小城镇——太师屯”。这是一个美丽的小镇，眼前出现一个大岔路口。我又向一个过路的人问路，那些老乡告诉我：“再走十里路，有一个岔路口，再打听。”

到了一个叫松树峪的地方有个大岔路口，我一看路程表，才 6 里，开车又走了 4 里路，的确又是一个大岔路口。我在路边停下车，路边树荫下，正好站着个亭亭玉立，衣着入时的姑娘，看样子像是等车的。

我下车很有礼貌地问：“同志，去雾灵山怎么走?”

“是去旅游吗? 我给你带路，我也往那边去。”那姑娘看了看我，爽快地说。

“那好，上车吧!”

那姑娘在副驾驶座上坐稳后，我发动了车。

“您也是去旅游的吗?”我问。

“不，我是回家。”

“您家在这边?”

“是啊，东庄禾，就在去雾灵山的路上。”

“您这是放假回家?”

“不，我辞职了，回家想自己干。”

“您原先在哪工作?”

“西单的华戈尔服装专卖店，卖服装。”

“怎么不干了?”

“想自己干。注意! 前面是个死弯，山区开车可得小心，山高路险，死弯多。没来过这边儿路不熟，更要多加小心。”

“是，是，这边的山路窄，拐弯多，尽是盲区。”我一边聊天，一边打量着她。美，太美啦，真没想到，这穷乡僻壤的山沟里居然有这么漂亮的姑娘! 就是在北京城里也是千里挑一呀!

“我给你介绍个工作怎么样?”我说。

“不，不出去了。我们村原来是乡政府所在地，撤乡并镇后，那些厂子也都完了，原先挺红火的村子，如今冷冷清清，商店也不行了，中学也撤销了，一点人气都没了，乡亲们都灰头土脸的。我想回村干，曹家路村比我们村小，比我们离北京城远，都快到河北省了，人家都能干起来，我们怎么就不行呢？我们也有山有水的，不比他们差呀。”那姑娘歪头冲着我兴冲冲地说。自信、不服输的样子，这姑娘还真有股子冲劲。

车子又连续翻了2个山梁，拐了3个弯，到了一个河套的地方，眼前出现了一个大村子。

“同志，前面就是东庄禾，我该下车了，您一直顺着这条路走，再有四十分钟，就到雾灵山了。要不，下车到我家喝口水，吃点饭，也到中午了。”

“不，不，谢谢您，谢谢您。”

到了村口，她叫我停住车，顺手递过五元钱，说：“谢谢您”，然后要开门下车。

我一把拉住她，忙说：“我不要钱，我不是出租车，你给我领路，我还要谢谢您哪!”说着我把钱塞到她挎包里。

“那好!”那姑娘下车了，回头微笑着向我招招手。我也向她招招手，点了点头。

姑娘下车走了。苗条、健美、浑身洋溢着青春的活力，高高梳起的马尾辫儿，在她脑后一摇一摆的……

我目送着她的背影消失在村口的拐弯处……

我忽然有点懊悔。怎么没有问一下她的名字呢？可又一想，问人家的名字干什么？我不能回答。

一加油门，车向雾灵山奔去。

大约三十多分钟，来到了一个叫曹家路的山村。村口有“欢迎您到曹家路旅游”的大幅标语牌，山村的街道很干净，村里的街道全是柏油的，小商店，小饭店不少。游客一过，店里的服务员便会热情地招呼你：“欢迎光临！欢迎光临!”

已经是下午一点了，肚子也确实有些饿，我把车停到了一个小空场，进了一家乡村饭店。

“您请坐，吃点什么?”一个年轻的女服务员满面笑容地迎上来。

“有什么特色点的，弄来就行。”我一边坐下，一边说。

“一听您就是北京城里来的，城里人吃鸡鸭鱼肉不新鲜，来点儿我们农村的乡土菜吧，也让你们尝尝鲜，吃点儿纯天然的饭菜。”

那姑娘翻开一个菜谱，指着，“凉拌木里芽，下酒菜。肉炒葫芦片，炒三丝，山鸡丝，胡萝卜丝，芹菜丝，一碗二米饭，高粱米和大米，怎么样?”

我一听，嘿，还真行，挺新鲜，说："可以，木里芽是什么？"

"这是我们山沟里的特产，树上长的，春天采的天然绿色食品，无污染，城里人都爱吃。"

"炒葫芦？葫芦也能吃吗？"

"当然了，炒葫芦可好吃了，切丝，切片都可以，加上点肉，这可是我们山里人待客的好菜，没吃过吧？"

"山鸡是野生的，不是要保护的？"我瞧着姑娘问。

"嗨，我们这山上野鸡可多了，不少家里都养着山鸡哪！我们老板就养着几十只！喝点什么酒？"

"我开着车，不能喝酒，来瓶饮料吧。"

那姑娘转身进了后厨。

一个中年妇女，从衣着看像个老板，她走过来给我倒了一杯热茶水，满脸堆笑地说："是来雾灵山玩的吧？"

"是，雾灵山还有多远？"我问。

"这就是雾灵山，我们村就在雾灵山脚下，待会儿吃完饭，去雾灵山自然风景区玩吧，北京城里来这儿的人可多啦，可以自己走，也可以骑马去，不过山上冷，穿得太少可不行。"

"能有多冷？"

"多冷？我们这儿五月份冰雪没化呢！八月份上山，要到山顶，还得穿大衣呢！"

"啊——八月份还那么冷？"

"那可不。雾灵山是燕山的主峰，有两千多米高哪。那上面有空军的雷达站。这地方是北京城里人避暑的好地方，每年都来几万人哪！"

这一顿农家饭让我吃了鲜，开了眼，弄得挺美。在那老板的指引下，我把车就停到了她们小饭店门前的空场上，然后走着去了雾灵山。穿过村，村边有条挺宽的河，听说叫南达木河，曹家路人在河里搞了截流，有五亩的水面，河里还有几条卡通式的游船，新建的水泥大桥横跨河上，河对面的大空场上停着十几辆大大小小的汽车，一片蒙古包错落有致地围成一个圈，门口有几间简易房，彩旗，横幅标语，光彩照人，一队队旅游者，在导游的指引下，向山边走去，还有些青年人骑在马上，在老乡的引导下向山边奔去……

我一个人也不认道，就跟了几个自助游的小伙子搭伴上了山。

曹家路人还真会挣钱，他们在山口设了进山的门，门票是九十一元一人，据说其中一元是卫生费，好家伙，比故宫和颐和园的门票都贵！守门的工作人员开玩笑似的说："这比避暑山庄还便宜呢！你们城里人有钱，就算是扶贫了嘛！嘿！嘿！"

开始上山时，是下午两点四十，天上是蓝天白云。此时天空出现了大片大片的白云，好像走进了新疆巨大的棉花收购站，庞大，雪白。

年轻人毕竟是年轻人，我跟着这几个小伙子没有走游人的大道，而是沿着羊肠小道上了山。上山的路上有各式各样的花草，红花、黄花、白花、粉花、紫花，一簇簇，一片片，一朵朵，美不胜收。紫荆、杨树、山楂树、洋槐树，杏树、栗子树、核桃树、枣树、松树，一片一片郁郁葱葱。

"哎！快看！蘑菇！"不知谁喊了一声。

小伙子们一下围了过去。

然后分散开，争着采蘑菇，还真多。

"哎——快看！兔子！"

两只野兔突然窜出草丛，飞也似的向山上奔去。"哎——野鸡！快看！"

此时，的确有一只羽毛华丽的山鸡，突然从前面的草丛里飞出，从松树林中穿过，落到了七十多米远对面的山坡上。

到处都是蝈蝈在唱歌，此起彼伏。

站在山坡上，四下望去，真是崇山环绕，层峦叠嶂，司马台长城清晰可见，烽火台、城楼、城垛，几个小小的山村点缀在山岭或沟壑里。

不知何时天上的白云忽然变了颜色，变灰，变黑，翻滚着，奔腾着，凉风阵阵，松涛呼呼。

"要下雨！下山吧！"不知道是谁喊。

"别介，有点雨怕什么！再玩会儿。"一个小伙子说。

"几点啦?"有人问。

我看了一下表，回答："四点十分。"

就数我大了，我提醒小伙子们："下山吧！雨大，山上易受雷击，另外天一黑，下山路就不好走啦。"

采蘑菇的收获不少，塑料袋，大袋小袋满满的，走起路来有些困难。这些人也想下山。

我两手空空的，自然下山快些。那些小伙子毕竟年轻，也随着下了山。

还不到山脚，豆大的雨点就掉了下来，大伙奔跑起来。

又是风，又是雨，天黑得像个锅底。曹家路村已有灯火，汽车也有开了大灯的。小伙子们上了他们的面包车，我钻进了我的"广本"雅阁。浑身都已淋透了，我把上衣拧干又穿上，打开了大灯，也打开车内灯，车上了路。

大雨瓢泼，大灯前面像是一面雨墙。路上的车全开着大灯，有的还开着双闪灯。车都开得很慢。

第一趟来，路不熟，再加上雨大，天黑，我真有点不敢开车了，20 迈的车速向前移动着。其实才五点，要是平常，太阳还老高呢！晚上八点四十才不过这么黑。

电闪、雷鸣、雨声、风声。柏油路面很平，雨水顺着路面哗哗地流去。前面的车溅起一米高的水花，像是汽艇在河里行走。

我跟着前面的车，左拐，右拐，一会爬坡，一会下坡。看不到河水，却听得到山洪的声响。过一座桥时，洪水溅到桥面上，真叫人提心吊胆。顺车灯看去，雨大，有碎山石滚下来，掉到路面上，开车还要躲着它们。在一个叫巴各庄的村口，前面那辆车停住了。我以为出了什么事，也停了车，好一阵，前面的车还是停着不动，也没看出有什么问题，我想可能是害怕了。

我开动车，超到前面，继续赶路了。还是慢慢走，完全是自己摸着走，我顺着大灯搜索路旁的每一块路标，寻找着回北京的路。

大约走了一个多小时，雨中的路标出现了“东庄禾村”的路标，我心中一亮。这里离北京城还有二百三十里路，我实在不想再走了，还有一百多里山路哪！天黑，雨大，山路不熟，又冷又饿。我忽然想起东庄禾村西头有个“紫云山庄”。

对，在紫云山庄住一宿，弄点吃的，也暖和暖和。天亮再回北京城，我这么想着。于是，把车开到“紫云山庄”门口。这家山庄还真仁义，两个大门灯开着，照亮了一大片路。

“嘟——嘟!”我按了几下车喇叭，传达室门开了，顺着车灯看去，一个老汉打着伞高喊着：“干什么的?”

“住宿的!”我开了半截车窗向外喊着。

大门开了，我把车开进院，停到了楼门厅前，一开车门，我冒着雨跑进楼门厅。

只见那老汉关好大门，打着手电，进了门厅。

“这么大雨，你干什么去了?”

“去雾灵山玩了。”

“几个人哪?”

“就我一个。”

“就一个人?那就住楼上的两人间吧。”

“这里就你一个人哪?”我问。

“嗨，老板回北京了，我是看门的。”

“这不是个山庄吗？怎么不对外营业呢？”

“是，我们老板准备明年对外营业，现在都是他的老同学，老朋友来，没有对外营业。我们老板人挺好，好客，朋友挺多。”

“有洗澡的地儿吗？”

“有，太阳能的，我刚洗过，挺热的，一会我领你去。”

“有饭吃吗？”

“老板不在，厨师也带走了。你要不嫌弃，和我们一起吃吧，都是农家饭。我们正做哪，饭熟了叫你。”

“你这儿还有谁吗？”

“我老伴，今天我小闺女刚从北京回来，就我们仨，走，跟我来，上楼我给你开门去。”

我随着老汉上了楼，二楼左边第一个门208，是个两人间的客房。房间挺干净，吸顶灯照得屋子雪亮，窗两边各有一个沙发床，白色床单，全新的被子、枕头、枕巾，没开封的拖鞋，整齐地摆在床前，写字台、沙发椅，衣架，空调，电视机，脸盆架，脸盆，纸篓，痰盂，水杯，一应俱全，真像个客房。

“大叔，老板不在你给我开房，你不怕老板说你？”

“嗨，一看你就不是坏人，这么大的雨天又黑，没地儿去，住一夜就住一夜吧，别弄脏弄坏东西就行，等老板回来我再跟他说吧，老板是个退休的北京人，好说话，我们哥俩挺说得来。”

“我给打壶水，你抓紧洗洗脸，一会儿，一块和我们吃饭。”说完，老汉下楼去了，一看就知老汉是个爽快人。

雨好像有点小了，雷声也有点远了。

我整理整理东西，有人敲门。

“请进。”

门开了，我回头一看，大吃一惊。

“怎么是你？”我惊奇地问。

“哟，您怎么来啦？”那姑娘也一愣。

“这么大的雨，天又黑，路也不熟，我也不敢开了，干脆在这住一宿算了，没想到又碰到您。”

“我爸叫我送热水，也没想到来的是您，洗洗脸，一会儿下楼和我们一起吃饭吧，我爸叫我问你一声，还需要什么？你说话。”

“谢谢！”我的心跳得很快。

那姑娘冲我微笑着点点头，转身出门了。

我心里说不出的高兴，暗暗说，怎么恰恰又碰到这姑娘，难道是天意？

巧事还在后头。

我匆匆洗完澡，走出浴室时，雨变得小多了，成了牛毛细雨。远处的河水声“轰，轰”挺大，河水涨了，可能出了洪水。

“快来吃饭吧，就等你一个啦。”我走出浴室，便听见那姑娘在喊我。

“哎，你们先吃，我放好东西就来。”我一溜烟地跑上楼，忙去放东西。

下楼后，我从车的后背厢里拿出两瓶“贵州醇”，进了传达室。

传达室外间有个长桌，四周四把椅子，桌上一盘西红柿炒鸡蛋，一盘烧茄子，一盘撕好的德州扒鸡，一盘煮花生米，一盘小葱拌豆腐，有几张家常饼和一小盆米饭，还有一瓶大雪碧和一瓶二锅头。那姑娘在外屋摆筷子，两位老人在里间看电视，见我进屋，俩老人都过来了。

我把两瓶精装的贵州醇放到饭桌上说：“大叔喝点这个尝尝，这是好酒。”

“快坐下，吃吧，快凉了，那酒你拿回去，喝我的二锅头吧，这玩意儿有劲。”

我三两下就把贵州醇拧开了，给大叔倒了一满杯，我自己倒半杯。

“倒满，倒满！”大叔指着我的酒杯。

“不行，大叔，我不大会喝酒，开车的不能喝酒。”

“今晚住这，也不开车，怕什么？喝！”

“我没酒量，不行。”

“爸，人家不能喝就算了，谁能像您，喝一斤也行！同志，半杯就半杯吧。”那姑娘为我解围。

我给大婶倒上一杯雪碧。那姑娘忙起身抢过雪碧瓶，客气地说：“同志，让我自己来，您是客人嘛，哪能叫您来呢！”

一边吃喝，一边聊天，挺热乎，就像一家人。

“说了半天，还没问大叔您贵姓呢？”

“嗨，什么贵姓啊，免贵，姓王。”

“我也姓王，咱们五百年前可能还是一家子哪！”

“是啊，你也姓王？我们是明朝移民，从山西大槐树搬来的，我们姓王的小脚拇指有两个指甲盖。”

“是吗？咱们五百年前还真可能是一家子呢！我们老家也是明朝年间从山西省洪洞县老鸹窝大槐树下，移民到河南的，我的小脚拇指也是两个指甲盖。”我十分惊喜地说。

大叔也一惊，“是啊！这么说还真是一个王，那你可得多吃点，到了自己家啦！”

越说越近，越说越热乎。

“这是我小闺女叫金凤，高中毕业后就跑北京打工了，这儿干，那儿干，一点不安生，这不，好好的工作又不干了，说要回村自己干事业。”

“年轻人外面闯闯是好事，见见世面增长点才干，这对人的一生很重要，现在跟过去不一样了，你看北京有多少外地打工的，好几百万哪！”

“瞧，爸，这位大哥说得多好啊，就你老保守。”

“你就疯吧！二十好几了，不找婆家，没人管你是不？看你疯到啥时候！”

“大叔，现在都讲究晚婚，女的三十左右没结婚，男的四十岁没结婚的，城里有的是。”

“你结婚没有？”

“我？——我也没有。”

“那是你们城里，我们农村可不行，都成家早，跟她一样大的，有的孩子都三四岁啦！”

“爸，您说点别的好不好。”

“行，行，我说别的。”

“大叔，咱这院子原来是干什么的？”我问。

大叔喝了口酒，又夹了个花生米，一边吃一边说：“这儿过去是个庙，叫三皇庙，方园百十里很有名气，新中国成立初期香火还挺盛的呢！最后一个道士现在还活着哪，八十多了。”

大叔喝了一口酒，抹了抹嘴说：“原先这三皇庙院里有三棵大柏树，哪个都有几百年，一个个的三四个人都搂不过的，要留到现在可是宝啦！结果，‘文革’中庙拆了，树砍了。要不，这旅游可是个好地方哩！”

“那么粗的树可不止几百年了，那得上千年。”我说。

“也许。这村汪、王两大姓，姓汪的先来的，姓王的是后来的，姓王的都三十几代人了。”大叔说。

“秦朝末年，陈胜、吴广起义，就是因为大雨去渔阳修长城误期了，现在的密云区，就是古时的渔阳。这说明两千年前这地方就有人住了。”

“你有文化，知道得多。”

“这儿还有什么故事，你再说说。”

“从这往西半里地，就是公路拐弯那，有个山包叫珠山，珠宝的珠。三面有九条山都冲着它，那叫九龙戏珠。相传，明朝宰相刘伯温视察长城路过此地，看到这九龙戏珠的地势，紫气环绕，大为吃惊，说这儿有帝王之气，于是，下令把附近住的汪家赶走了，谁也不准在这周围居住。”

“老头子，别白话了，饭菜都凉了！人家王经理在北京城里啥没见过，听你在这瞎白话！”一旁的大婶不耐烦地说。

“大婶，你让大叔讲，我爱听。”

“瞧，人家王经理爱听，你还不让我讲，光闷着头吃饭那算什么？”

“爸，你快点讲呀！”金凤催促着。

“行，行，我讲。咱们村河对面的那个高山，明天白天，看得清楚，那是个平顶山，上面住过山大王。相传，清兵入关后，一个明朝的将领硬是不投降，他更名改姓，上了那座山，当了山大王。听说那山顶上还有不少地呢，有房子还种着韭菜，后来房子塌了，就剩下地基，现在山上还能见到韭菜呢！新中国成立前有个人到山顶上刨砖，结果刨出一个坛子，里面装有几十个金元宝，那人后来到密云那边买了几百亩地，发了家。”

“还吃不吃啦，光白话！”大婶说。

“我吃饱啦！”我说。

“我看我爸他也不吃啦，他喝的不少了，快一瓶了！我也吃饱了。”金凤说。

“那收桌吧，你给沏点茶水，你们一边喝茶一边再聊。”大婶说。

“我看叫大叔休息吧，他喝得不少。”

金凤说：“这么着吧，妈，你扶我爸休息去，让大哥拿壶热水也上楼休息去，我来收拾桌子。”

大婶搀着大叔进了传达室里屋，我拎了壶热水上楼了。这时雨停了，不过天上一个星星也没有，两个大门灯照亮了大半个院子。

上楼后，我倒了杯开水，就斜躺在了床上，回想大叔讲的故事，以及今天的所见所闻……这一天跑得还真有点累。

不一会儿，有人敲门。

“请进。”

“王经理，您还没睡？”

“是，有事吗？”我忙起身，去开门。

“没啥事，我想和你再聊聊，明天一早您一走，就聊不成了。”

“好，好，您想聊什么？您说吧，请坐！”我忙把金凤让到写字台前。

“您是北京城里人，见多识广，又是一家厂子的经理，比我们这山里人有文化。”

“可别这么说。”

“我想回乡搞旅游事业，不知行不行。”一双火辣辣的眼睛望着我。

说实在的，金凤一进屋，我的睡意立刻跑到九霄云外去了，明亮的灯光下，金凤简直像个仙女，我真不敢相信，这穷山恶水的山沟沟里怎么会长出这么美丽的姑娘。没有什么粉饰，却那么迷人，浑身都洋溢着青春的美，此时此刻我才真理解了诗经里的一句话：“窈窕淑女，君子好逑。”

“您说说呀，我想让您给我出出主意。”

这时我才恍然，觉得自己可能有点失态，忙说：“你一人在这里开发旅游是很难的，不是件容易的事，凭着你的条件，你真不应该在山沟里生活一辈子，你应该生活在城里，你可能自己不知道，你很美，完全可以过另一种幸福的生活，何必在这穷山沟里苦苦挣扎呢！我可以帮你。”

“王经理，我不是光为自己，我想帮着乡亲们一起致富，一起过好日子，我们这里是不如城里条件好，可这是我们祖祖辈辈生活的地方，它有很多旅游资源，我们村边的南达木河可以截流搞渔业，也可以学延庆，搞漂流，村东的东峪沟可以开发成石门自然风景区，那里的自然条件比‘岫谷自然风景区’好多了，有十二里长的山沟，有常年流水的小溪，有七八个水潭，有的水潭三米方圆，两米多深，山上松柏成林，山坡有桃树、杏树、山楂树、核桃树，小溪边长着各种各样的花草，小溪、小潭中有小鱼、山鸡、野兔、松鼠有的是，偶尔还能看到狍子和野猪。东峪沟都是缓坡，可以步行走上去，有八里长的路，可以开车。云岫谷哪有这些，不到一里路，就得手脚并用往上爬了。不少北京人想开发东峪沟呢！前年村东的南达木河修了一座宽宽的漫水桥，大汽车都能开过去，桥两边各有两亩多的水面，二尺多深的水，正好可以下河戏水，冬天可以滑冰。云岫谷一张门票70元，也没有这条件好呀！我们村的后山可能有个大溶洞。听老人们讲，后山有个大洞，人民公社时，有头牛掉进了洞里，人们都不敢下去，那洞又深又黑，手电都照不到底。云佛山的大溶洞能吸引那么多游客，我们怎么就不能吸引游客呢？

紫云山庄的老板有眼光，他最早发现，山庄南面的山像孙悟空躺着睡觉，山庄北面的山像个唐僧仰面躺着睡觉，他还写了一首诗：

悟空前面睡，
唐僧后面卧。
西天取经归，
长眠东庄禾。

你说，我们东庄禾是块宝地不？孙悟空、唐僧都舍不得离开。密云区是北京市的后花园，密云水库周围不让搞工业，鼓励搞旅游业，这不正是天时、地利、人和吗？我真想搞。”

听了金凤的介绍，我才知道，这东庄禾在她眼里不是穷山恶水，而是一块宝地，一块未开发的处女地。经她一说，说得我也眼前一亮，这不正是我要寻找的投资项目吗？我激动地一步走上前，一把抓住金凤的手：“太好了，今夜这一番话让我有了新想法，明天你领我去看看这些地方，咱们可以共同开发，我也正想再寻找新的投资项目，拓展事业呢！”

“那太好了，您要有这想法，明天一早我带您都看看。”金凤也很激动，高兴地直蹦，笑得那样美，那样甜……

我们俩的手紧紧地握在了一起，好久好久才分开。这时手机自动关机的铃声响了，它告诉我十一点了。

“咱们认识太晚了，你好好休息吧，明天见！”

金凤走了，我站在窗户边看见传达室的灯还亮着，过了十分钟，传达室的灯熄了。

我拉上窗帘，躺在床上，久久不能入睡。

忽然有一种冲动！我一头钻进被窝，情不自禁地大声喊道“我爱你，密云！我爱你，东庄禾！”

这就是2006年夏天的那个夜晚，让我一生难忘的夜晚。

2008年于北京密云

永久的纪念

每当我静静地想起他，那甜蜜蜜的情感就像青山翠竹中涓涓流淌的小溪，欢畅着流入我的心田，顿时，心中便泛起一层层感情的涟漪……

是的，自从他悄悄地进入我的心房以后，我便感到自己生活在一种幸福之中，理想、生活、事业，都变得那么甜蜜，美好，未来变得那么令人神往……

一

高考终于结束了，按约定，他的信就要飞到我眼前了。

这几天，我望眼欲穿地盼它——一封约定的信。我一次又一次地想象着，自己是怎样惊喜地从邮递员手中接过信，又是怎样贪婪地读着它，喜悦、兴奋、激动的心……

同学们看到我高兴的样子，有的说："兰兰，我真羡慕你，你一定能考上北大中文系。"

有的说："瞧你美的，通知书到了，可别忘了请客！"

这次我确实考得不错，自我感觉很好。不过，她们只猜对了一半儿！那一半啊……

我在自己的房间里，一遍又一遍小声地背诵着我写给他的诗——一首写在未发出的信上的诗。

信儿虽轻意千斤，
翻山越岭见亲人。
一片真情随它去，
天涯海角心相印。

一天，两天，三天……我望眼欲穿地整整等了十天！他没来信！晚饭后，我犹豫再三，最后，还是说出了自己心底里的话：“爸爸，我决定去K城一趟。”

“怎么啦?”爸爸放下了手里的《科技报》，吃惊地望着我。

“我们约好的，半年内不通信，攻读学业，要考上第一流的大学。等高考一结束，他就给我写信。今天都已经第十天了！他的信还是无影无踪。”

“就那么准？正好十天以内？万一有点耽误呢?”母亲说。

“约好是十天以内。妈妈，他不会失约的，他不是那种人!”我摇晃着妈妈的胳膊，撒娇地说。

爸爸在旁默默地大口大口地吸着烟。那副宽边近视镜后面的眼睛，一动不动地凝视着……这是爸爸每次认真思考问题时的特征。

“是不是没考好呢?”妈妈望着我的眼睛说。

“不——不会的，妈妈。他的学业很好，在我们学校时，就是全年级第一名，去年他就自学了大学一年级的数学和外语。这些，您都是知道的啊!”

“那——”妈妈茫然不知所言。

“爸爸，您说呢？您说啊!”我撒开妈妈的胳膊，跑到爸爸坐着的沙发前，蹲着，用期待的眼光望着爸爸。

沉默。

还是沉默。

只有写字台上的座钟在“嘀嗒，嘀嗒”地响着。

终于，爸爸掐了烟，把烟蒂碾得粉碎，然后，探下身，用双手捧着我的脸，亲切地说：“孩子，爸爸答应你!”语调那样深情、坚毅，充满着爱怜和决心。

“爸——爸!”我兴奋地一下跳起来，转身跑过去，抱住坐在沙发椅上的妈妈，使劲地偎依着妈妈的脸：“妈——妈，爸爸同意了!”妈妈用手按着我的鼻子，装着生气的样子，说：“我看，他要把你宠成什么样子!”

“嗯——”我撒娇地用头抵着妈妈的胸脯。

爸爸喝了一口茶：“到那儿，马上给家拍个电报。”

“嗯。”

“要是他对你冷淡，你马上回来，一天也别留在那!”妈妈使劲拽着我的手，叮嘱我。

“嗯。妈——妈，您放心吧。”

第二天上午我买好东西，下午就坐上了北京去K城的特别快车。

我坐在紧靠窗户的位子上，往事像铁道边的电线杆一样，一个一个在我的眼前闪过。我沉浸在往事的回忆中……

二

那是一九七七年的秋天，当时我刚上高中一年级。

就在十月中旬的一天早晨，上课铃响了，同学们刚坐好，班主任张老师带着一个新同学走进了教室。

只见那个同学中等个，黑红黑红的方脸庞，浓浓的眉毛，眼睛挺大，很有神，典型的蒜头鼻子，嘴唇稍厚，耳朵显得比一般同学大，宽宽的肩膀，很厚实，留着学生头。不知是哪儿给他理的发，理了个“锅圈儿”，也有人叫它“盖儿头”。他穿了一身褪了色的蓝学生服，左肩上挎了一个发了白的蓝书包。那书包真个别，简直像个买菜打油的布兜子，哪像个书包哇！全校一千多学生中，也就他那么一个。兴许全北京市的中学生也就他那么一个吧！书包带，像是后换的，颜色深一些，特别显眼。书包鼓鼓囊囊的。一眼就看出，这是个地地道道的农村学生。他一进教室，就随手关上了门，直愣愣地站在门旁边，两眼望着老师。

“往前来。”张老师招呼他。

他走到讲台旁，面向大家站好。

张老师向大家介绍：“同学们，这是新到我们班的赵志华同学，从山西转来的，在这借读，大家欢迎他啦!”

随着老师的话一落，班里响起一片掌声。他深深地向大家鞠了个躬，不知谁笑出了声。

“今后你们要团结好，要互相帮助。”张老师看了我，接着说：“刘兰兰，你旁边的马建国休学了，赵志华就坐在你旁边好了。”

我点了点头。

从那天起，我和赵志华就成了同班同学。

我们班的一些同学，一开始看不起他，说他是个“乡巴佬，长的土，穿的土，说话土。”总之，“土里土气”。有个别的，还常拿他的“锅圈头”取乐，引的不少男女同学哈哈大笑。可他，却一声不响，只管看自己的书，我真为他难为情。他说话，音不正，说不清是哪的味，山西的？北京的？都有点。我们班那几个穿瘦腿裤的，最爱学他说话。可是要论力气，全班谁也不是他的对手。那次体育课，他推铅球全班第一！那几个流里流气的又撇嘴又瞪眼儿。从那以后，赵志华的“威信”有点提高，胡开他的玩笑的人少了。

我是班上团支部宣传委员，还兼着班里的学习委员。因为我学习好，又能歌善舞，所以老师和同学们都很喜欢我。就连那几个后进生也不给我捣乱。不论是男生女生，他们都愿意和我接触。

有一次，我就听到几个男生在背后议论："嘿！别看赵志华冒土气，人家还真有点傻福气！一来就和刘兰兰坐同桌。"

"还真别说，刘兰兰长得真美……"

我恰好从旁边过，他们面面相觑，一伸舌头，全跑了。

班主任让我帮助赵志华学习，我答应了。我心说，可不是吗，山西的山沟里，怎么能和北京的教学相比呢？但是，谁也没想到，赵志华刚来七天就进行期中考试，他竟然考的比我好，得了全年级第一！这一下可轰动了全班，还轰动了全年级呢！那些天，不论在操场上，还是在楼道里，只要他一走过，旁边准有一些同学指手画脚地议论：

"他就是考第一的那个！"

"哎，就是他！那个，那个。"

"噢——山西来的那个，就是他！"

别说学生，就连老师都这么议论。

他自己呢？却没有一丝一毫的反应。我的物理化学比他的好，那是占了实验部分的光，其他几门都不如他，别说语文，数学，就连外语他都得了满分！真是全年级绝无仅有的。

从那时起，我开始对他起了敬意。他在我们班威望大增。

赵志华不爱说话，尤其不爱和女同学说话，连我也包括在内。有一次，他的三角板掉到我桌子下边，我无意地踩上了。整整一节自习课，他都没吭声，直到下课我离开座位，他才把三角板捡起来。弄得我挺不好意思，直向他道歉。我心说："要嘴干吗的？就不会说一声嘛！"你说怪不怪，他就是这样，只要和女生说话，就没词了！其实，他的语文很好，他在《文化园地》里的诗歌，还受到老师的表扬呢！作文课，老师经常给我们读他的作文，他的作文不像同学们那样子的都是学生话，而是五花八门，什么都有，语言也很美，他的作文常常把我们带到山乡，带到田野，带到生龙活虎的农村孩子们当中去，可吸引人啦，他有时还写一些类似唐诗宋词之类的东西。我还从他的日记里抄过一首词呢。

那首词是这样的：

《卜算子》

悼周恩来总理
噩耗传广宇，
悲云凝太空。
忘我奋斗六十载，
尽勇亦尽忠。

声誉满天下，
功名照汗青。
总理身去精神在，
吾辈争继承。

这是他在一九七六年一月写的。那时，赵志华在山西的山沟里上初二！

这首词我是偷偷抄下来的，在一九七九年一月八日纪念总理的班会上，我满怀激情地朗诵了它。当我公布这首词的作者时，老师和同学们都把赞许敬佩的目光投向赵志华，他却不好意思地低下了头。

不过，有一点他不如我——他不是团员。

老师和团组织让我帮助他入团，说我们是同桌，方便，我满口答应了。

我想了想，决定找他谈一次话。一是想了解他的思想，启发他的觉悟；二是了解一下他为什么不上早自习，还为什么一放学就回家，不大关心集体的事。

一天下午放学后，他正要背包走，我叫住了他。

"哎，赵志华，今天团组织要我找你说点儿事。你晚会儿走行吗？"

"要多长时间？"他吭哧了半天。

"半个多小时吧。"

"半个多小时哪！"他犹豫了一下，问："那明天行不？我今天没跟奶奶说。"

我听了一愣，心想，家庭观念还真强！才半个小时就不行了，还得向奶奶请个假？好严的家规啊！

不过，毕竟是头一次谈话还是留有余地吧，我答应他了。

第二天放学后，同学们都走了，教室里就剩下我们俩。他在离我老远的地方坐下，而且斜对着我！我心想，这哪里是在谈话，好像是在吵架似的，一个东，一个西！又一想，哎，头一次，算了吧，别计较他了。

还是我先开的口。

"赵志华，你的学习挺好，可你在政治上怎么一点儿上进的要求都没有呢？"

赵志华低下头，一声不响。像一个偶尔犯了错误的老实学生在等待老师批评一样。

我走过去，隔他两个桌子坐下。

咱们班除了那几个后进生以外，就你一个没写入团申请书了，你是怎么想的?”

好一阵沉默，真叫人憋得慌。

他终于抬起头，看了我一眼，又立刻低下头，慢慢地说：“先别谈这些了，我别的还有哪些做得不好？你给我提出来，我一定改正。”

“你怎么这样想呢？组织让我找你谈话，是想了解你的真实思想，然后帮助你进步啊。难道你就不想要求政治进步？我们的学习、生活、工作，都要有一个正确的指导思想，我们不应当成为迷惘的一代，而应当成为有作为的一代，你说呢?”

“我……我做不到……我……”他吃力地回答。

“你做不到什么？可以说说，团组织会帮你的。”

“我不能像你们那样早来晚走，我……我……，嗨，刘兰兰，你们就不要在我身上下功夫了，你们最后会失望的，我……我不会成为共青团员。”他扭过脸，一头黑发对着我。

“那是为什么?”我莫名其妙。

“生活就是这样安排的，你想改变它吗？不，是不可能的。”

“为什么?”

“你以后会知道的。”

他回过头望着我说：“除了这件事外，还有别的事吗?”

我摇了摇头。

“这件事，就这样吧。谢谢你，我该回家了。”说完，他提起书包就要走。

“你……”我真有些生气，心想：我好心好意帮助你，你就这态度。

“谢谢你，我感谢你的好心，感谢你的好意。”他一边往外走，一边对我说。

我木呆呆地站在那好久，望着他走出教室，望着他向校门口跑去!

这是怎么回事？我一定要弄明白!

我跑到车棚取出自行车，向校外追去。

赵志华急匆匆地往家赶，我骑着车，远远地跟在后面。

天色渐渐地暗下来，灰蒙蒙的。

一站地过去了，又是一站地过去。他在沙子口向北拐了弯，往城里走去，又过了护城河，他在永内大街路东的一个胡同消失了。我急忙蹬车到胡同口。

他的身影闪进了一个门。我急忙推车上了便道，在胡同口看了看牌子，红底儿白字儿的门口站住了。那个门上的牌子写的号码是“11 号”。

我看了看表，六点三十四分。好家伙，三十五分钟！

时间晚了，我没进去。

路灯亮了，我顺着永内东街新铺的柏油马路向东骑去。我一边骑，一边想：他家离学校这么远，天天都要走着上学，真不容易啊！我感到心里一阵酸乎乎的。

三

第二天下午一放学，赵志华挎上书包回家了。我知道他是不会答应和我这么个姑娘一起走的，所以我根本没和他讲家访的事，再说，为了了解真实情况，还是没有准备的更真实。这和老师突然测验我们是一个道理。待我帮物理老师做好第二天的实验准备，已是差五分六点了。我估计他已经到家，于是，急忙骑车向他家赶去。

十五分钟后，我到了他家门口。

“咚！咚！咚！”“赵志华在家吗？”我问。

开门的是个女学生，大约有十一二岁的样子。

“你找赵志华？”

“嗯。”

“进来吧，他住在里院的西屋里。”

“谢谢。”我搬车进了院。

我那辆红色的新“二六”大链套飞鸽车，真显眼，本来新车的飞轮就发出一种清脆的“嘎嘎嘎”的声音，再加上院子地不平，车一颠，链子碰得链套一个劲“嘎啦，嘎啦”直响。弄得院里好多人家，开门的开门，探头的探头，尤其是几个小孩子，他们的一双双小眼好奇地望着我，我真有点不好意思。

这是一个大杂院。我按照那小姑娘的指点，来到了里院那间小西屋的门前。

“赵志华！”我一边停车，一边叫着。

门好一会儿才开。一股中药味扑鼻而来。

“你？你怎么来了？快，快进来吧！”赵志华显得有些紧张，不够自然。

我一进门，赵志华忙介绍说：“奶奶，这是我的同学，叫刘兰兰。”

“奶奶。”我忙招呼。

床上那位半躺着的老人热情地招呼我："噢，好，好，姑娘，里面坐，里面坐。哎——，你看这屋子乱的。"说着，老人就要下床。

我忙上前制止："奶奶，不要动，您身体不好，不要下地，躺着吧。"我把她按在床上，不让她动。

老人挣扎着说："那怎么行，那怎么行，你是小华的同学，又是第一次来……"

"奶奶，您就别下来了。"赵志华一边收拾东西，一边说。

由于我们的劝阻，老人无可奈何只好说："好好我不下了。小华，你快点儿收拾吧。"

老人把床上一大堆硬纸盒推到一边，又把一小盒浆糊拉到床边，然后用手扫了扫床上的纸条纸屑说："坐坐。看这一屋乱的。姑娘，坐呀！"

我点点头，坐到老奶奶的身旁。

赵志华收拾着地上的硬纸条和一些有圆有方的盒子。

我环视着整个小屋。

这的确是一间名副其实的小屋。多说不过十平方米。屋里很暗，四周的墙壁上只有张毛主席像，其他什么装饰也没有，连个日历都没有，更奇怪的是，屋里居然没有灯头！屋里的设备简陋得很。一进门，窗户下面是一张早已没有漆色，而且桌面裂开缝子的旧桌子，桌上有一摞书，一个墨水瓶，一个墨汁瓶，一个用半截羽毛球筒做的笔筒，里面插着一支铅笔，两支毛笔。桌子右边放着一个用几块木板钉的碗阁子，上面放着几个油瓶醋瓶，碗阁子用一块缝着补丁的花布罩着。它前面放着一个带笼屉的铁锅，一个炒菜的铁锅摞在一个瓦盆里。碗阁子的右边是两个小缸，大概是面缸和米缸吧。再往右就到了双人床的床头，那里放着一个旧式的黑色的木箱子。木箱上边有一个散发着药味的瓷碗，碗上盖着一张白纸。然后就是几乎占了半间屋子的一个旧双人床。除了刚才赵志华坐着的那由三块木头钉成的"小板凳"外，还有一个旧方凳，傻呆呆地躲在那张旧桌子底下。

说实在的，我去过很多家，像这样贫苦的家，我还是第一次见到。看到这情景，我感到心里酸酸的不是滋味。

"姑娘，小华这孩子在学校惹什么事了吗？"

"不，奶奶，没有。"我忙解释。

"昨天他怎么回来晚了？"

"昨天？昨天是团组织找他谈话了。"

"团里找他？他怎么啦？"老人惊慌地问。

“没什么，和他谈谈，帮他进步。”

“噢，没什么就好，没什么就好。咱可不兴落后啊！哎，小华，快给同学倒水啊！看，光顾说话了。”

“奶奶，我不渴。”我忙说。

“哎——，喝点儿水，喝点水！”

赵志华把地上的纸条、纸盒往桌子上收拾，然后，拿起那个有两个耳朵的小铁锅出了门。

我看赵志华端锅出去，急着说：“奶奶，我可不在这吃饭，我一会儿就走。”

“姑娘，小华是给你烧开水去了。咱们说咱们的，他一会儿就回来。”

“嗯，嗯。”我一面回答，一面想：怎么用铁锅烧水喝呢？我环顾了一下四周，还真没发现有烧水用的壶。床头旧木箱上的暖水瓶，是一个很旧的竹皮的，竹皮不仅黑而且破，身子也歪了，就像物理课讲的比萨斜塔似的。瓶塞也高低不平，只露着一个小小的头，几乎要掉进瓶口里！

多么艰难的日子啊！我的鼻子一酸一酸的。

“姑娘，小华在学校学习好吗？”

“奶奶，他学习挺好，老师和同学都喜欢他。”

“这孩子挺要强，只是我有病拖累了他。每天，天不亮就起床，给我熬药、做饭，到河边念外国书。常常吃不上早饭就跑着上学去了。中午也回不来，就带上干粮。下午一放学，就回来帮我糊纸盒，我身体不好，打他来北京，裁纸板，磨边都是他干，我们俩一起糊。这不，就这些。”老奶奶指着床上的、地上的纸盒子，顺手还拿起个做好的递给我，说：“你看，这是做好的，多好看哪，都是些出口用的首饰盒！”

真的，别看这些不起眼的黄纸板，经过加工，制作得还挺精美。小巧玲珑，古色古香。我真佩服这母孙二人的精巧手艺！

“真好看，多精致啊，真漂亮，你们的手真巧！”我赞美着。

“是啊，做不好，街道就不让干了，那吃什么？我老了，这两个月旧病又犯了，体力、眼神都不行了。要不是小华帮着干，一个月哪能挣二十几块钱呢！”老奶奶停了停，又说：“干完活，不管几点，他都得再学习阵子。坏天，他就在家里点着油灯学；好天，他就到路灯下学，一学就是半夜啊！”

“你们院没电吗？”我奇怪地问。

“哎，不怕你笑话，小华嫌点电灯费钱，不让安电灯。这孩子真知道过日子。”

一会儿，赵志华进来了，在一旁一边糊纸盒，一边听奶奶和我谈话。听了一会儿，他插嘴了："奶奶，您说这些干什么？人家来是谈学校事的。"

"不，赵志华，我是来家访的，就是要了解一下家里情况，另外，也和你谈谈。对了，昨天的事，你考虑怎么样了？"

赵志华低下头，淡淡地说："我不够格啊。"

"够格不够格，是组织说，是要看表现的。但是，起码本人要有这个要求呀！"

"要求？有要求，不够格不也是一样！"他头也不抬，一边干活一边说。

"有要求就好办。不够格，可以努力呀，再说，组织还可以帮助哪！你的学习好，在班里纪律也好，老师和同学们都这么说。"

"入团就凭这些？"他看了我一眼，随后又低头干起活来。

奶奶看到这情景，开了口："小华，别干了，哪就差这几个？同学和你说话哪！"

我忙解释，"不碍的，没关系。"

忽然，赵志华抬起头，用恳切的眼光望着我说："哎，刘兰兰，我的物理化学实验，你可要帮助我啊。我们山西农村没有那么多设备，也没那么多药品，好些见都没见过，更不要说亲手实验了。我想把初中到高中的物理、化学实验都系统搞它一遍，也不知道学校答应我不。"好个连珠炮，一下子把话题引到学习上去了。

还没等我开口，他又接着说："你是团干部又是学习委员，你替我向老师说说。如果不行……不行也没关系……你去问，总比我去强得多。"他又低下头，磨起另一个糊好的硬纸板。

"看你说的，谁去问还不一样？不过，你放心吧，我一定跟老师讲。"

"谢谢，谢谢你啦！"两只眼睛闪烁着希望的光。

"水开了！"一个女孩子喊。

赵志华急忙跑出屋。

一会儿，他两手端着小铁锅走进屋，他从碗阁子里拿出两个粗瓷兰花边的饭碗，倒满了水，先给奶奶一碗，然后又端给我一碗，剩下的，全倒进了那个歪着身子的暖瓶里了。

"小华，点上灯吧，也该做饭了。"奶奶催促。

赵志华应着，走到桌前，用火柴点着了放在窗台上的煤油灯，一个用墨水瓶自制的油灯。油灯的火苗跳动着，渐渐亮了，大了。墙壁上映出他那放大了的身影。

他收拾了一下地上的纸盒子，洗了手，就要去做饭。

我犹豫了一会儿，站起身说："奶奶，我可不吃饭，我该走了。"

"哎——，走什么，一块儿吃！也不给你单做！"

这时，赵志华端着笼屉在门口拦住我。暗暗的油灯下，六个菜窝头，周围五个，中间一个，梅花似的摆在笼屉上。

"不，赵志华，我没跟家说，我爸爸妈妈会着急的。"

"那……"他不知道说什么好了，为难地站在那一动不动。

奶奶听我这么讲，只好说："是这样？那就赶紧回去吧，别叫大人惦记。"

"那……"赵志华只好让开我。

奶奶要下地送，我坚持不答应。

"志华，那你去送同学。"

"好。"赵志华转身将笼屉放到桌上，给我开了门。

我不让他送，他坚持把我送出院门口，嘴里一个劲地说："谢谢你，谢谢你。"他还要送我，我执意不让他送了，"晚了，快做饭吧。那件事，我明天就向老师讲，你，可要注意身体呀。"

我推车走到胡同口，一回头，只见那个黑黑的身影还站在门口呢！

在回家的路上，我想了很多很多。多么艰苦的生活啊！谁能想到，赵志华的优异成绩会是在这样的环境中取得的呢！这需要多么大的毅力，多么刻苦的精神哪！我极力想象着他那一天到晚紧张忙碌的生活。

我仿佛看到了清晨的护城河边，他在柳树下朗朗读书；我仿佛看到了他背着书包奔跑上学；我仿佛看到了他在清冷路灯下，正聚精会神地做数学题；我仿佛又看到了他在那暗黄的油灯下，正孜孜不倦地看书！学习对他来讲是多么不易啊！

他就像一棵小松树，被大自然无意中安排到了悬崖绝壁上，而他不灰心，不畏惧，在贫瘠的石缝里顽强地伸延着自己的根毛，吸吮着来之不易的营养，迎着风风雨雨，倔强地生长着，向大自然展示着生命的力量！

究竟是一种什么力量在推动着他呢？我沉思着。

再想想我的学习条件吧，爸爸是市建筑工程局的工程师，妈妈是中学教员。一家三口人住一个单元。我一人住一间房。刚上高中，妈妈就给我买了新手表。高一戴手表，全校就我一个！为了上学方便，上个月妈妈又给我买了一辆新"二六"飞鸽车。我想买什么书，就买什么书，无忧无虑。我学习好，除去老师教以外，说实在的，还有我父母的功劳呢！他们都是大学毕业生，给我吃过多少小锅饭哪！如果把我放到赵志华那样的生活环境里，我会怎么样呢？能像他一样吗？我简直怀疑自己。

我回家后，心里仍然很激动，把赵志华的事全向父母讲了。

父亲听了颇有感慨地说："是啊，兰兰，生活的辩证法就是这样，水草丰茂的沃野上，往往只能长出娇花嫩草；而贫瘠的高山峭壁上，却能长出傲然挺立的青松！这个孩子很有志气，你要很好地向他学习。"

母亲除去赞扬之外，还提出个问题："这孩子的父母呢？怎么都不管家？"

这个问题把我问住了。本来家访也应该了解这方面的情况，一说别的，竟把这个给忘了，我真恨自己粗心。

四

第二天，我向班主任讲了赵志华的情况。班主任很不好意思地说："我今天就去家访，我怎么早不了解这些情况呢？哎，我……"

"张老师，赵志华的物理、化学实验一事，您给想想办法吧。"

"行，我跟物理老师和化学老师讲讲看吧。"

"还有，能不能让赵志华享受助学金呢？"

"这——可不一定能行。他是借读生。我和学校也说说看。"

放学后的团支部会上，我把情况又向支部汇报了。所有的团员都全神贯注地倾听着，一双双眼睛里闪烁着敬佩的光。

从那天以后，我感到坐在我身边的不再是一个从前的同学，而是一个"老师"，我的老师！

三天后的一个早晨，赵志华高兴得几乎是闪着泪花对我说："刘兰兰，我的实验问题解决了！老师让我每周四下午去物理实验室做实验，化学老师答应我每次帮她做实验准备工作！太谢谢你了！"

"不，我只做了我应该做的。"我觉得脸上热辣辣的，心也"突突"地。他呢？高兴得像个小孩子，竟然哼起了山西梆子！

那天下午，我又问了张老师助学金的事。张老师说："学校不同意，理由是他不算学校的正式生，他是借读生，学校没办法，只能寒暑假找点勤工俭学的劳动，哎，他家也真困难，可这是政策，没法办。"

这天放学后，我心里憋得很。一放学我就回家了。不知怎的，我的心里突然产生了一个念头——一定要设法帮助他！

我把自己的想法怀着胆怯的心情向妈妈讲了。

妈妈听完，吃惊地问："兰兰，你喜欢他啦？"

我的脸轰的一热，撒娇地把头靠在妈妈的肩膀上说：“妈妈，您怎么这样啊！”

“怎么啦？怎么啦？”妈妈用手抚摸着我的头发，追问我。

“我认为，如果有一个良好的生活和学习环境，他一定能成为国家有用的人才。我总感到从道义上讲，应该帮助他。妈妈，我的好妈妈，答应我吧。”

妈妈慢慢推开我，望着窗外，缓缓地说：“你的想法是人道主义的，可是，他的父母呢？他的父母怎么就不管呢？一定要弄清这一点，然后再说。”

我默默地点点头。

赵志华从来不讲一点儿自己家的事，我怎么问他呢？这真是个难题。

我借团组织的事，问了一次班主任。张老师只是说赵志华的父亲在山西，学生卡片上没填他母亲。我问：“他父亲在山西干什么呢？”张老师含糊地说：“不清楚。”

我只好硬着头皮去问赵志华了。

“赵志华，你父母做什么工作呢？团组织想了解一下。”

“了解这干什么？我不入团！”他瞪着眼睛，脸色煞白，什么话也不说了。整整一个下午，我每次偷看他的时候，他都直呆呆地坐在位子上生气，这是为什么呢？我心里懊悔，但又想弄个明白。

第二天中午，我饭都没吃完，骑车赶到赵志华家。

他奶奶吃惊地问：“小华中午不是在学校吗？”“不，奶奶，我是来找您的。”

“找我？”

“嗯。”

“有什么事吗？”

“奶奶，是这样，团组织要我了解一下赵志华父母的情况。”

“姑娘，问这个干什么？”奶奶有些惊慌。

“为了帮助他入共青团。”

“噢？小华能入团？”

“他为什么不能呢？”我奇怪地问。

“孩子，你们就别费心了，团，是不会要他的！”赵奶奶说完，扭过脸……

“奶奶，为什么呢？”

“因为……因为……哎，小华的爸爸是右派！”奶奶含着泪。

“啊——”我一愣。

“是啊，孩子，右派的儿子怎么能入团呢？她那狠心的妈，为了不受牵连，我们小华才五个月，她就和我儿子离婚了。”

“为了这个右派帽子，我们小华三年都不能上学，到了十岁才让上一年级！这不，他比你们大三岁呢！”

这回我全明白了！赵志华不提入团的原因就是为了这个！

我临走时安慰老人说：“奶奶，别难过，出身不能选择，道路是可以选择的。团组织会帮助赵志华的，您放心吧！”

“哎，话是这么说啊……可是……”

我给老人吃完药，然后赶回学校。

我趴在课桌上，闭上眼，反复地思考着一个问题：一个右派的儿子，下一步怎么办？是帮助他呢？还是……

他坐在我旁边静静地写作业，中午休息，教室乱得很……

十分钟预备铃打过了。

我听到赵志华在收拾书本，自己却一动没动。

一会儿我耳边响起他低微的声音：“你怎么啦？不舒服吧？下午是体育课，要不，我叫女同学给你请个假？还是找几个同学送你回家呢？”那声音低微得也就我一人听得见。

“你替我向体育老师请个假吧，我不舒服，在教室休息会儿就行了，谢谢你。”可我心里说：“这不就是因为你！”

那天回到家妈妈问我：“他的家庭你了解吗？”

“他爸爸是右派，可……”还没等我说完，妈妈就吃惊地望着我：“什么？右派？”

“他爸爸是右派，可他不是右派啊！”

“他妈妈呢？”

“他刚五个月，她妈妈就和他爸离婚了。”

“噢——是这样，那……我们怎么帮助他呢？帮助一个右派的家庭，那是要招祸的！”

“你们不帮，我卖表，卖车也要帮助他。”我生气地说。

“什么？……”母亲有些发抖。

“我们应当帮助他，他会成为国家有用的人。”

“我不能拿全家的政治生命当儿戏，生活是无情的，你还小，你懂什么！”

这时，正好爸爸回来了，他听我们在争吵，便一边摘帽子，一边问：“怎么啦？怎么啦？你们这样吵吵闹闹的？”

“你问你女儿吧！”母亲生气地坐在沙发上。

“怎么啦?”

“爸爸，我们应当帮助赵志华……”

我把早已准备好的理由，一股脑全倒给了爸爸，并且把我和妈妈的分歧也都一五一十地讲了，我恳切地望着爸爸。

爸爸一口接一口地吸着烟，在屋里踱来踱去，足有半个小时。忽然，他把烟头在烟灰缸上使劲一碾，然后转向我和妈妈，像是对我们俩，又像是对千百万人讲：“父母的罪过父母担，儿女是无罪的。我们不能像封建社会那样，一个人犯罪株连九族！十年了，中国人被捉弄的还少吗？生活，本来不应当是这样的，为什么非这样不可呢！社会主义本应当让所有那些有志之才成长起来，人才济济，又能各尽其能，国家才有前途。‘四人帮’粉碎了，他们那一套整人哲学也应当粉碎！为国家培养人才，是每个中国人的光荣责任。那孩子有志气，我们应当帮助他，从这月起，他的生活费我们来承担!”

爸爸的话是那样铿锵有力，震撼着我的心。

“爸爸，我的好爸爸!”我一下子扑到父亲的怀里，眼泪不由自主地流下来。

愿望和实际往往有段距离。赵志华和他奶奶知道我们家的想法后，虽然非常感激，但是坚持一分不要。

为了他的学业和身体，我父亲竟亲自登门去说服这母孙二人。在我父亲再三说服下，赵志华和他奶奶才同意了三条：一、以后点电灯；二、每月给赵志华打一张月票；三、可以去我家借书。

我和爸爸离开赵志华家时，赵奶奶噙着眼泪，颤巍巍地说：“我到死也忘不了你们这一家人哪!”

从那以后，他每周去我家借一次书。

学校要求买的参考书，我每次都是买两份。

由于他每周星期四下午去补物理实验，每次都帮化学老师准备实验课，半年的时间，他这方面的实际操作能力提高很快。到升高二的时候，他在这两方面，也都成了全班的优秀生了。在爸爸妈妈的指导下，我们俩都自修了大学的外语和数学。

可是，赵志华入团的问题却一直没有解决。

五

紧张的学习生活使我感到时间过得真快，一转眼过去了一年多。

高二第一学期就要期末考试了。一天下午，放学后，赵志华在教学楼后边叫住我。

“刘兰兰，刘叔叔今天几点回家？”

“大概要七点多钟，怎么，有事吗？”

“不……不……”他低着头，用脚搓着地，书包挎在背后，双手在背后一个劲摆弄书包，那神情，那语气，真叫人猜不透。

我预感到有什么重要的事在他心里翻腾，我真想问个明白。

“赵志华，怎么啦，有什么急事吗？你告诉我。”

他抬起头，两眼望着我说：“我今晚要亲自和刘叔叔讲，你会知道的。当然要告诉你，不过，现在还不能。”

“还保密哪？好吧，我不问了，晚上来吧，我爸爸七点能到家。”

我们分手了，他去赶汽车。

一个同学跑过来通知我，说班主任要干部去开会。

这是一次团支部班委会的联席会。人们早都齐了，我最后一个到。班主任张老师主持会。

“同学们，赵志华同学要转K城上学了。这两天就要走，他父亲病重，全家都要搬走……”

听到这儿，我的头嗡的一声，好像受到猛的一击，以后的话我几乎什么也没听进去。

干部会一散，我急忙往家赶，我的心情有如大海的波涛汹涌澎湃。“志华，你真的要转回K城吗？而且连家也搬走？”我一边骑车一边自言自语。

“红灯！还骑哪！说你哪，学生！”

东来西往的车辆拦住了去路，我回头一看，原来是红灯！

“就是你！这边来！”

我推车来到警察亭子。足足罚我站了半个多小时，我的脸火辣辣的。真的，这还是我第一次挨警察的批评。

我回到家，已经是七点半了。

爸爸的屋门紧关着。正在厨房的妈妈看见我进来，忙问：“兰兰，今天怎么又回来晚了？”

我一边往自己屋里走，一边回答：“老师给我们开干部会了。”

“快吃饭吧，饭都给你热了两回了。”

“妈，我不想吃。”我推门进了自己屋，打开灯，放下书包，拉上窗帘。我浑身感到无力，转身躺到床上。

妈妈以为我不舒服，忙进屋问："兰兰，怎么啦？你病了？"

我一下坐起来，望着妈妈的眼睛说："妈妈，我们班明天就要给赵志华开欢送会了！……"

"什么？欢送小华？他上哪去？"

"去K城，后天就走，搬家，永远不回来了！"

妈妈恍然大悟似的说："他和你爸爸谈的原来就是这些！真是突然，为什么呢？"

"他爸爸病重。"

"可怜的孩子。"妈妈说着，低下了头，用手绢去擦眼。

我一听爸爸正和赵志华谈话，就立刻冲出了我的屋。听到屋门大响，爸爸迎出门，惊喜地说："兰兰回来了？快吃饭，一会来这屋，小华来了。"

妈妈拉我到厨房，看着我吃完饭，才放我去爸爸屋，她也跟着进去了，连碗也没顾得洗。

我和妈妈走进爸爸屋。爸爸坐在沙发上，点着一支烟，抽了两口，望着我。赵志华坐在对面写字台旁边的椅子上。妈妈坐在另一个沙发上。我在床边坐好。

稍沉默了一会儿。

爸爸首先开口："兰兰，志华要到K城上学了，后天就走，你知道了吗？"

我低头回答："我们刚才开干部会了，张老师告诉我们的。"

"你知道他为什么要去K城吗？"

"他爸爸病重。"

"还有呢？"

"开会时，我头嗡嗡嗡的，没听清楚。"

爸爸弹了弹烟灰，往前探了探身，望着我说："小华他父亲右派的案子改正了！二十多年的冤案，终于改过来了。生活恢复了它本来的面目，多么沉重的枷锁啊，活过来真不易！可是他父亲病重，很想自己的母亲和儿子。小华和他奶奶后天就要去K城了。"

我痴呆呆地听着父亲的话。

赵志华接着说："是的，我今天是来和你们告别的。昨天晚上我收到了电报，我爸的冤案改正了，看到电报上的这些字迹，我欢喜若狂，高兴地跳着喊着：奶奶，我爸爸不是右派了！我们解放了！解——放——了！奶奶老泪横流，呼喊着：儿啊，你冤枉了二十二年，二十二年啊！老天爷——你可睁眼了！"

听着他那发自肺腑的心声，我热泪夺眶而出。爸爸摘下了眼镜……妈妈拿出了的手绢……

“电文下面谈到父亲病重，要我们尽快去 K 城，户口也迁去。我父亲又回到了原单位 K 城大学，还是讲师。父亲想我们，我们也想他。还有，我只能在北京借读到这学期，下学期就不行了。高考得在户口所在地报名，组织已将爸爸的户口迁到 K 城了。”

赵志华停了停，接着又说：“想到这里的老师和同学，想到这里的学习环境，尤其是想到您这一家，我真不想离开北京。真的，大伯大妈的恩情和教诲，我是永生难忘的。我要把这里的一切都讲给父亲听。这是多么好的一家人哪，正直、爱国、充满温暖。有您这一家做朋友，这是我和我们全家的荣幸。”

我父亲说：“别这么讲，孩子，看到你的志向和毅力，我们感到非帮助你不可，怎么能叫人才埋没下去呢！这是我们良心所不能允许的。孩子，你不只是你父亲的儿子，更重要的，你是一个中国人！”

“到那要抓紧学业，你要自己用功，需要什么书，就来信。”爸爸嘱咐。

“你要照顾好你爸爸和奶奶，自己的身体也要注意。”妈妈嘱咐。

我一句话也没说，使一个劲拧着上衣的最后一个扣子，它，终于被我拧下来了。

“兰兰，你要好好学习志华的求学精神，要发奋，年轻人不能虚度年华。”爸爸对我讲。

“嗯。”我仍然低着头。

……

赵志华要走，说回家还要准备。我们全家送他到楼下。

“爸爸，我去送他吧?”不知道是哪来的力量，我冒出了这么一句。

爸爸点了点头。

“不要回来太晚。”妈妈叮嘱我。

爸爸拽了把妈妈，小声说：“你呀，就放心吧!”

赵志华从来都拦着我，不让我送他，可是这次他却一声没吭!

夜，静静的，路上没什么行人。我们沿着楼群间的小路，左拐右拐地向大街走去。

这正是二月中旬，干冷干冷的北风刮在脸上，有如刀割一般。

我们默默地走着，好长一段路，谁也没说话。许多到嗓子眼的话，我又都咽了下去，好像怀里揣着一只小兔……

眼看就要到汽车站了，他才开口：“兰兰。”

从他嘴里蹦出这两个字，这还是第一次！我浑身像触了电似的。

他站住脚，转向我：“回去吧，天冷，太晚了。”

“不，我再送你一段。”

一阵沉默。

“志华，你一定要注意身体，深夜学习要吃点东西。生活要安排好，灯光不要太暗，那样会近视的。还有，再忙，也要有点文艺生活，要使自己的生活丰富起来，我们这一代，应当做生活的主人。还……还有，到 K 城，一定给我回信。”

又一阵沉默。

“兰兰，我们可不能总写信，那会影响学习的。就剩半年的时间了，我们一定要加把劲儿，一定要考上第一流的大学，到那时再写信不更有意义吗？小兰，你说呢？”

“那么长的时间？”我有些着急。

“高考一结束，我马上给你来信，决不超过十天！”

看到他那样自信和坚定，我还能说什么呢？

夜空中闪烁的星星像伙伴们嬉笑的眼睛。我害羞地低下头，轻轻地说：“好吧。一定不能超过第十天！”我好像是在命令他。

“一定！”他深情地回答。

不知不觉，我们又到了下一个汽车站。

汽车来了。

在上车的刹那，他把一个小纸包塞到我的衣兜里，小声说：“回家再看。”然后紧紧地握了一下我的手，那样使劲。

他转身上了车，我们隔着汽车玻璃互相挥手。

汽车启动了，我挥着手不由自主地往前跟了几步，真想再和他说点什么。

送走志华，我匆匆回到自己屋里，关好门，打开灯。在灯下，我小心翼翼地打开了那个小纸包。纸包上写着地址，纸包里有张他的照片，他正甜蜜蜜地向我微笑呢！相片的背面写着两行刚劲的字：

“海内存知己，

天涯若比邻。”

——志华

一种从未有过的感情的火苗，在我的胸中跳动……

第二天下午，我们班开了欢送会，全班人都到了，所有的任课老师都到了，就连校长也到了，校长还讲了话呢！

赵志华上火车那天，我们全班都去送行了。我一直不敢看他的眼睛，总感到他那双明亮的眸子正在望着我。

我的心“咚咚”地跳着，右手紧紧拿着衣兜里的小纸包，直到火车要开了，在我们下车的一刹那，我迅速将那小小纸包塞到他手里，头也没回，随着同学们下了车。

火车开动了，他在窗口向我们招手，同学们也在向他招手。只有我，远远地站在月台上望着他。望着火车前进的方向。

我极力地想象着他打开纸包的情景，想象着他看到那三个颤了很久才写上去的字，会有什么样的情感，想象……

然而，这一切都是半年以前的事了。现在呢？高考已经结束十天了，可是他的信却连影子也没有！

六

特别快车好像明白我的心情一样。风驰电掣地向前飞奔着。

离K城越来越近了，我的心也越来越紧张，就像钟表的发条一样，上得紧紧地。我猜想着会面后的情景。没来的时候，我急着来，真的来到了，却又害怕起来。失约，连信也不写，这意味着什么？莫非……我的心情反倒乱起来。此时，我真有点后悔不该这么鲁莽了。

古城K城终于出现在眼前。

雄伟壮观的K城火车站，还是我有生以来第一次看到。我随着人流走出火车站。按照半年前赵志华给我留下的地址，我开始打听K城大学。

K城大学坐落在K城的北郊。

我兴冲冲地来到传达室。我到窗口，对里面的一位老大爷讲：“大爷，我找赵秉辉老师。”

老大爷探起身，老花镜滑到鼻子尖上，老人从镜子上边挑着眼，望着我说：“你也是找赵秉辉的？”

“是。”

“好。登一下记吧。”

我接过来客登记本，一项项填写着。

“姑娘，你不是本地人吧？”

“嗯。”

“哪来的？”

“北京。”

“那么老远也赶来了?”

我愣:“赶来了?赶来什么?”

“赵老师住教工4号楼一单元202。”老大爷一边把登记表撕一半给我,一边指引我:“往东走,绕过教学楼,办公楼,往北,看见那个人没有?就从那拐,到那边再打听,他们都知道。”

我被老人说得惶惶然,觉得好像有点儿什么事。

凡是我打听过的人,没有一个不上下打量我的,弄得我真有点不好意思。“难道北京人就有什么特殊的吗?莫非我……”想到这,我在教学楼的楼角停下来,我上下看了看自己的装束:杏黄色的确良短袖汗衫,天蓝色的特立灵百褶裙,一双妈妈托人买的白色高跟儿皮凉鞋,那双凉鞋白得扎眼……美是真美,可是……它竟这么招人!我真后悔不该听妈妈的,干什么非穿这双鞋来不可呢!我拿出小镜子又照了照头发和脸,都挺好,就是脸有些红。我不好意思地四下看了看,还好,近处没人,我赶紧收起了小镜子,又匆匆向前走去。

教工宿舍楼越来越近了。我竭力控制着自己激动的心情,反复思考着见面后的第一句话怎么说。

越是快到楼前了,我的脚就越不听使唤,好像胳膊和腿配合得也不那么协调了。我只好稍停了一下,然后,重新起步。

我老远就看到了那座新建的4号楼。一单元门口停了好大一片自行车,就和北京住楼的人办喜事一样。不过,没有大红喜字。

我按照人们的指点,敲了一单元202的门。

开门的是一位中年妇女。

“同志,您……”

“赵志华住在这吗?就是赵秉辉老师家。”

那人一愣,然后忙说:“在这,在这。快进来。”

这人同样上下打量了我一番,然后转身向里面小声喊:“赵奶奶,有人来找。”

我一边关门,一边听到赵奶奶那有气无力的声音:“谁呀?进来。”

我急忙往里走,简直是小跑。

“奶奶,是我,兰兰!我看您来了!”

“啊?兰兰!是你?孩子!……”赵奶奶本来是坐在床上,这时,一下向后仰去。

“奶奶!奶奶!”我放下提包,冲了上去。

那个中年妇女说:“快,再打一针强心针!”那个护士模样的姑娘,马上准备注射。我急忙帮她们。直到打完针，奶奶躺好，我才问那两位同志，“奶奶怎么啦?”

那位护士难过地说：“老人太伤心了。”

我一惊，忙问：“怎么啦?

那两人吃惊地望着我，又互相看了看。还是那位中年妇女先开的口：“姑娘，您是她家什么人?”

“我？我……我是志华的同学。”我有些不好意思。

“哪的同学?”她可能从我的说话中判断出我不是本地人。

“我是他北京的同学，今天刚从北京来。”

“那，你还不知道吧?”那姑娘看了一眼护士，又看了看我。

“知道什么?”我真是莫名其妙。

“姑娘，你来。”那位中年妇女站起身，把我领进另一间房，她关上门，慢慢地对我说：“你一定要镇静。”

“怎么啦，阿姨?”我慌了。

“孩子，您看。”那阿姨指着墙上的奖状，然后转过身去。

我睁大眼睛望着那镶着镜框的奖状。

“奖给舍己救人的优秀共青团员

赵志华”

“啊——”我感到眼前一片漆黑，什么也不知道了。

当我醒过来的时候，一位陌生的大伯坐在我的床边。

“醒来了！醒来了!”那位花白头发的大伯带着辛酸的苦笑望着我。

“您?”我吃力地想坐起来。

那位大伯忙俯下身，按住我说：“孩子，不要起，不要起。我是志华的父亲。”

“赵伯伯!”我吃力地叫着，嗓子好像被什么东西堵住了。

“孩子，你全知道了吧?”

我点了点头。

“他为了救一个孩子，自己……”稍停了会儿，赵伯伯接着说：“昨天开了大会，追认他为优秀共青团员。市委书记讲了话，号召全市青少年向他学习。”

“伯——伯!”我扑到伯伯怀里，激情的泪水夺眶而出……

“孩子，不要难过。如果你要遇到那件事，我相信你也一定会像小华一样做的。要知道，那也是一条生命啊！我们怎么能见死不救呢！是啊，我们每个人都应该成为自己生活的主人，可是，一个人活着怎么能只为自己呢？那不太自私了吗？这正是我们中华民族的美德。孩子，你说呢？”

我点点头。

一阵沉默。

“兰兰，小华给我讲过你家的事。可这孩子从没告诉过我你们的名字和住址，我也没法感谢你们。本想，今年他高考完了，我们一家人去趟北京，看望看望你们一家人。”多么好的一家人哪！可是……，老人艰难地转过头……

又是一阵沉默，长时间的沉默，痛苦的沉默！

忽然，赵伯伯从衣袋里拿出一叠纸，轻声对我说：“我想，这一定是给你的。因为是八分的邮票，他从来不买八分的邮票。”

“信？”我惊喜地接过来，强硬着坐起身，小心翼翼地打开信。

被河水浸泡过，又晒干了的信纸有好几张，信上的字迹被河水冲洗得看不大清了。我贪婪地、急切地一张一张，一遍又一遍查看着、猜测着，极力寻找纸上的每一点痕迹。我终于在一张信纸上辨认出“兰兰”二字。我再也控制不住自己的感情了，双手把信紧紧地按在自己的胸口上，眼睛模糊了……

七

几天后，我回到北京。

赵志华离去了，那封辨不清字迹的信，成了永远的纪念……

1983 年于北京左安门中学

夫 妻

一

“好极了！这就叫一夫二妻，重婚!”

“走资派加老流氓！哈！哈！看谁还敢保他!”

造反派的头头们简直如获至宝，个个得意忘形。

区委大院的气氛顿时又紧张起来。一些人愤愤不平，一些人忧心忡忡，一些人欢喜若狂……

多少双眼睛在瞧着赵忠信——这个被“造反派打倒了”的区委书记。

“造反派”的造谣本领是很“高超”的，他们可以将白说成黑也可将黑说成白，当面撒谎，他们却脸不变色，心不跳。这些老赵领教过多次了。对于目前这回舆论又一次兴起，他本人还是心地坦然的。气愤已极时，也不过是心里骂两句：“这些吃狗屎长大的东西，共产党哪点对不起你们了?!”

对于这一谣传，老赵倒是瞎子吃饺子——心里有数。但也有为难之处。和这些造谣贩子自然没什么可争辩的，事实终归是事实，可是怎么和那些不明真相的群众解释呢。尤其是如何向爱人讲清楚呢？这倒是个很伤脑筋的事。

“对，我就假装没听说这件事，看她如何问。要是她追着问我的话，那，那我就支支吾吾，给她编一段。这回呀，也是对她的一次考验！可是又一想，那该多伤桂兰的心哪，他真不忍心。妻子这二十五年……不，何止二十五年呢？从那年在她家养伤算起，该有三十二年呢！三十多年来，妻子为他着了多少急，担了多少惊啊！就说这几年‘文化大革命’吧，妻子几乎天天都为自己提心吊胆地过日子，简直赶上了一九四三年那回！不，我不能再让她难过了，我要让她安心才是。”想到这里，老赵恨不得一步跨进家门。

像往常一样，还是孩子跑来给老赵开门。妻子亲切地招呼着：“快来洗脸吧，咱们吃饭啦。”

这是多年的规矩，饭总是要等老赵回来一起吃，孩子大人热热闹闹的。

妻子给老赵准备好洗脸水，就去厨房端饭。女儿去拿筷子。

二十多年如一日，不凉不热的洗脸水，正好用。老赵一边洗脸，一边想，难道她们一点风声都没听到？怎么一点动静也没有呢？还是怕我吃不好饭，才故意不说呢？

老赵洗完脸，感到浑身很舒服，仿佛洗去了一天的紧张和疲劳。他搭好毛巾，刚要去倒水，妻子已经端起了脸盆。

“桂兰，就让我倒一次吧。”老赵伸开手，望着妻子。

“快去吃饭吧，该饿了！孩子都给你放好筷子啦。”

妻子那深情的话语，那传情的眼神，温暖着老赵的心，他直愣愣地望着妻子走去的背影……

“爸爸，快来吧，我都饿了，您还不饿？妈，您也快来呀！”老赵四下看了看，问：“荣荣，你哥呢？”

“他和芳芳姐看节目去了，饿不着他们。快来吃饭吧，我的好爸爸！”

这顿饭吃得很舒服。说真的。老赵最爱吃妻子做的饭。如果不是开会回不来，他总是要回家吃饭的，这早已成了习惯。他总觉得妻子做的饭那么香、那么甜、那么可口。二十多年了，顿顿那么好吃。

孩子不在家的时候，老赵有时悄悄地跑到妻子耳边问：“桂兰，我怎么那么爱吃你做的饭？这么多年了，没个够！”

“别那么近！让对面楼上的人看见！”老赵恍然大悟，忙躲进屋里。

这天吃完晚饭，荣荣去洗碗了，妻子把茶和当天的报纸放到写字台上。一切都和往常一样。

孩子去写功课了。老赵看着那些“反击右派翻风”的文章，实在憋气，没看几个题目，就把报纸扔到了一边。他抬头看了看正在床边织毛活的妻子，那是在为他织毛裤，那么专心，那么认真。“多好的妻子啊，真是我的好女人！”老赵心里想。是的，桂兰长得不美，个子中等，脸上有点麻，常年山区的生活，给她留下个大脖子病。虽然进城后治过很长时间，可没治好，倒是没再发展，总有馒头那么大一个疙瘩贴在脖子上。她的心却那么好，她很少想自己，总是工作，丈夫、孩子、别人的困难。她没上过一天学，工作后学了点文化。她不像老赵几位战友的妻子，他们是进城后另娶的，没她们那样有文化，也没有她们那样娇美，文雅，桂兰的美是内在的，她给丈夫的生活带来了幸福……

老赵望着妻子，又想起机关大院里的风波，他再也憋不住了，觉得应当向妻子讲清楚，不能让她蒙在鼓里，那样对不起她。毕竟是患难夫妻呀！

“桂兰，我跟你说件事。”

“什么事？”妻子头也没抬，继续织着。老赵站起身，去关门。

“关什么门？荣荣写功课呢，不碍事。”妻子抬起头望着老赵，手里还不停的织。

关好门，老赵回来，又坐到椅子上，慢慢地说：“我得和你讲一件事……”

老赵这样开头和妻子谈话，为数是不多的。语气不高，也不急，可还是吓了妻子一跳。秦桂兰忙停下手中的毛活，急切地问：“怎么了？出了什么事？”

“别急，别怕，没什么，看把你吓的。他们现在也不敢再打人了，还能闹到哪去！”

“什么事啊，你就快说吧。”

“你别急，听我慢慢说。”

无论怎样让妻子别急，别怕，桂兰手里的毛活还是一动也不动了，两只眼焦急地望着丈夫。

“大院里的那群造反派又胡说我呢！”妻子点点头。

“你知道了？”老赵忙问。

“嗯，不……不全知道。”桂兰低头看了看手里的毛活。一种难以名状的辛酸涌上她的心头。是的，她不止一次为丈夫难过，丈夫冒着枪林弹雨闹革命，为着穷苦人打天下，如今落个这下场！什么“民主派”，什么“走资派”，批呀、斗呀，住牛棚，蹲“牢房”，这些怎么能不让她伤心呢！想想丈夫那年在她家养伤的情景，他心里只有他们连队，什么力量也留不住他，伤刚好，他就追部队去了。一心为了人民的解放，这样的人还不是好人吗？为什么还要像对待地主那样批呀，斗呀的？她一点也想不通。她为丈夫不知流了多少泪！多少次她劝丈夫：“老赵，运动完了，咱不干了！干了一辈子革命，咱也算对得起党和人民了！你的问题弄清以后，咱们就回老家吧，还是乡下好，村里的人实在。孩子们都大了，我也能干活，饿不着你！”

在运动高潮的时候，老赵悄悄地对妻子说：“桂兰，他们要是把我打成反革命，关进监狱，你就和我离婚，你带着孩子们过吧，要好好活下去……”

妻子严肃地说：“不许说这话！我知道你，你不会是反革命，不会的！他们要把你打成反革命，我也不和你离婚！我要带着孩子到北京去告状，去为你申冤！我生是你的人，死是你的鬼！”

这场景，这话语，至今使老赵记忆犹新。

可现在却不是打成“反革命”，而是“刑事犯”——“重婚犯”！妻子听到后，会怎么想呢？她会相信我吗？

妻子的两眼直盯着丈夫的嘴，生怕他说出要命的话。

“我十八岁那年，也就是一九三八年，在老家，我和一个逃荒到我们村的姑娘成过亲……”

刚说到这，妻子霍地一下站了起来，浑身哆嗦着说不成话：“啊……你……你……”

毛活一下子掉到地上，妻子连看也没看它一眼，又惊又气，说不出话。

老赵忙去扶她。“别急，听我说完，她早已去世了！你听我讲清楚呀！”老赵急了一头汗。

听了后一句话，桂兰才定下神。

老赵看妻子安定了，又继续讲起来，

“我们成家的第六天，村里住了八路军，我和爹妈还有她，商量好了，我参加了八路军的四支队。一九四二年，日本鬼子夜里血洗了我们村。听说我爹妈，还有她都被杀害了。一九四三年春，我回过一趟家，村里人没剩多少户，他们哭着向我讲了那次惨案，他们亲口对我说，日本鬼子是夜袭，人们没有准备，没逃出多少人，所有的房都放火烧了，我们一家也没逃出去，还有我那两岁多的儿子也被杀害了。听到这些，我大哭了一场，转身追部队去了。打完日本打老蒋，一打就是十来年，天南海北行军打仗，后来我几次托人打听，一点希望也没有。我终于相信听到的和见到的是事实，他们都去世了。我决不会瞒着你，又娶你的，我是党员，不会那样做。”讲到这，老赵抬头看了看妻子。

妻子一动不动地静静的地听着。

“刚解放那阵子，有好几个同志给我介绍对象，有的是军官，有的是干部，有的是大学生，我都没要，就是娶了你。”

听到这儿，妻子猛地站起来，愤愤然，把毛活往床上一丢，大声讲道：“老赵，咱脚正不怕鞋歪！他们狗嘴里吐不出象牙来！不听他们瞎吵吵，我相信你，要不信你，我能跑几千里地来找你？他们说的，你千万别往心里去，养好身体，活得长远些，气死他们那些孬种！”

“咣当！”好像大门响。

“许是老大回来了，我去看看。”妻子走了。

望着妻子的背影，老赵松了口气，自言自语：“还是农村的女人厚道，谢天谢地，我娶了个乡下女人！”

二

这天夜里，老赵又是呼噜睡了一夜。可是桂兰却翻来覆去睡不着。许多往事在她的脑海里翻腾着。

那是一九五〇年的春天，新中国刚成立没几个月。一天，忽然听说邻村的李根锁从部队回来了，这可急坏了桂兰。她找了几圈，没找到二叔，就给二婶留了个话，自个儿奔李家寨去了。

一路上，她高兴极了，路边的桃花含苞欲放，她没顾上看；路旁山坡上一片片新绿的草坡，她没顾上坐坐；鸟儿在啼鸣，她觉得是在为她欢唱；苍鹰在天上盘旋，她觉得是在为她引路，就连那崎岖的山路，她都觉得比往常平坦多了。她嘴里哼着信天游的小调，满面春风地向李家寨奔去。十多里的山路，她用了一顿饭的工夫就赶到了。她觉得浑身的衣服好像都贴到了身上，脖子上的汗，怎么也擦不干净。

李根锁家挤了不少人。

她也挤进了屋，高声问："李家大哥，你可听说俺忠信哥了吗？"

"你……你是……"那个军人一愣。

"我是山南秦家寨的，叫秦桂兰。"

旁边有人说："这是秦家寨秦二的侄女。"

"忠信？姓什么？"

"姓赵啊！"

"哪个部队的？"

"哪个部队的可不知道，就知道他是刘伯承的兵！"

"嗨，那不白搭！刘伯承的兵有几十万，我哪能都认得！"

桂兰一听这话，急得不知道说什么好，鼻子尖直冒汗。

"大嫂别着急，现在解放了，只要人活着，迟早能找到，放心吧！"

"李大哥，你要是回部队，就替我打听打听，他叫赵忠信，是河南人，参加过八路军四支队，一九四三年在俺家养过伤。"

"行，行，我写在本上，回部队后，我一准帮你打听，你尽管放心。"

"那俺给你磕头了。"说着就要下跪。

"唉！唉！可别这样！使不得，使不得。"那个李根锁忙从炕上下来，拉住了桂兰。

桂兰向他深深鞠了个躬，然后挤出了屋。一晃就是半年。

一天李根锁果真来信了，说让她去成都军管会打听，听说那个赵忠信还活着，在那工作。

这真是天大的喜讯，当村里的文书给他念完信后桂兰激动的热泪流到了嘴角，一个劲儿地嘀咕："他还活着，他还活着。"

这消息乐得桂兰和她二叔一家，一夜都睡不着，说来也是，当叔叔的怎能不为桂兰高兴呢？自从大哥被汉奸杀害后，这苦命的侄女一直住在他家。姑娘大了，多少人前来提亲，她都不应。她一口咬定要等那个叫赵忠信的人。那个赵忠信，听说就是一九四三年在他哥家养过伤的八路军。后来，那个人追部队去了，一去就是几年无消息，不知是死还是活。可是侄女一心只等那个赵忠信。有几次，当叔叔的劝她和别人成亲，那几家还都挺好，可桂兰都不应。二叔既怕侄女白等了那个八路军，误了侄女一辈子，又怕硬给桂兰成亲，对不起侄女，对不起死去的哥嫂，真是进退两难，终日不得安心。上次听说赵八路有信。乐得二叔眉开眼笑。这次又听说赵八路还活着，在成都工作，怎么能叫他不高兴呢？"桂兰子总算没白等，还是老天爷有眼哪！"二叔临睡前，又对二婶说。

如何对待这封信捎来的信呢？

桂兰一心要去成都。她对二叔说："只要他人活着，就是在天边，我也要去找他！我明天就去。"

二叔和二婶商议，想打听打听再说，最后再决定去找，还是不去找。可是，他们看到桂兰说得那么坚决，倒弄得不知如何是好了。

"桂兰子，这消息是大喜事，到底怎么办，我和你二婶再想想，明天一早再说吧。"

桂兰一夜没睡着，忠信哥七年前在她家养伤的情景一幕幕在她的眼前闪过，那么美，那么近，好像就在昨天，好像就在眼前……

二叔、二婶也一夜没睡着，对于侄女来说，这可是终身大事，他们是桂兰的唯一亲人，他们怎么能不为桂兰着想呢？哥哥临终前的嘱托，桂兰那双眼巴巴的眼睛，这一切，都时时刻刻牵动着二叔的心。"我要对得起大哥，我要对得起桂兰子，就是砸锅卖铁，我也要凑钱给孩子当盘缠。要成全桂兰，那个八路军就是她的命啊！这些年，你还看不出吗？"

"几千里路，人生地不熟，一个闺女家……"

"我去送她，我去送孩子！"

第二天一大早，二婶叫桂兰的时候，桂兰早已准备好上路的东西：一身衣服，一双鞋，一封信，还有那年忠信哥临走时留给他的血衣衫，都包在一个兰花包袱里。

桂兰听了二叔和婶子话以后，流下了热泪。

“二叔、婶子，你们知道侄女的心就行了，让我自己去，现在解放了，你们就放心吧。什么砸锅卖铁的，那用不着。二叔二婶的心意侄女领了。我有腿，不愁找不到他。”

看着桂兰神态，听着那发自肺腑的心声，二叔一横心，说：“兰子，叔叔听你的，明天我送你去!”

“叔!”桂兰双腿跪在叔叔面前，泪水夺眶而出。

二叔瞒着桂兰，卖掉了土改时分到的那条毛驴，又向左邻右舍借了几十元，总算筹集了一百多元钱。

这些事最后还是让桂兰知道了。她抓住二叔的手，哭着说：“二叔，驴不能卖！往后怎么过日子呀！把驴牵回来，把钱退回去吧！二叔，我……我不去了……”

第二天，根据商议好的结果，桂兰只让二叔送到了县城。二叔左嘱咐右叮咛，一直望着那去省城的汽车无影无踪了，他还一动不动……

桂兰几经周折，用了半年的时间，总算找到了成都。这个太行山区的姑娘，站在成都古城面前，几乎成了叫花子：身无分文，衣衫褴褛，面黄肌瘦。她摸摸怀里的那封信，又看看挎着的那个显得又脏又旧的兰花包袱，特意用右手扒了扒包袱角，露出了那块带血的布，她笑了，笑得那么甜蜜，她急忙把包袱缝掖好，大步向城里走去。

一路的艰辛都没吓到她，桂兰的心中只有一个念头：“忠信哥，我一定要活着见到你！只要还有一口气，我就要找到你！”两千多里路，除了开始的几百里是搭车以外，其余全是靠两条腿走过来的。要过多少次饭？她记不住了；饿过多少顿？她记不住了；住过多少次屋檐？她也记不住了，她只记得出来了多少天。

桂兰沿着大街往前走。她想，忠信哥是八路军，这解放军人大概有认得他的，于是，她遇见解放军就打听，有时还掏出怀里的信让带人家看。有的说：“没听说过这个人。要知道是哪个部队的就好找了。”

有的说：“信上写的说可能在军管会，这军管会也大着呢！要不，就先到市军管会去问问。”

有一个解放军看了信，又听桂兰介绍后，想了想，说：“市军管会有个团长姓赵，赵什么来……我记不清了，你再去打听打听。”

一听这话，桂兰心中一热，忙说：“解放军同志，市军管会往哪走?”

那军人给指了路，桂兰载奔载欣向前赶去。离军管会越来越近了，她的心“咚咚咚”跳得厉害，脚步忽然慢下来，而且越来越慢。

她不由自主地向左右的行人望去。城里的姑娘各个显得白嫩水灵，衣服华丽。再看看自己，一身破衣烂裤，只有一双鞋是新的，开始没舍得穿，到成都才换上，它显得格外扎眼，自己又黄又瘦，还有点麻。如果他真是个团长，他能认我吗？他如今是个团长了，会不会有媳妇了呢？桂兰又想到自己没文化，是个乡下的穷人闺女，而且长得……她忽然后悔了，直愣愣地站在路边不动了。她往前看了看市军管会的大门，又回头望了望走来的路，她此时真后悔没听叔的话，这么痴情，万一他不认亲，那可怎么办？桂兰不由得出了一身冷汗，向回退了几步。“两千里地来到这，难道就这样回去？不！一定要见他一面！”想到这，她猛地扬起头，望着军管会的大楼，径直走去。她做好了准备，如果赵忠信不认自己这门亲，她二话不说，一刻也不停留，把那血衣往地上一扔，转身就走，“去九泉找俺爹娘去！”她当时就这么想的，她怀着这种惴惴不安的心情向军管会走去。

相见的情景桂兰是一生难忘的。

老天爷有眼，她的痴情没有白搭，赵忠信没有嫌弃她。忠信哥魁梧英俊，而且是个堂堂的团长，可是他当着谁都敢说自己是他的媳妇。他们没举行什么婚礼，而是以老夫老妻相称的。从那天起，秦桂兰有了安定的生活，有了一个幸福美满的家庭。忠信哥教桂兰学文化后来桂兰也参加了工作。她为忠信哥生了两个儿子和一个女儿。她觉得对得起赵家了。先前她从来没想到自己这一生还会有这种天堂般的生活，在家乡当姑娘的时候，也只是想，将来能找个好男人，有地种，有活干，不愁吃不愁穿，生儿养女在山村过一辈子，就是当初遇见忠信哥时，也是这样想的。可谁也没想到能有今天！每当闲暇，她想到这一切，就感到无限满足。是的，生活富裕，有健壮的儿女，又有恩爱的丈夫，还有什么奢望呢？她实在想不出来了。

三

事隔几天后，区革委会打来电话，让秦桂兰去一趟。

秦桂兰走进屋，只见区政工组副组长刘洪和两位陌生人在场。那是一男一女，男的约有四十多岁，女的约有二十岁。

“噢，秦桂兰，里边坐，今天找你，是为了了解一下情况。”刘副组长先开了口。

“可以。这两位?”桂兰用眼扫了一下那一男一女。

刘副组长皮笑肉不笑地说:“嘿嘿,他们是省革委会派来的。”

秦桂兰一听两位是省里派来的,立刻想到准又是为丈夫的事,心里不由得有点紧张。也瞥了一眼那两位,提出了自己的疑问:“到底是区里问我情况,还是省里问我情况?”

只见那三位互相看了看,有的惊讶,有的恼怒,有的不知所措。

还是刘洪先开口:“秦桂兰同志,这,你就别管了,如实讲就是了。”说完,他扭头看了看身边那个四十多岁的男人。

“那不行,不说清楚,我怎么能讲?我又没犯法,不是罪人,我也是共产党员,这有什么可保密的?”

那位姑娘厉声道:“秦桂兰,你把态度放老实点!你上当受骗了,我们是为你好,你还不识趣?”

“你们是干什么的?”秦桂兰顶了一句。

“他们……”刘洪支支吾吾半天说不出来。

看到这情景,那个四十多岁的男人接过话来,说:“我们是省里来的,来了解赵忠信的问题,他是你的丈夫,你最了解他的情况,你要对党负责。你出身贫苦,又是党员,你应当协助我们才对,不能感情用事。我想,党的政策你不会不知道吧。我们想了解两个问题,一、你们是怎么成亲的?二、在你们结婚之前,赵忠信讲过没有,他农村有爱人。两个问题,先讲哪个都行。”

秦桂兰一听这话,脑袋嗡地一下,半天没说出一句话。

那三个人看到这情景,很得意,互相传递眼色。刘洪此时忙抽出两支香烟,先递给那位四十多岁的一支,并且先给那个点着,然后自己也快活地抽起来。

“他给我讲过,说他老家有过爱人,战争年代,他爱人被日本鬼子杀害了。我们两个成亲,是自由恋爱,一九四三年,他在我家养伤时,我们成的亲,我父亲作证。”秦桂兰怀着满腔气愤,一字一句当当作响。

那三个又互相传递了一下眼色。这回,那个姑娘说话了:“秦桂兰你受骗了,赵忠信的前妻还活着呢!她叫杨妮,今年五十六,他还有个儿子,今年三十七了!赵忠信抛弃了前妻,又欺骗了你,和你结婚……”那姑娘还没说完,那位四十岁的人就插了话:“前妻未离婚,又娶后妻,这是犯法的,犯了重婚罪!”

“住口!你……你……你们造谣!你们有什么证据?”桂兰气得脸色发青,浑身哆嗦。

“证据几天就到,我们已派人去调查了,你就放心吧!”刘洪也狐假虎威地说。

“那等来了证据再谈吧！没有必要再谈下去了！”秦桂兰站起身就往外走。

“站住！”

桂兰头也没回，径直走出屋门。

那次谈话不欢而散了。

秦桂兰愤然而去，然而，那翻谈话却的确给了她一个很沉重的打击。她脑子里反复想：赵忠信的前妻难道真的还活着？他……他真的骗了我？不！不会的！那……那我为什么要拆散人家呢？我……哎！我呀……

秦桂兰陷入了极度的苦恼之中。

四

赵忠信的前妻确实活着。她的名字也确实叫杨妮，村里人叫她婶、二嫂、二奶奶的都有，没人叫她名字。这道理是因为赵忠信在家排行老二。

杨妮是苦水里生活过来的人。她六岁那年，家乡发大水，父亲领着她们娘俩逃荒到河南。母亲在途中饿死，父女俩来到赵家庄，父亲病危，将女儿托付赵成夫妇收养。赵成夫妇收养了可怜的骨瘦如柴的小杨妮，含泪埋葬了她的父亲。从此，小忠信有了个小妹妹。

十年的生活，他们一起挖野菜，一起拾柴火，一起给父亲送饭，一起下地干活。孩子越来越大，杨妮越长越漂亮。小的时候，兄妹俩亲昵的很，形影不离，慢慢长大了，倒不好意思在一起了。赵成夫妇对杨妮亲得很，就如同自己的亲生女儿一样，只是为了让她记住自己的身世，才没让她改姓。赵成夫妇眼看着孩子们长大了，心里说不出的高兴。他们为孩子们的生活计划着，充满着甜蜜的希望。

长期的共同劳动和生活，在忠信和杨妮的心中埋下了爱情的种子。这年的七月七，发生了卢沟桥事变，日寇大举进攻华北。河南的各种抗日组织纷纷成立。国民党军溃败的消息不翼而飞，兵荒马乱，人人自危。

那时的赵忠信正血气方刚，看到老百姓高涨的抗日热情，他很动心，尤其是本村几个正经青年参加了救国会，他决定跟这些正派人走。赵成没见过共产党，但听过岳母刺字。他讲得好：“忠信他娘，孩子闹救国，这是正事，中国人不能都当亡国奴！”

没过几个月，八路军四支队来到这带。一天赵忠信回家兴奋地说：“爹，我要参加八路军!”一家人商量了半夜，赵成决定让儿子跟八路军走，他认为这是孩子的出路，也是救国之道，只是儿子和杨妮还没成亲，这事叫他放不下心。又是一阵商议，决定先成亲，后参军。这后一件事倒让忠信感到突然了。他看了看杨妮。杨妮一下躲到母亲的身后，脸变得红红的，低着头看着手中纳着的鞋底。杨妮的心“咚咚”地直跳，仿佛怀里揣了小兔。

就这样，第二天，赵忠信和杨妮在父亲和乡亲的欢快声中成了亲。

临参军的头夜，赵忠信和杨妮一夜没睡着。他们回忆着儿时的往事，嘱咐着分别后不放心的事。

“一人在外，要注意冷暖，行军打仗要机灵点。有工夫，就给家捎个信，也好让爹娘放心。打仗路过这边的时候，要回家看看。爹娘我会照顾好的，你尽管放心。”

“越说要走了，越有点离不开家，离不开爹娘，离不开你，才六天……”

“当八路，你走得对。我等你打败鬼子，回来再过好日子。”

“那，我想你怎么办?”

“想我?……想我……”杨妮脸一热，温情地说：“当兵在外，哪能光想我?我跑不掉的，一辈子都是你的!”说完，依偎在忠信的怀里……

队伍开拔的那天，赵成夫妇和杨妮一同为忠信送行了。

“孩子，要好好干哪!家里的事你放心，你娘和媳妇有我呢。”

“儿啊，有工夫可给家捎信来。娘给你……”

“娘，你别哭，打败鬼子，我就回来。”

“娘，别哭了，让他放心走吧，打败鬼子，咱们再团圆。”

队伍出发了。

杨妮一直追到村边的寨墙上。她站在那棵老槐树下，两眼深情地望着队伍远去的方向。远了，渐渐地远了。直到队伍的影子完全消失了，直到尘烟完全消失了，她才恋恋不舍地走下寨墙，那脚步是那样的缓慢……

是啊，村寨上杨妮伫立的身影，永远刻印在赵忠信的脑海里，那深情、那爱恋、那依依不舍、那一颗贤妻的心……这一切怎能忘怀呢?不!不能!永远不能!

五

一九四二年七月，赵忠信他们连队在河南滑县夜行军，在城西南的庄稼地里与日本鬼子遭遇了。这场遭遇战打得很苦，简直分不出敌我，乱成一团。敌人可能比我们多好几倍，我们的战士打得很顽强。等到赵忠信醒来已没有枪声了，天很黑，什么也看不清。他发现自己躺在路边水沟里，刚一动就觉得一阵剧痛、什么也不知道了。第二天醒来，天蒙蒙亮，他抬头四下一望，到处是尸体，也分不清是自己人的，还是鬼子兵的。庄稼地被踩得一塌糊涂。他吃力地往前爬了两下，一阵剧疼，又什么也不知道了。等他第三次醒来，他发现自己糊里糊涂地躺在一个地洞里。

“他醒了！醒了！”一个女人的声音。

“别喊，别喊。”一个老大爷的声音。

赵忠信吃力地睁开眼，刚一动身疼得他直咬牙。

“这……你们……”

“同志，我们是自己人，昨天夜里你们和鬼子打上了，我们听得一清二楚，大半夜才没枪声。村里的党组织让我们去寻找同志们，只有你一个活着，决定先把你抬到我家来。今天想办法把你送到山里去，那里有我一个亲戚。”

一听是自己人，赵忠信踏实多了，可是部队哪去了？怎么追部队去呢？这些问题又给他增添了新的烦恼。

“我们连队呢?”

“不知道，鬼子向东追去了。”

“就我一个伤员？”

“是，就你一个活着，还有八十多个同志……”

“啊！”赵忠信为之一惊，全连总共才有九十四人，他不敢想象了。

夜里，赵忠信被送了出去。约有三天的工夫，他们来到一个山村，这就是秦家寨。这户人家只有一个大爷和一个姑娘。

六

“赵忠信，你新中国成立前结过婚吗?”专案组的人油腔滑调地问。

“是，结过。”

“那你怎么又和秦桂兰成家啦?”

“我前妻早去世了。新中国成立后秦桂兰找到了我。”“谁说你前妻去世了?”

“我家乡在一九四二年被日本鬼子屠杀过。我家是抗属，爹娘和爱人都被鬼子杀害了。”

“你怎么知道的?”

“新中国成立前我回过家，乡亲们亲自对我讲的。后来我又打听过，没有错。”

“你还不老实，明白告诉你吧，你的前妻叫杨妮，她还活着，就在你原籍!今天你还狡辩!”

赵忠信一愣。

专案组看到了赵忠信的这一神态，于是紧接着说：“你和前妻没离婚，又娶后妻，知道吗?这叫重婚!是犯罪!”

“这不可能!她去世了!这是千真万确的!”

“别硬了，我们有证据!要看吗?给你!”

赵忠信接过一张信纸，从衣袋里拿出花镜戴上. 字迹清楚了：

“……

赵忠信家庭情况如下：赵忠信出身贫农，爹娘被日本鬼子杀害了，现在只剩下他女人杨妮和儿子赵锁柱，还有两个孙子，一个儿媳妇。他们都是我村社员、群众，未发现历史问题。

赵忠信三十二年没回家了，都以为他牺牲了。”

老赵没看完信，急忙看下面的公章。公章的确是原籍公社的，大队的。

看到这儿，赵忠信手颤抖了，眼睛发了直。他像挨了当头一棒，觉得天晕地转，自己好像在船上……

“这不可能……不可能。”赵忠信坐在椅子上自言自语。

“不可能?几天之后，我们就叫你看看，你前妻的亲笔证明!看你还往哪钻!现在给你一个机会，不要执迷不悟!你当我们都是阿斗?”

赵忠信晕晕乎乎走出了专案室。

从专案组回来，老赵的心情很沉重。凭着他的经验，他觉得那伙靠造反起家的东西们，这次可能的确有点把柄。难道杨妮真活着?他感到揪心的疼。给村里去封信问问?“哎，来不及了!如果真像他们说的，我可怎么向桂兰说呢?我对得起谁!”赵忠信在回家的路上越想越不是味，急得用拳直打自己的头。真是天无绝人之路，不知从哪来了灵机，他忽然想到打电报，“对，打电报问问!”

两天后，他收到了村里的回电。“杨妮活着，锁柱有二子。”

看着这封电报，赵忠信简直目瞪口呆了。

许多问题一下涌上了他的脑袋。“她不是被害了吗?这究竟是怎么搞的?杨妮知道我还活着，解放三十二年了，也不回家去看望她和孩子，她会怎么想呢?

她会恨我！恨我无情无义!”老赵想到这些，极为不安。“是啊，这些年她们孤儿寡母是怎样生活过来的呢？她把儿子拉扯这么大，都有了孙子，哎！我对不起你啊，杨妮！我该死!”他坐在公园的长椅子上，捶胸顿足，自言自语。

“这一切又怎么和桂兰讲呢？难道我真是骗她了吗？不！我没有骗她！桂兰会怎么想呢？她会谅解我吗？我的天——”一种可怕的念头突然出现：到阴曹地府讲理去吧!

这时，吃过晚饭的人们纷纷到公园来乘凉了。一对对情侣寻找着自己的仙境，这片幽静的林地是恋人们的天堂。“生活多美好啊，要是我和桂兰带着孩子们到这里散散步，那该多好，对，为了桂兰，为了孩子们，我不能死！不能！我把实情和桂兰讲清楚，凭良心，我赵忠信不是坏人!”他觉得必须马上向桂兰讲清楚，应当让她知道可能要发生的一切!

七

为了避开孩子，老赵直到深夜，才捅了捅睡觉的妻子，小声说：“桂兰，醒醒，醒醒，我有事和你说。”

“怎么啦？什么事?”桂兰睁开眼睛。

“有件事，我得先和你讲，你听了可别急，事情终会弄清楚的。等我讲完，你怎么办都行。”

妻子一听这话，一机灵，这近十年来的日子都是在气愤与恐惧中度过的，凭经验，她预感到丈夫可能又要大难临头了，于是骨碌一下翻过身，焦急地说：“说吧，别怕，顶多不过回老家，就是回乡，我也跟你一起走!”

这几句简短话，使老赵感到心里热乎乎的。多么贴心的话呀，妻子的心从来都是这样的。桂兰的相貌不美，可她那颗善良的心却美极了。然而，今天不是别的事，而是女人最忌讳的事。他真不知桂兰会有什么反应。

赵忠信怀着矛盾心情开始了叙述：“我对你是一片真心，什么事也没瞒过你。”

这一点桂兰是十分清楚的，她知道丈夫怎么疼爱自己。她觉得自己命好，千里寻夫值得，那千辛万苦换来的，是真正的爱和幸福。

丈夫小声叙述往事，她听得很认真。她想，丈夫负伤时是二十三四岁的人了，以前成过家，娶过媳妇不足为怪。其实，她自己过去也曾想过这事，但从未细问过，怕伤了丈夫的心。是啊，她怎么能伤丈夫的心呢？疼还疼不过来呢!

那次由于大字报，引起丈夫简单讲过一点，她完全相信丈夫的解释，也没再细追问。现在丈夫自己说出来了，她只是感到满足了自己多年来想知道这件事的愿望，并没想到别的。以前她问过丈夫公婆的事，知道老赵早年投身革命，公公婆婆都被鬼子杀害了，因此，她想，前妻怎么能逃出虎口呢？她从未问及此事，但她确信自己的判断是正确的，不然，老赵怎么会又娶自己为妻呢？他是共产党的干部，而且婚后二十多年来从未有过一封家信，真如同是石头缝蹦出来的人一样。正是因为这样，她才更疼他，她根据自己的经历来判断丈夫，这样的人多么需要家庭的温暖啊！正是这种心情，二十多年如一日，她对丈夫体贴入微，尽到了一个贤妻的责任。她静静地听着丈夫的下文。

老赵一边观察着妻子的动静，一边小心翼翼地往下讲。

赵忠信讲了自己的家庭，讲了杨妮的身世，讲了参军的情景，讲了日本鬼子夜发赵庄的经过，讲了他亲自回村寻找亲人的结果，然后停了一会，才慢吞吞地说："可是，谁想到，我的前妻还活着……"

"什么？你……你……你说什么？"桂兰好像触了电，霍地一下从床上弹起来，惊吓得声音都变了。

老赵也吓了一跳，没想到桂兰会这么激动。忙说："别急，别急，快躺下，你这样会受凉的！"

"我不冷，你快讲，讲清楚！"

老赵一见这情景，忙坐起来，给桂兰披上衣服，自己光着膀子颤颤巍巍地说："我没骗你，我只知道她遇难了，根本不知道她还活着。如果知道的话，我不会再成亲的，那样对不起你，也对不起她，那我还算什么共产党员啊！"

"你怎么知道她还活着？"

"这是专案组讲的。"

"他们说的？别信，胡编的！他们想用这件事置你于死地！把你搞臭！"

"开始我也这么想，为了证实这件事，我偷偷给老家发了份电报，村里回电说，她还活着。"

"啊？真还活着？那……那我可怎么办？我的天啊——"桂兰像挨了重重的一击，一下向后仰去。

"桂兰！桂兰！啊——"老赵一边穿衣服，一边喊："大海！荣荣！快！快来！"

孩子们在老赵的指挥下，急忙给医院联系，三十分钟后，一辆急救车赶来……

桂兰进了医院。老赵第二次进了隔离室，接受造反派的审查。机关大院里又传出：“走资派赵忠信想杀妻灭口，逃脱罪责！”

八

赵忠信在隔离室里忧心忡忡。这倒不是他怕自己会落个什么下场，而是为别人担忧。

这别人有三：其一，是桂兰，不知她病情如何，她能经受住这样的打击吗?精神、身体……

其二，是杨妮，她知道我还活着，而且在外边又娶了妻子，这打击她受得了吗？她是个自尊心很强的女人，而且是生活在封建礼教极重的农村，该不会寻短吧……

其三，是三个孩子，荣荣还要上学，大海还没成家，二虎在外地插队，孩……孩……

这次进隔离室和第一次大不一样了。那次他除了感到冤枉之外，就是感到浑身是力量。他确信自己不反党，不反社会主义，不反毛主席，他确信真理在自己一边，他坚持锻炼身体，坚持学习，他满怀着必胜的信心，迎来一个又一个黎明……

可这次呢？他满脑袋乱麻，乱作一团，内疚、恐惧、后悔、不安、千头万绪理不出个道道来。他感到在人生的道路上自己走入迷途。有时他也想：难道这是我的罪过吗？他感到冤枉。难道他不爱杨妮吗？不，不是的，他爱她，爱得极深。少年的生活和她紧紧连在一起，可称青梅竹马。成亲后是恩爱夫妻。如果没有战争，生活完全会是另一种情况……难道是因为我喜新厌旧？不，不是的。桂兰和自己也是患难夫妻。桂兰不仅仅过去是他的救命恩人，而且在她那种孤苦无援的情况下，能不辞千辛万苦跋山涉水寻找自己，难道自己不应当满足她生活的希望吗？难道还能给她打击吗？不，不能！应当有幸福的生活！她把生活的希望和他赵忠信紧紧地连在了一起，他没有权利拒绝桂兰得到幸福。二十多年前那令人永生难忘的一幕又浮现在他的眼前。

那是解放初的一天，他作为成都军管会的一位代表刚在基层解决完一个难题，就接到了市军管会来的电话。

“您是赵团长吗?”

“是，小刘吧？什么事?”

“赵团长，您媳妇来了。”

赵忠信愣了，“什么？你讲清楚！”

“您媳妇来了，就在我这里，你快来吧！”

赵忠信放下电话，二话没说，抄起辆自行车，飞快地向军管会大楼赶去。一路上他兴奋得不知如何是好。他眼前不时闪着杨妮的身影，苗条的身材，细细的眉毛，一双水灵灵的眼睛，还有那乌黑的发，这就是他的杨妮！她还活着！要知道，当年杨妮是全村最好看的姑娘！赵忠信恨不得飞回军管会。

来到军管会，他连车都来不及锁，往墙边一靠，冲进传达室，他愣住了：一个衣衫褴褛的姑娘望着他，面黄肌瘦，一双深陷进去的眼睛上下打量着他。

“桂兰，是你！”赵忠信认出她是几年前山西养伤那家的闺女。

“忠信哥！你……你还记得那年闫匪狗八他们来搜家吗？”

“记得，那怎么能忘呢！”

“你还记得狗八怎么问俺的吗？”

“记得。”

“他问什么来？”

“狗八问：秦桂兰，他是你什么人？”

“俺说什么来着？”

“你说：他是俺男人！”

“狗八问你什么来？”

“他问：她是你什么人？”

“你说什么来？”

“我说：她是俺婆娘。”

“忠信哥！俺今天就是来找俺男人的！”桂兰一头扑到赵忠信的怀里。

通讯员不知什么时候溜出去了，传达室只剩下他们俩。

“你走后，俺爹被狗八他们杀害了，俺没有了家，你就是俺的亲人，这就是俺的家……”

赵团长听完桂兰的叙述，泪水早已湿透了衣襟。是他赵忠信给桂兰家带来了灾难，翻山越岭，不辞千辛万苦来投靠自己，还能说什么呢？还能怎么办呢？一双粗大有力的手紧紧搂住了桂兰：“桂兰子，我的亲人，别难过，解放了，一切都会好起来的。别哭，别哭，明年，咱们一起去给爹上坟！”

两个人的泪水流在了一起，分不出是你的还是我的。屋外围了一大群人。

就这样，他赵忠信和桂兰开始了新生活。时间过得真快，一转眼二十多年过去了，他们有了三个孩子，二男一女。

可没想到，半截子入土的人了，生活中却出现了这么大的波折……

老赵有时也想，如果在二十多年前他不认桂兰为妻，那后果会怎么样呢？桂兰可能失去生活的信心！如果那样，他对得起牺牲的秦大伯吗？他对得起人民吗？不能恩将仇报！不能没有人性！他赵忠信当时就是这么想的，也是这么做的。谁想到二十多年后，会有今天！现在怎么办？党和群众会理解我吗？

一会儿，他又想，杨妮会怎么对待他呢？杨妮一张证明，就可以置他于身败名裂！是啊，在他面前，他有罪，他有负于她，他应当受到她的惩罚。因此，当老赵进隔离室，他便感到他在接受杨妮的审判……

九

三十多年没有得到丈夫一点信息的杨妮，早已确信她的忠信哥成了烈士。

杨妮的命苦，可是命挺大。那年鬼子夜袭赵家庄，公公带她娘俩翻寨墙出了村。鬼子是围村，哪里出得去。刚出寨，虽然是月黑夜，还是被鬼子发现了，枪声、喊声响成一片。赵成对杨妮说："柱她娘，我把鬼子引开，你带孩子逃命吧，千万不要回村！"说完，便风风火火地向东边玉米地跑去，鬼子也跟着追了过去。杨妮抱着吓傻了的儿子，趁月黑溜到村外的大坑边，躲在坑边的水洞里。枪声往东边打了好一阵，才不响了。一会儿追过去的鬼子又咿哩哇啦地跑了回来。他们在坑边走过的时候，杨妮觉得好像就在自己的头顶上走一样。渐渐地鬼子走远了。村外安静下来，村里却乱成热锅，枪声、喊声、狗叫声，乱成一团，火光冲天。杨妮趁着村外没有鬼子，向西北方向逃去。白天要饭，夜里赶路。她听老人讲，八路军在山西，就一个劲往西走。她想，找到了八路军，就能找到忠信哥了。第七天，她病了，被一户穷人从破庙里背回家。那户穷人姓蔡，老两口和两个儿子，自己有一亩半山坡地，还给地主打长工，那家人心眼好，听了杨妮的遭遇后，很同情她。那家的大娘病在床上，三个男人也正缺个做饭的，杨妮病好后，被蔡大爷好言相劝留在了他家，帮助照看有病的大娘，每天给他们做饭，做些女人家的活。这家人是老实厚道的庄稼人，只知道干活。一晃就是三年。鬼子投降那年，杨妮要走，蔡大爷和蔡大娘再也留不住她了。这三年，蔡家觉得杨妮为他家出了大力，家像个家了，杨妮又漂亮又能干。大娘本有心让她做自己的儿媳妇，几次探口气，都感到杨妮的心没有在这，又一想，这是个八路军的媳妇，硬要强求她，也对不住那位八路军，也就不再说了。就这样一起过了三年。临走的那几天，杨妮把该做的活一律做好，里里外外收拾得干干净净。蔡家老人给她们娘俩带好衣服和干粮，决定让老大蔡东山送杨妮回家，怕她一人走出差错。可杨妮不让，蔡大爷发话了："孩子，在这三年，我把你当女儿看，今天你要回家，我不能再留你，你一人走，我不放心哪！叫你大哥送你去，别推辞了！往后，要有工夫了，叫孩子他爹和你们娘俩一块来这住住。"

"大爷——"杨妮拉着锁柱一起跪在地上，给蔡家大爷、大娘磕了头。

"起来，快起来，不要忘了我们就行了。"

"不会的，只要孩子他爹回来，我们就来看望您老。"

一九四五年十一月，杨妮回到了赵家庄。那些大难不死的老乡亲们闻讯赶来，大家大哭一场。那场夜袭的全部经过她全清楚了。更不幸的消息是，夜袭后的第二年，赵忠信他们连队和鬼子那场遭遇战传到杨妮耳朵里。这真是晴天霹雳！不过，她不信忠信哥会死，她不能相信忠信哥会死！她正是抱着这种信念等啊，等啊，直到土改，一直等到解放。她什么办法都用了，可始终杳无音信。随着日月的流逝，她渐渐相信忠信哥已不在人世了。

她和忠信哥甜蜜的往事，成了她记忆里的珍宝，她常回忆儿时和忠信哥玩耍，劳动的情景，尤其是那结婚的场面，新婚之夜，还有送哥参军的情景，不知回忆过多少遍。这些回忆给她带来欢乐，也带来痛苦，有时是眉眼中闪着喜悦，有时则是辛酸的泪。

在那苦难的岁月里，孤儿寡母的生活是可以想象的，杨妮坚持着活下来了。她总想：我要对得起公婆的养育之恩，要对得起忠信哥，一句话，要对得起赵家，要保住赵家这条根。"不把锁柱拉扯大，我不能死！"多少年来，就是这个念头在支撑着她的精神，一个又一个求生的难关过去了，一直熬到解放。

有时，她看着儿子发愣。她在从儿子的相貌中寻找着丈夫的踪影。有时，看到已经十多岁的儿子，她欣慰极了。她不只一次自言自语："忠信哥，我对得起赵家了，不枉咱们夫妻一场，我给你拉扯大了锁柱。你要能活到今天，那该多好哇，也好让你看看自己的儿子，多虎实的儿子啊！你见了一定高兴！"

锁柱一辈子没见过他爹，忠信哥一辈子没见过他儿子，每次想到这些，杨妮总不免要流下泪来。

十

这天下工了，社员们正在往回走，只见大队会计骑车飞快地赶来，老远就喊："二婶——忠信叔有信了！"

所有的社员都愣住了。不知这个活宝是开玩笑，还是当真。

有个社员说："志林大兄弟，你又瞎闹什么！"

会计赵志林下了车，上气不接下气地说："这回可不是瞎说，当真，你们看！"他把局里的公函信封高高举过头，接着说："这是忠信叔他单位来的调查信！人不活着，还调查个什么？"

社员一下子都围上来，争着要看那信。"信呢？"有人问。

"那是外调信，不能随便拆的！"

"锁柱他娘，这回可有出头的日子了！"

"哎，二嫂啊，快去大队问问去！"

"二婶，您老总算等到这一天了！"

其实，杨妮什么也没听进去，她几乎晕了。这消息来的这样突然，简直使她接受不了。

"哎？哎？二婶怎么啦？"

"快，快扶住她！"

"快叫锁柱和他媳妇去！二婶，你怎么啦？"

杨妮醒来，发现躺在自己家的炕上，屋里挤了不少乡亲。

"娘，你好点了吗？"锁柱问。

"娘，你喝点儿糖水吧？"儿媳妇问。

"柱儿，你去大队问过了？"杨妮有气无力地问。"嗯，问过了，那是来调查出身和家庭情况的。"

"没有说别的什么？"

"没有，那是公函，不是信。"

"嗨，二嫂，你就放心吧，人不活着，谁还调查呢？二哥一准活着呢！过些日子还不来信？"

"是呀，咱们村那次大惨案，都当是你们家没人了呢，谁想你和柱儿那么命大！老二也来打听过你们娘俩，都说你们不在了，他才又追队伍去了。"

乡亲中也有你看我，我看你的，不知是什么意思，杨妮却看在眼里了。

"柱儿他娘，放心，好好歇歇吧，我们都回去了。"

"慢走，柱儿，送你大爷他们去。"

人们都走了，锁柱回到屋里，不知说什么好。

"娘，我爹活着，迟早会来信的，他老也不知道我们活着这么一大家子人哪！"儿媳妇一边给婆婆喂糖水，一边说。

杨妮始终没再说这事。吃完饭，大家都睡觉去了。月亮升起来了，高高地挂在树梢上，圆圆的，明亮明亮的。夜空上，星星眨着眼，蛐蛐在弹琴。月光照进窗子，在炕上洒下一片银白。多好的夜色啊，就像那新婚夜晚的一样。

杨妮怎么也睡不着。往事像梦一样，一个一个在眼前闪过，心情像漳河的水翻滚不停。

她想了许多许多。

一会儿她想，忠信哥真活着吗？那怎么几十年不来一封信呢？把我们都忘了？不！不会的！他真当我们都被鬼子杀害了？哎，我怎么就相信他不在了呢？我怎么解放后不再找找他呢？哎，我呀！我！一会儿她想，会不会是同名同姓搞错了呢？这种事她可听说过。那怎么这么巧？他要是真活着那该多好哇，让他看看他的后代们！

一会儿她又想，这些年他不来信，也许没脸见我。因为她听说过，早先干革命，后来又当汉奸，特务的，解放后被政府压起来，管治的也有的是。可又想，也不对呀，忠信哥不是那种软骨头，他是宁折不弯的硬汉子。

她真不知道应当怎样解这个谜。

还好，这事过了几天，并没有什么动静。杨妮想，兴许是弄错了，如今，共产党办事，也有弄错的时候，不像过去了。

十一

一晃就是十几天。

有一天，突然村大队长来找锁柱："锁柱，你爹来电报问你们的情况了。因为是给队里来的，我已经给他回电报，如实讲了。"

这封电报也不翼而飞，半晌的工夫，传遍了全村。全村又轰动了。"锁柱他爹来电报了！"

"看来二叔真活着呢！"

"这回该把二嫂和孩子们接走了。你想干八路这么多年，还不当上大官了？"

"嗨，锁柱还真有傻福气！不急不慌的也要吃商品粮了！"

然而杨妮不像众人那么想，她认为事情不那么容易，要是真像乡亲说的，忠信哥一定会回家来，还是等等看。

锁柱的反应可与众不同。他长大后知道爹当八路了，后来听说爹抗日牺牲了。上小学，在填"父亲"那一栏里，他填的就是"革命烈士"。没想到自己都当爹了，又冒出个活爹来！

“娘，我不认他这个爹！三十多年，他连个信都没有，他知道咱们孤儿寡母的是怎么熬过来的！经过多少难？吃了多少苦？他多狠心哪！他在外边住楼房，坐汽车的，我们怎么过来着！我不认他当爹！”

“傻孩子，你爹不是那狠心的人。你没听你宝泰大伯说，一九四二年秋你爹找过咱，都以为咱们家没人了，你爹才哭着追部队去了。再说，现在闹‘文化大革命’，你爹兴许有难了呢！”

“有难也活该，让他也尝尝什么叫难，什么叫苦！”

“柱儿，你爹也是穷苦人出身，什么苦没吃过？你也要为你爹想想，没有难，他知道咱们还活着，能不回家来？我跟你爹过了十多年，我知道他是什么样，比你懂得多！”

“娘，咱们不缺吃，不缺穿，没有他，这三十多年不也过来了吗！他住他的高楼，他吃他的鱼肉，咱住咱的土房，咱吃咱的白薯窝头！娘，我养你一辈子！大宝、二宝也上学了，还愁什么？”

锁柱媳妇拉着两个儿子在外屋，听着，谁也没进来。

只听“扑通”一声，锁柱媳妇靠近门缝看，原来是锁柱跪在了婆婆脚前。

十二

三天后，四川来人了。

当天下午，大队干部把杨妮叫到队部。

队干部介绍说：“这就是你们要找的杨妮。你们谈吧。”

“你叫杨妮？”个又高又瘦的男人问。

“嗯。”

“你能给我们出个证明吗？”那高个子兴奋地说。

“出什么证明？”杨妮奇怪地问。

“就写你和赵忠信是夫妻就行了，很简单。”那个又黑、又矮、又胖的男人说。

“干什么用？”

“没什么，你不是他老婆吗？我们就是要你证明一下这件事。”那高个子满脸堆笑地说。

杨妮心里一转，“证明这干什么？”这两个人油头滑脑，不像什么好人，莫不是他们用这证明要害俺忠信哥么？这类事她还真听人说过。于是她慢条斯理地说："我不会写字，要等我儿子来写。"

"我们写，念给你听。你听完了，按个手印就行了，不用麻烦你儿子了。"那个矮个子急忙说。

"不麻烦你们了，我儿子一会儿就回来，一会儿给你们送来，误不了你们的事。"说完，杨妮站起身。

"那——"那俩一高一矮的互相递了一下眼色，只好答应了。他们来时领了令，速去速归，办成事，回来之后，除了有赏之外，一人半个月假。他们恨不得一下办成，回去领赏。可是这个农村老太婆居然不受他们耍弄！

这两个人败兴地送杨妮出了大队部。

杨妮刚拐过弯，就有一人追上来。"二嫂，这证明你可要想好再写，可不是闹着玩的！"杨妮停下来，回头一看，原来是生产队长。"好兄弟，放心吧！我得对得起你二哥！"

一路上，杨妮反复想着刚才发生过的事。她越想，越觉得事不妙。"准是忠信哥在外边出事了，这是来调查整治他的！"杨妮自言自语。

来到家中，儿子，儿媳都还没收工。二孙子正在做饭。"奶奶，您老回来了？"

"嗯。"杨妮说完进里屋去了。她坐也不是，站也不是，心里烦得很，脑袋里还翻腾着刚才的事，她躺在炕上沉思着。

"我不能出证明害了亲人，他现在兴许正受难呢。"想到这，她闭上了眼睛，她仿佛看到了忠信哥正在挨批、挨斗、挨踢打的样子。她惊慌地霍一下坐起来，嘴里喊着："你们不能这样！"小孙子闻声，赶紧冲进里屋，只见奶奶坐在炕上喘着粗气。

"奶奶，您老怎么啦？"

"没事，没事，做了个梦。"

十三

还没下工，锁柱就被叫回家来。进门，就问："娘，有事啊？"

"进屋来，我有事对你说。"

锁柱把镰刀往外屋一放，赶紧进了里屋。

"咋啦？娘。"

"刚才队里来了两个四川人，要我写张证明，我说等你来了再写。"

“写什么证明?”

“就写我和你爹早离婚了。”杨妮不动声色地说。

锁柱一惊，他从来没听说他娘啥时候和爹离过婚。要说，夫妻离婚就是仇人。三十年来，他娘无时无刻不挂念他爹，每当谈起爹，娘总是那样深情，那样敬重。

“谁说让写这证明?”锁柱疑惑地问。

“那两个外调的。”

“为什么?”

“你就别管了，叫你写，你就写!”

“再说，你也没和我爹离过婚哪!”

“你知道什么！我和你爹离婚的时候，你还不懂事呢！怎么？你还想找他咋的?”

这后一句话真管用。锁柱气呼呼地说：“我都不认他是我爹，才不会去找他呢!”

按照杨妮的说法，儿子写了一张证明。

“证明：

我在新中国成立前就和赵忠信离婚了，三十年来无来往。

证明人：杨妮

一九七五年十月九日”

连找纸笔的工夫加在一起，总共才用七分钟，证明写完了。杨妮先找了大队干部，队干部看了证明，大吃一惊。

杨妮和队干部悄声地细说了一阵，队干部签上了意见，“情况属实”。并盖上了队里的章。

于是杨妮又亲自把证明给那两个人送去。

那两人满高兴地接过证明，说：“真快，真快!”高个子打开信一看，愣住了。矮个子忙伸过头去看，一看，也愣住了。

高个子忙问：“你……你怎么这么写?”

“不这么写咋写?”

“你们没离婚哪!”

“你咋知道没离婚？你们比我还清楚?”

“我……我……”高个子说不出话来。

矮个子忙问：“离婚证明呢？给我们看看。”

“打鬼子那会儿，谁给开离婚证明啊？你当是现在哪!”

“那也要有人证明啊！”

“证人，是我公公、婆婆，他们都没了几十年了，哪找他们去？再说，队里不是盖章了吗！”

“你……你……”矮个子也张口结舌了。

杨妮转身走出了屋。她觉得如同卸了一副千斤重担，身上轻松多了。她跨出大院门，铁柱、儿媳妇，两个孙子都迎面赶来。

“奶奶！”

“娘，咱们回家吧！”

大队的干部们纷纷来到大队院门外，目送着这家人。

十四

经医生诊断，桂兰的病是突发性血压高，需要住院观察。桂兰是晕沉沉，似醒非醒，似睡非睡。

在朦胧中，她仿佛看到一位头发花白的老妇人跪在自己面前苦苦哀求：“你还我男人吧，忠信哥是我的，我们孤儿寡母等了这几十年，多不容易盼到今天哪！可怜可怜我们吧，我们母子俩一辈子不会忘了你的恩情的。”

桂兰听了那老妇人的话，感到难受得很。是啊，这三十多年她们孤儿寡母是怎么生活过来的呢？她秦桂兰在乡下生活过，她亲眼见过村里那孤儿寡母的艰难生活。三十多年哪！她仿佛看到一个年轻的姑娘送别参军的丈夫，然后一年一年过去了，姑娘年轻美貌变得衰老、枯瘦，头发白了，脸上布满了皱纹，腰弯了，背驼了，夜里，在昏暗的电灯下，一双昏花的眼睛望着屋门发愣！想到这些，她的泪水涌出了眼眶。是啊，自己也是穷苦人的女儿，那苦难的日子自己也经历过，她完全知道其中的辛酸。那位大姐应当有幸福的生活，应当有美满的家庭！然而，这一切都被自己夺去了！她感到脸热，感到极大的不安。她喃喃自语：“这，这能怨我吗？我是无辜的。我全然不知道这一切啊！要不……要不就……”下面的话，她怎么也说不出来。她完全了解自己，她真心实意地爱老赵，爱他那浓眉大眼，爱他那忠贞的感情。在她眼里，老赵是世界上最好的人，她感谢爹给她认的这门亲，她感谢老天爷有眼，让她这苦命的人有了个好男人！

二十几年来，他们夫妻肝胆相照，从不隐瞒一点私情。这样的好丈夫，难道能忍心分手？“不，这等于要她的命！”她真想对那位不相识的大姐说：“我们生活快三十年了，你就把老赵留给我吧，让我付出什么代价都可以，不然，我怎么生活呢？孩子们和同志们又怎样看待我呢？是战争造成的……”

然而，当她一想到那位大姐几十年如一日苦苦等待丈夫归来的那双望眼欲穿的眼睛时，心，立刻软了。她流着泪，一咬牙暗暗说：“我苦命的大姐啊，我对不起你！你把他带……带走吧……”

她觉得好像自己的心也被人摘走……

十五

人生道路上的曲折往往是出乎人们自己的预料的。凶与吉有时来得简直令人目瞪口呆。

现在，赵忠信就遇到了这种使之惊愕的时候。就在赵忠信天天于隔离里反省，时时准备接受杨妮的惩罚的时候，专案组突然通知他：“从今天起，你解除隔离了，可以回家了。”

“什么？你说什么？”赵忠信简直不相信自己的耳朵。

“你没事了，从今天起，回家！”

“你的前妻出的证明，她早就和你离过婚了！”

赵忠信一震，几乎惊叫出来。但他立刻意识到这是生死的斗争，必须谨慎，于是忙收拾行李，拖着疲惫的身体，一摇一晃地向家走去。

一路上，赵忠信真是思绪万千。

“早就和我离婚了？没有的事啊？”

又一想，“也是，战争年代，一个年轻寡妇又怎么等我这没有音信的男人呢？她死里逃生，又嫁给别人，这也难怪。她那样美，如不嫁人也过不了安生日子。”想到这些，“这电报给我又有什么用？”根据电报分析，杨妮像是没有改嫁，那锁柱像是我们的孩子。那又为什么出了张离婚证明呢？他左思右想不得其解。

赵忠信刚到院门口，女儿就飞也似的跑着迎了出来。一边跑，一边喊着：“爸爸！爸爸！爸爸回来啦！”

桂兰和儿子也都跑出了屋。

“老赵，他们怎么让你回来了？快进屋，快进屋。”妻子又惊又喜地问。孩子们已争着接过老赵的行李。

“爸爸，您受苦了！”

进屋后，赵忠信环视了一下亲人，各个含着眼泪。“哭什么，我这不还挺好的吗？高兴才是呢。”

儿子去打洗脸水，女儿给老赵倒了一大杯白糖水，因为爸爸爱吃甜的。

桂兰一个劲地上下打量着丈夫，那么细微，好像是要从丈夫身上找什么秘密似的。看着丈夫那蓬乱的头发，满嘴巴的胡子，和那消瘦的脸庞，桂兰心痛如刀割。

“老赵，你受苦了！”

“没事啦，他们的炮弹。原来是个臭弹！”

“什么？你说什么？”桂兰惊奇地问。

“这是他们亲自对我讲的，杨妮出了证明，早和我离婚了。”

“什么，写证明早离婚了？这……这是怎么回事？”桂兰莫名其妙。

“这都是真的，要是假的，他们能放我回来？”儿子打水回来了，女儿正在厨房大显身手。

全家欢欢快快地吃了顿团圆饭。

夜里，老赵将情况和自己的推测告诉了一再追问的妻子。

桂兰听完以后，才感到那颗内疚的心平静下来，才感到，这幸福的家完全是她的了，她是老赵合法的妻子。

十六

赵忠信的“重婚”罪总算结案了。

可是老赵的心思却远没有结案。一些问题，还常在他一个人静下来的时候，跑出来捉弄他。

毕竟夫妻一场，他既然知道杨妮活着，既然知道自己还有个儿子，他怎么能一点不想呢？更何况，那封回电报和那张证明包含着不解之谜。

几经考虑，他还是向桂兰讲了：“我的前妻给我生了一个儿子，我真想见他。”

出乎意料，桂兰同情地说：“行，你写信问问，怎么说那也是你的亲骨肉啊。到现在也该有三十六七岁了。去封信吧，哪有爹不想儿子的？都是自己身上的骨肉，我懂，我懂。”

听到这些话，老赵心里热乎乎的，他紧紧握住桂兰的手，激动地说：“我的好桂兰，你真是我的贤妻，那么体贴我的心！”

“可是我又不敢写。孩子这么大了，我才去找，孩子不会恨我吗？再说，如果杨妮误认我是去要儿子，那她该多伤心啊！我不能再伤她的心了。她受尽了苦。我这些年没有尽到一个做爸爸的责任，对不起那孩子，也对不起杨妮……”

“如果真让那位大姐认为你现在是去要儿子的话，她会伤心死的。我们可不能做那种伤天害理的事。我总感到对不起那位大姐。有时我想，如果不是我跟了你，如果是她后来找到了你，她的生活完全两样的。她应该得到幸福，她为你吃了多少苦哇！还为你生养了儿……”

听到这些，老赵心里一阵酸楚。他暗暗说：“桂兰的心多好哇，难道她就不该得到幸福吗？不，她们都应该得到幸福，都应该有自己理想的丈夫，都应该有自己理想的家。都应该有自己理想的生活。”

十七

时间又过了三周。老赵还是没敢给村里写信。这几天又传说市委要给他安排工作。可是报上一个劲地“反击右倾翻案风”，他真不想出去工作，他想，“邓小平那么大功劳，那么有威望，出来工作没多长时间，这不又招来祸了吗？我赵忠信长几个脑袋？”

为了散心，他常到公园散步，常常是一个人。有时，他能在一块石头上坐三个小时，直愣愣的……

这天晚上九点钟。有人敲老赵家的院门。

儿子去开门了。来人头上系着一个白毛巾，操着一口的河南话：“同志，赵忠信住在这吗？”

“你是……”大松上下打量着来客。

“我是他的儿子，打河南来。”

“进来吧，这就是他家。来，我帮你拿东西。”

“不，我背吧，你在前边带路就行了，我不累。”大松关好院门，转身说道：“爸爸，河南来人了！”然后低声对来客亲热地说：“大哥，跟我来。我叫赵大松，我帮你拿吧。”

“兄弟，不用，会弄你一身土的，我背吧。”

屋里的老赵听河南来人了，又惊又喜，急忙迎出门。女儿也跟出来了，只有桂兰没动，她不知所措。“在哪？”赵忠信一出门就问。

“爹！我来看望您老来了！”锁柱把包袱一放，一下跪在地上，给老赵磕了三个响头。

“快起来！快起来！进屋，进屋，大松，给你哥拿着东西。”老赵忙上前扶起儿子。

一家人高高兴兴地进了屋。

桂兰躲在儿子的屋里关了灯，从门缝里看到了这一切。老赵本来就是高个子，这来人比老赵还高出一头，宽肩阔背，壮得像座黑铁塔。老赵把那人拉到灯下，上下细心打量着，那亲切的抚摸，那激动的表情，桂兰都看得清清楚楚，她心里也很激动，丈夫高兴的事，她从来都高兴，毫不例外，今天也如此。

“桂兰，快来呀，你看谁来了？荣荣，叫你妈去！”转脸问锁柱：“你叫什么名字？我还不知道呢！”

“爹，俺爷爷给俺起名叫赵锁柱，是怕俺活不了，又怕长不好，所以既要锁住，又要长成大柱。这不，真长了这么大！”桂兰出来了，听到锁柱这一讲，全家人都哈哈大笑起来。

“好名字，你爷爷起得好哇！锁柱，这是……哎，这也是你娘！一家人！”老赵指着桂兰介绍说。

“娘——”锁柱不敢违背父命，这是出发前娘给他立的规矩：一切都要听你爹的，不能惹你爹生气！

听到锁柱叫她“娘”，桂兰真不知如何是好，忙说：“好，好。锁柱啊，你来，怎么也不先来个信，我们也好去接你。”

“我拿着地点呢，咋会找不到，还挺好找。”

“都站着干什么，快坐，都坐下。”荣荣说。

“对，锁柱，你还没吃饭吧？荣荣，快给你哥打火做饭！”老赵说。

“我不饿，吃不下去。”

“你们说话，我去做饭。”桂兰抢着去厨房了。

“爹，我不饿。”

“孩子，这也是你的家！吃，叫你娘去做吧。荣荣，你去帮厨。”

大松给哥哥倒好了洗脸水。

锁柱一路上的顾虑，几分钟内全飞到九霄云外去了。这个家，他感到很温暖，很融洽，他替娘放心了。

一顿丰盛的饭菜后，又谈到很晚，大家才去睡。今晚，老赵提议要和锁柱睡一屋，大家都很赞成。

入夜了，父子俩又聊上了天。

“锁柱，你们和你娘一起过呢？”

“一起过，俺怎么能和俺娘分家呢？俺娘拉扯俺成人，可不易啊，母亲之恩重于山。”

老赵听罢，嗓子有些哽咽。

“你没有别的弟妹？”老赵想问问杨妮是否改嫁，但不好直问，只好拐弯抹角。

锁柱一惊：“爹，这是哪里的话？俺娘一直等你，没有另找主！”

“什么？没有改嫁？”

“没有哇！你听谁说改嫁了？”

“没听谁说，那你娘怎么来证明说早和我离婚了呢？”

“哎，那是俺娘逼着俺写的！”

“这是怎么回事？”

“爹！俺娘……”铁柱说到这，泪水一下涌了出来。他斜过身子抹了一把泪，对老赵讲起了往事。

锁柱讲了一九四二年他们娘俩怎么幸免于难。又怎么逃到蔡家生活了三年，他讲了一九九四五年日本投降后怎么回到河南原籍，孤儿寡母的苦难生活史震撼着赵忠信的心，他老泪纵横，哭成了泪人。

锁柱讲了和老赵一起参军的赵辛大叔，打一九四三年和鬼子遭遇战后，赵辛怎么逃回村，怎么吓得大病一场，再也没有追部队去。是赵辛告诉乡亲，全连人都叫鬼子杀害了。他们娘俩听了这消息后，哭得如何死去活来。讲到这，锁柱停了停说：“打那以后，我娘常对我说：柱儿，要好好长大成人，你们赵家就你这么一条根了，我要对得起你那死去的爹，我要把你拉扯成人！解放初又打听过你的消息，还是没回音，我娘才死了心。后来有几户给我娘提亲，娘都不同意。她说：‘我要对得起你们赵家，一日夫妻百日恩，我生是你们赵家的人，死是你们赵家的鬼，我不能让俺锁柱更名改姓！’”

“就这样，我们娘俩相依为命。在苦难中，娘常讲起你，只要提到你，她就有使不完的劲，什么苦，什么累，什么困难她也不怕。她咬着牙拉着我走过了那些苦难的年月。爹，我娘活得可不容易啊！”锁柱哭得讲不下去了。

“孩子，我对不起你娘，对不起你们娘俩！”

锁柱擦了擦泪，又接着讲：“‘文化大革命’了。才知道你还活着。俺娘听到消息后，好些天吃不下饭，一直磨磨叨叨，我真怕她得病。说实话，听到你还活着，我可不高兴。我恨你，恨你没良心，恨你对不起俺娘！村里人都猜你在外边当了大官。又娶了亲，儿女满堂，把我们娘俩忘了。村里人有人出主意，让俺娘给你写信认亲，如果你不认，情义两断成仇人，上四川来告你。看造反派怎么整治你！可是俺娘不同意。半年前，四川去人到村里调查，让俺娘写证明，俺娘知道那些人是为了要整你，所以一横心，要我写了那张证明。开始我说什么也不写，俺娘生气地对我说：‘你是我的儿不？’我说：‘是。’‘那你孝顺娘不？’我说：‘孝顺，咋能不孝顺呢？’‘那你给娘写！’我说：‘娘，他对不住你，他不是我爹！我不认他！他忘恩负义，我们还为他想？’‘住口，混蛋！’这还是我一生中第一次听娘这么骂我。她老人家生气瞪着眼，指着我鼻子：‘你是赵家的种，你要对得起你爹娘，你爹有难，他们要整死他，我们不能把你爹往火坑推！我们不能当刀，去杀你爹！你写不写？你要是我的儿，就按我说的写！要不，我就不认你这个儿！’我就这样按俺娘说的，写了那张证明。”

老赵边听边哭，早已泣不成声。

老赵父子谁也没想到，还有一个人在门外听着呢！

是这么回事，杜兰听到这屋里有哭声，就起了床，悄悄地走到门外静静地听。儿子、女儿也悄悄地跟过来。这后来的一切，她们娘仨都听到了，一个个也都早已泪流满面。她们都为那位不相识的农村妇女的行为所感动。是啊，正是这个善良的女人挽救了他们一家人，正是那张用血和泪写成的证明使得他们能平安地过幸福的日子！

“这次来四川，俺娘就是让咱们父子两个见一面，这是她老下半辈子最大的心愿了。俺娘还让我给你带来了家乡的红枣、花生，她说你从小就爱吃这些。我还给你带了一张我们五人的全家福。俺娘说，要是你爹挺好的，就马上回来，也好叫娘放心！爹，这里我看挺好的，我不多住，我得赶紧回去。”

“锁柱，来一趟不容易，多住几天吧，在这玩玩，你要买什么，直管讲。”

“俺什么也不买。”

“家里缺什么不？”

“啥都不缺，放心吧，过去的苦日子再也不会有了。俺娘说，要是方便让我带一张您的照片回去，要是不方便，就不要了。”

“那有什么不方便的！可以带走，孩子，你娘要什么不？”

“俺娘说，别的什么都不要，有那张照片就行了，回家再放张大的，挂在家里。”

“孩子，爹对不起你娘，对不起你，我一定要赎这个罪。回去给你娘讲，这我辈子忘不了她的恩。”

……

十八

锁柱在成都住了两天，办了三件事：一是和他爹一起照了相；二是和四川的全家人合照了一张全家福；三是把他爹的相片放了一张特大的。

上火车时，赵忠信全家都去送锁柱了。

回家的路上，秦桂兰把全家多年的存款都取出来，一个人大踏步向邮局走去……

一九八三年于北京左安门中学

苏 丽

她的一生让我流泪……

她的善良让我震撼……

她叫苏丽。

上海解放时，她十二岁。

上海解放前夕，她资本家的父亲带着她十六岁的哥哥去了台湾，苏丽和母亲留在了上海。

苏丽的母亲本是穷人家的孩子，后来在苏丽父亲的工厂里做工，由于苏丽的母亲长得漂亮，十七岁那年成了苏丽父亲的“外室”。父亲走后，苏丽与母亲搬了家，住进了一个小市民的里弄里。邻居是一家母亲和儿子。

一九五六年苏丽高中毕业，她没有考大学，参加了工作，在一家国营商店当会计。那个邻居的男孩叫陈志宇，平常学习很好，也不知道为什么，没考上大学，想不开，突然“神经”了。门也不出，饭也不好好吃，嘴里一个劲地说“我考得不错呀，不错呀，怎么我就没考上呢?”

给他妈急得够呛，跑到学校问成绩，学校也说不知道成绩。里弄的人都为这孩子惋惜。

“好好的一个小伙子，就这样毁了?!”大人们都这样说。

苏丽快十八岁了，高高的个子，白皙的皮肤，天生的两道细细的眉毛，一双明亮的眸子，很招人喜欢，说起话来那么文静，那么有礼貌。见男的大人，“叔叔”“大爷”；见女的大人，“阿姨”“阿婆”叫得可甜了！很讨人喜欢。

虽然家境不如以前了，但苏丽的衣着仍然比同龄的女孩子好许多，尤其是件件衣服都那么合体，凸显着青春的美，还多少冒着点“洋气”，与众不同。

苏丽的母亲这几年与邻居刘姨走得挺近，主要是她看上了刘姨的儿子陈志宇。

志宇这孩子一米七八的个子，从照片上看很像他那位当老板的父亲，浓眉大眼，身材魁梧，仪表堂堂，学习好，尤其是写的一手好字。谁也没想到这孩子就因为没考上大学，竟然“神经”了！

苏丽也觉得陈志宇是有前途的男生，虽然不在一个班，但在一个年级，而且住的是邻居，出出进进低头不见抬头见的，自然还是了解的。

看到陈志宇变成这种状况，苏丽心里一酸一酸的。

这些天，刘姨没少找自己母亲，而且挺神秘。苏丽觉得有些奇怪。

一天晚饭后，母亲把苏丽叫来说：“小丽，听说小宇的病能治好。”

“不是刘姨去了好几个医院了吗？能治好多好呀，办法总是会有的。”

“西医不行，听说中医办法行。”

“中医什么办法？”

“你刘姨说，他们老家用一种方法叫冲喜。”

“什么叫冲喜？”

“就是让病人遇到一件特别大的喜事，一高兴，思想上坎冲过去了，病就好了。”

“志宇能有什么突然特别大的喜事呢？除非给他一张大学录取通知书！”

“年轻小伙子，哪有不想媳妇的？你刘姨说给小宇办个婚事，冲冲喜，小宇就能好了。”

“啊？这能行吗？再说，上哪找个现成的媳妇呀？”

一阵沉默。

“你刘姨说了，你和小宇挺般配的，三年前，你刘姨就提过亲事，她可看好你了。”

“啊，看好我？”苏丽一愣。

“我原先也认为不错，只是突然看到小宇得这病，怕治不好，这些天，她一个劲地找我，说这病冲冲喜就能治好。哎，要真能治好，那该多好呀。挺好的一个孩子。可是万一治不好，怎么办？”

“真有希望吗？”

“刘姨问过，说真有治好的！”

那一夜，苏丽一直睡不着，她脑子里想了很多很多……

早晨一起床，她对母亲说：“好，咱们救救小宇吧，万一能治好他的病，这可是救了人家一命呀！我去冲这个喜！”

“他刚得这病，听说比较容易治好。我也可怜这家人。”

“救人一命，就是救了这个家，我想通了！”

苏丽的母亲，立刻去了小宇家。

一会刘姨来了，一进门就跪到苏丽的面前，给苏丽磕了三个响头，嘴里说着："小丽呀，你就是我们家的活菩萨！"

苏丽忙上前扶起刘姨，说："别这么说，别这样。"

这桩"冲喜"之事很快就办了，苏丽结婚了。

刘姨家十五平方米的一间房，中间拉了一个布帘，外面住着刘姨，里面成了苏丽小两口的洞房，里外什么都听得见，真别扭。可把陈志宇乐坏了，笑了，也吃饭了，精神好了许多。

大家都满以为这回小宇会好起来。

两个月过去了。

"丽丽，小宇的病怎么样了？"

"他就想着做那事，别的也没见怎么好。"苏丽低着头说。

"啊——"苏丽母亲一屁股坐到椅子上，呆住了。

"那不行！我不能让你一辈子就这么过！"苏丽母亲突然站起来，怒气冲冲地说。

"那怎么办？"

"你别管，有我呢！"苏丽母亲出门了。小宇的母亲还真是个通情达理的人，苏丽母亲没废什么话，刘姨就说了："大姐，这都是我们的错，我不能坏了小丽一辈子，小丽是个好孩子，让他们离吧，我同意！听说小丽单位支援北京的人里有小丽，这正好是一个机会。"

说来也正好，那年入冬前，上海来了支援北京发展的任务，工业、商业、卫生系统纷纷开始支援北京，有的整个单位调去，有的调人，苏丽单位支援名单中就有她。

就这样，苏丽一九五六年年底，苏丽离婚后，离开了上海，来到北京一家商场，当了会计。

一九六〇年的一天，苏丽母亲突然收到一笔来自巴西的汇款：1000 美元。

汇款人：苏俊峰

苏丽母亲惊呆了，这是他儿子汇给她的！就是那个十年前去台湾的儿子。

看着这张汇款单，苏丽母亲的泪流了下来。

那时的 1000 美元可不是个小数目，苏丽母亲立刻成了街道的"重点户"，在工厂则成了"重点人"。

苏丽母亲又搬了一次家，离原来的里弄远了，离工厂也远了。她打电话告诉了北京的女儿。

没几天，领导找了苏丽，问了她的家庭情况。苏丽这时知道哥哥在巴西，并且是台湾驻巴西大使馆的一名工作人员。那位领导告诉她，出身不能选择，政治立场是自己选择的，通信要特别注意。苏丽一下子成了商场的“人物”了。

自从那次领导找苏丽谈话以后，主动接近她的人少了，不论她做什么，总觉得有一双眼睛在盯着她。尤其是原先那几个年轻小伙子，不再追她了。

苏丽外在美怎么也掩饰不了，还是有单位外的追求者来找她。有了第一次的经历，有了领导的提示，苏丽想好了，非共产党员不嫁！不是共产党员，免谈！

一九六三年，喜从天降。

苏丽商场上级，北京市局的一位十八级党员干部，经人介绍，来到苏丽面前。

这是个局长的秘书，一九四七年十二岁参加革命，新中国成立后当过华北局书记刘澜涛的机要秘书，后来调干上的大学。此人离过婚，听说是他女人出轨了，有个孩子归女方。

此人中等个子，留一个分头，戴一副白框的眼镜，一身毛料中山服，三接头黑皮鞋一尘不染，一支钢笔别在左上衣兜里。浓眉大眼的，看上去蛮精神。

苏丽第一次见面就认为他符合自己心里的标准，外貌、身材、工作、婚姻情况，还有单位分的两居室房子，一切都满意。自己的情况全说了，对方怎么看得呢？尤其是那躲不掉的海外关系，这让苏丽忐忑不安。

两周，难熬的两周！

苏丽本以为没戏了，也不再想了。

第三周的周五，苏丽接到那位秘书的电话：“苏丽同志，这个星期日咱们还在上次那个公园见面吧，可以吗？”

“好的，几点？”

“上午九点整，不见不散！”

“好的。”苏丽放下电话，高兴地差点跳起来，她忙看看周围，提醒自己：这是单位！

喜悦的心情还是没有完全控制住。

“小苏，有什么好事呀，瞧你美的！”朱大姐笑眯眯使着眼色说。

还是那个颐和园，这次，不是在昆明湖边的那棵柳树下的长椅上，而是在昆明湖的小船上。

“我向局长讲了你的情况，局长听完后说让我自己拿主意，这毕竟是个人生活问题，将来是不是会影响到我的进步什么的，自己考虑好了，就行了。你爸的事是你爸的，你哥的事是你哥的，你母亲也是苦出身，你本人也没什么大问题，怕什么？顶多今后升级、调资受些影响，影响就影响吧，你不出事就行了。”李勇一边划船一边说。

“你将来不后悔！”苏丽胆怯地小声问。

“后悔？后什么悔呀？不就是少升两级嘛！再说，局长并没有说不行呀！你要不反对，咱们结婚吧！”

“行，听你的。”

婚事就这么定下了。

后来苏丽了解到李勇的父亲是一个局级干部，抗日战争中他父亲兄弟四人牺牲了三个，就他父亲活到新中国成立。

苏丽的婚礼是在北京的一家烤鸭店举行的，只请了一些亲朋好友，苏丽的母亲从上海赶来了，婚礼不大，挺热闹，新的幸福生活开始了。

苏丽母亲临上火车时，对苏丽说：“丽丽呀，这个婚姻我很满意，李勇这人我看很老实，又是个年轻有为的党员干部，你是幸福的，要珍惜！”

“妈，放心吧，我知道。我会珍惜的。”

天有不测风云，人有旦夕祸福。

苏丽好日子没过三年，“文化大革命”开始了。

头些天还是报纸上打嘴架，没过两三个月，便由“文化”大革命变成“武化”大革命了。

外地先不说，北京就乱成一锅粥！

学生打老师，各单位都批斗领导，国家主席刘少奇，一夜变成了“睡在我们身边的赫鲁晓夫”！一个个元帅被抓起来，一个个部长成“叛徒”！满街是吵吵闹闹的抄家队伍，批斗大会，游街事件，到处停工，停课，一切都乱了，谁是好人？谁是坏蛋？一般老百姓谁也弄不清了。后来发展全国四处夺权，就连那街道上只有三十人的小厂子，也把只有五个党员的小脚老太太书记，当成了“走资本主义的当权派”揪了出来。

一切都天翻地覆了。

苏丽和李勇也深感到暴风雨就要轮到他们身上了。

局长已被揪出来，作为秘书岂能逃脱？再说自己的父亲也被揪出来，斗得一塌糊涂了！

听说造反派将一根铁豆条套在父亲的脖子上，下面挂着大牌子，上面写着“地主杀人犯”。

商场领导也被斗了好几次。大字报已经开始说苏丽是“国民党特务”，只是她还是小虾米，无权又无好处，还没轮到她，不过苏丽已感到快轮到自己了。

“看来，不可能躲过！我不能给李勇添麻烦，不能把祸水引到他身上！”苏丽有些怕了。

“李勇，咱们离婚吧，我单位已经有苗头了，如果你不是共产党员，我早就被揪出来了，我的海外关系，我的出身都会影响你的！”

“我父亲已经被造反派揪出来批斗了，我只是个中层干部，还轮不到我哪！”

“批斗我了，就连累到你了，咱们是一个系统的，到时候就晚了！”

“那也不能为这点事就批斗你呀！你也没做什么坏事！”

“我们书记也没做什么坏事呀！也被说成‘走资本主义道路的当权派’！”

“不听我的，你会后悔的，咱俩一离婚，我再海外关系，也不碍你什么事了，我哥哥可是台湾国民党的官员！他每年跟我母亲都有联系！我母亲已两个月没和我联系了，也不知道怎么了，你就听我的吧！能逃一个是一个，能活一个活一个！”苏丽死死哀求着。

局里的造反派已经通知李勇，让他写局长的揭发资料明天交。

第二天晚上，苏丽回家告诉李勇，可能要回不了家了，赶紧办离婚手续，不然来不及了。

“哪怕是假离婚也得离！不然，谁也救不了谁，都得被整死！”苏丽坚信地说。

天一亮，苏丽与李勇去了街道上，办离婚手续。

去离婚的人很多，排着大队。

一个也就20岁的姑娘接待的苏丽他们。

“你们为什么离婚?”那姑娘问。

“他是走资派，我们不能生活在一起。”苏丽回答。

“对，怎么能和走资派生活在一起呢?”那姑娘翻了一眼李勇。

两分钟，就办完了离婚手续，比结婚可容易多了。

一听说苏丽离婚了，造反派再也没有顾虑局里那位党员干部丈夫的压力了，当天就以“反革命特务”的理由扣住了苏丽，进了“牛鬼蛇神”屋，看管起来。

苏丽松了口气，心里说，“真是及时离婚了，不然可咋办?！李勇啊，我说的没错吧！”

没过三天，李勇离婚，剩一个人了，造反派说：“李勇，你一个人住一套两居室的房，太大了，收回一大间，让职工小石一家子住，你一个人住那小间，一人十二平方米的住房，够大的了。”

就这样，也没躲过去，半个月后，李勇也被局里的造反派给关进了“牛鬼蛇神”的黑屋里。李勇心里说：“哎，苏丽预见的真准哪！”

苏丽自从关进单位的“小黑屋”里，每天要写检查，要交代“特务”的罪行，交代她与海外哥哥的联系，交代她爸爸的罪行，然后就是上台被批斗、批判。

苏丽苦恼得很，因为她实在是写不出什么名堂，她知道的太少，也不会编，所以没什么好果子吃，什么“不老实，抗拒从严！”“顽固不化，死路一条”这些话在等着她。

一年后的一天，局里造反派的一个头头来过她们商场，还亲自提审过苏丽，没几天，被押到市局里，然后那位造反派头头硬是娶了她。听那人自己说，他是出身贫农，一九五三年从河北来到北京，先是在一个饭店当学徒，后来当厨师，小时候在老家学过点武术，“文化大革命”起来了，先当了饭店的造反派头头，因为他能打，敢斗，什么都不怕，最后当上了局里造反派的一个头头，是什么革委会的主任。他跟自己的农村老婆离婚了，看上了苏丽，他想让苏丽给自己生养几个好看的儿女，谁知一年过去，怎么弄，也弄不出一个孩子来，他怕自己断子绝孙，于是又甩了苏丽，把苏丽放回了原来商场“小黑屋”。

后来听说抓“五一六”分子时，那个会武的头头被抓了，因为有“人命案”。

到了一九七二年，苏丽算熬出点来，没什么批斗会了，让她住进了一间商场放杂物的小屋里，给她分配了工作：扫全场院的地，另外有什么杂活，干什么杂活，在商场院内可自由活动，但不许出商场大门。

商场有个老职工，叫赵根柱，新中国成立前就在北京西城一家私人商店当店员，没文化，干杂活，有时也卖点货，一九五六年公私合营那年，他没走，成了国营商场的一名职工。因为常年住的伙计屋有些潮，积劳成疾，落了个风湿病，腰腿老是好天小痛，阴天大痛，五十多岁就传达室看门了。运动中，他不会写字，一张大字报也没写过，孤老头一个，又是个工人，什么冲击也没受，人很老实，从不多嘴多舌，人缘挺好，有叫他“赵师傅”的，有叫他“老赵”的，也有叫他“老赵头”的，他总是笑着答应，没见他与谁发生过口角，发过脾气。

老赵中上等个，背已驼了，总看穿一身褪了色的蓝工作服，爱抽个烟，有时抽点纸烟，自己卷的“大炮”，很少抽香烟，有时也抽烟袋锅子，他不喝酒，一点都不喝。眼睛好使，说话有劲，走路吃力。自从领导让苏丽工作了，又给老赵加了一项工作：不许苏丽出大门，有事向上级汇报。

其实，苏丽一九五六年一来商场，老赵就在。他们是十多年的同事了，这十多年的苏丽生活工作老赵都清楚：一个老实漂亮的上海姑娘，工作认真负责，运动一来，倒了血霉！受了不少苦和冤枉。在前几年，老赵偷偷给苏丽送过吃的，送过药。老赵想：法院判的犯人，也不能让人家饿死呀！

尤其是一九六九年的一天，苏丽在被造反派关押期间，夜里病了，看押的人不知如何是好，老赵去了，急忙说："人命关天，送医院，还愣着干吗?!"

是老赵蹬单位的一辆三轮车把苏丽送到医院的，打针，吃药，折腾了一夜，第二天中午好些了，他送回商场。听医生说，那是急性胃炎。

苏丽一直记着这件事，老赵早忘得一干二净了。

看到领导又分配苏丽工作了，老赵心里说，这回算熬出来了，起码也是人民内部的矛盾了！工资也全额照发了，一天天会好起来。

过了些日子，商场又来了一位新领导，听说是"文革"前平安里那边一个国营商场的书记。

这些年他们单位换过不少头头，今天你上来，明天他上来，鸡吵鹅斗，有本单位的，也有外来的，走马灯似的，没什么正经的！

又过一个月，这位新来的张书记对老赵说："老赵，以后苏丽可以出大门了，谁没点事呀，不用管了。"

老赵望着远去的张书记小声说："来了个明白人。"

苏丽自由后，第一件事就是写信联系上海的母亲，当她从上海刘姨那了解到母亲在一九六八年九月，受不了造反派的批斗、游街、侮辱后，含冤自杀了，她哭得死去活来。谁也劝不动她，谁也不知为什么。只有苏丽一人知道：在大陆她唯一的亲人——妈妈不在了！

晚上，她在那间放杂物的小屋里，蒙着被子痛苦地哭着，喊着："妈妈！我要跟你一起走！"

历史是人民创造的。

在"四人帮"横行十年之后，这帮倒行逆施的坏蛋终于被人民扫进了历史的垃圾堆！被中国人民钉在了历史的耻柱上！永世不得翻身！

时间过得真快，转眼到了一九八三年。

老赵头已经七十三岁了，为了照顾他的生活，单位调出一间房，房子是西直门内的一间十三平方米的四合院耳房，把传达室他用过的所有家具都送给他，给他安了一部电话。传达室的工作换成了另一位五十多岁的董师傅。

老赵头，一辈子没成家，所以商场的人，常有人路过那时看望他。苏丽去的次数最多。

单位给老赵安的电话，就是让他有事打电话方便，可他几乎没打过，他不愿给单位找麻烦。

人老了，年轻时招惹的病慢慢都会找上门来。老赵也一样，年龄不饶人。老赵的腰腿疼、气管炎、高血压全上他那报到了。

苏丽去的也越来越勤了，慢慢有了风声。

书记找苏丽："小苏，你这些天，每天下班都去老赵那，挺晚才回单位，多累呀！"

"书记，老赵运动中帮过我，他老了，又有病，我哪能一点不管呀。"

"他那有电话，实在不行可随时打电话，我派人去呀。"

"他不打电话，怕给单位找麻烦。"

"我明天去那一趟，再跟他说说，你每天还得上班，哪受得了呀。"

"我自己知道，不会有事。"

第二天，书记真去了。

"老赵，身体怎么样了。"

"书记，老毛病了，不减病，净添新病，人老了，都这样。"

"小苏常来看你？"

"嗨，我不让她来，她不听，还偏来，下了班，忙一天了还来这，帮干这、帮干那，我真不落忍。"

"以后，有干不了的，打电话，我叫人来，小苏太晚了回单位，不方便。"

"是，放心书记，她再来，我说她。"

苏丽还是去，老赵不识字，尤其熬中药，哪个在前，熬多长时间，哪个在后，再熬多长时间，是不能错的。有些西药，字太小，他又不认识，吃错了，可不是闹着玩的，所以苏丽不放心。

有的同志去看老赵，那个院的邻居问了一些令人不解的事，回来汇报给了书记。

书记听了大吃一惊："怎么？还有不回单位的事?!"

书记气愤地找了老赵。

"老赵，小苏这几天还有住这的事？"

"熬中药费时间，太晚了，我又送不了她，又怕她不安全，现在这么乱，她没走，我也没赶她，她在那椅子上坐了一夜。"

"那也不行？她还年轻，将来怎么办？人的名声很重要！"

"是，我坚决不让她来了，书记，您放心吧。"

书记又找了苏丽："小苏，我决定，以后不用你再去老赵那了，这是为你好。"

“书记我知道你为我好，有办法，我和他结婚，这回行了吧？”

书记一下愣住了。

“你这不是胡闹吗？他七十多了，你还不到五十，你疯啦?!”

“我没疯！他运动中救过我的命！我不能忘恩负义呀。”

“我不批准!”书记火了。

书记不让苏丽一人住那间杂用小屋了，让她搬进了集体宿舍，三人住，变成了四人住。

并立刻给老赵拨通了电话，说了自己的意见，并警告了老赵。还叫工会主席立刻去那院找街道的人，让院里人帮点忙，单位出点钱，解决老赵的困难。

苏丽听到这一切，放心了，听了书记的话。

一个月后的一天，北京市公安局来了两个人，到单位了解苏丽的情况。

原来是一个美国华侨在找苏丽。

苏丽来到书记办公室。

一个警察问：“你是苏丽同志吗?”

另一个警察记录。

“我是苏丽。”

“你是从上海调到北京的?”

“是。”

“苏俊峰这人你认识吗?”

“啊，哪三个字?”

“这三个。”警察拿着一个文件给苏丽看。

“这是我哥哥，我们几十年没联系了，有什么事吗?”

“你哥哥在寻找你，我们核实一下。他可能回国找你。”

苏丽听到这儿，眼泪夺眶而出。

“别哭，这是好事，这几年，国内外寻亲的事很多。”

书记和苏丽送走市局的人，书记把苏丽又叫回办公室。

“小苏啊，这是好事，难得呀！等消息吧，安心工作，明天，你就回会计室吧。”

“不行，这么多年不干会计了，规矩都不一样了，不行了。”

“那就上柜台吧，不干卫生事了。”

“那谁干呀?”

“这你就别管了，有人。”

第二天，苏丽上了文具组，当了售货员。

这件事不翼而飞，一天内传遍全商场。

“小苏算熬出头了。”

“美国一个哥哥，准是个大老板，不然，不会找北京一个穷妹妹！”

“这会儿正兴起出国，小苏肯定要出国了。”

“在这受苦，受穷，挨整，连个家都没有，要我，肯定走。”

一时间，说什么的都有，人们议论纷纷。

二十天过去，风平浪静，没了动静。

又是一顿议论。

“瞎高兴了，谁愿意认一门穷亲戚？没听说，富在深山有远亲，穷在京城无人问？”

有的说：“好事多磨，慢慢看吧，看看最后，小苏头上那块云能不能下点雨。”

也有人说：“别老想人家小苏的坏事，积点德！人家小苏好了，有你们什坏呀？吃你的啦，拿你的啦？”

又过了二十天。

一天，一辆奔驰停到了商场门前，接去了苏丽。

又轰动了商场的所有人。

“书记说小苏的哥哥已到北京，这是做秘书的，来接小苏的。”

“怎么样，人家哥哥真来接小苏了。我没猜错吧，这是亲兄妹！人家哥哥哪能看着妹妹在这受苦、受罪?!”

“是凤凰，谁能落在鸡窝里?!”

“都上班去！别这瞎咧咧！”经理发急了。

小苏的哥哥苏俊峰一九六九年十月就知道母亲不在世了，因为他给母亲汇的款，被退回去了。邮局的回执反映，“已无此人”。一九七一年他已升任台湾驻巴西的领事馆代办。一九七五年其父在台湾临终前，把他叫到病床前命令他：“你要把妹妹接出大陆！”

后来巴西与中国建交了，台湾驻巴西的外交机构全都撤去了。苏俊峰辞职去了美国，走上了经商的道路。在美国一些城市有十几家中型超市，也算是个成功人士。

车在北京长城饭店停下。秘书领着苏丽来到她哥哥住的房间。

门一开，身材高大的哥哥出现在眼前，苏丽扑上去，兄妹紧紧地拥抱在一起，痛哭起来。

“哥，你怎么才来呀！妈妈没有了！妈妈没有了！”

“小妹，我想你们！想你们哪！爸爸让我来接你们，我来晚了！来晚了！”

在一边的女秘书也流下了眼泪。

兄妹俩擦了擦眼泪，互相上下打量着。

苏丽看着英俊挺拔的哥哥；一身浅灰色笔挺的西服，浅蓝色的领带，和父亲一样的脸庞，浓眉大眼，乌黑油亮的背头，一双黑白相间的皮鞋一尘不染，精神得很，根本不像五十多岁的人。

哥哥看着眼前的妹妹，比他们分手时高了许多，跟妈妈长得太像了，眼睛闪着亲切的光。

兄妹落座，秘书去取饮料。

哥哥说：“妹妹，受苦了，我带你离开这里，美国那里有咱们的事业。”

妹妹说：“哥，我还不能走，还有许多事没做完，我先带你看看北京吧，故宫、长城、颐和园、天坛，可好啦！”

“这里也有你值得留恋的吗？”

“有啊，等我都办完再说吧。咱们一起去上海，妈妈的骨灰……”

“小妹，你在这是做什么呢？”

“商场收货员。”

“一月多少工资？”

“120 元。”

“住房是多少平方米？”

“没有自己的房，住的集体宿舍，公家的，在单位里。”

“连自己的房都没有？这么点工资，你结婚了吗？”

“没有，不，结过两次，都离了。”

“为什么？”

“一时半会儿说不清。以后再细讲。”

“你在这什么都没有，还待着干什么？必须跟我走！我给你一个中型商场，你当老总！咱苏家的人，怎么能给别人当售货员呢！”

“哥，有一个运动中帮助过我的老人，现在病重，我不忍心这样走呀。”

“咱们不能忘恩负义，给钱，给他看好病，还不行吗？”

“不是钱的事，给他治病可以，不是一会儿能好的。”

“那给他请个服务员，不能把你拖在这呀！”

“董事长，饭点到了，先就餐吧，然后再细聊。”

苏俊峰看了看表，一挥手：“走，小妹，先吃饭吧。”

那天晚上，苏家兄妹俩谈到半夜，最后，哥哥还是没有劝动妹妹出国。

主要是苏丽的这几句话，深深打动了苏俊峰。

“哥，儿不嫌母丑，中国虽然有许多不足，但她毕竟是咱们的祖国，祖国就是中华儿女的母亲，为了母亲的健康、幸福，儿女应尽心啊，孝敬父母是每个中华儿女应尽的义务。我生在大陆，我也要死在大陆，这是我的家乡，这是我们母亲的所在地，我们要把祖国建设的富强起来才对。”

最后，苏俊峰决定听小妹的，在北京考察一段，计划选择一个适合的投资项目，再看看北京的名胜古迹，给妹妹买套商品房，找到母亲的骨灰，重新安葬，一旦北京的投资项目完工，让小妹负责。

十天后，苏丽上班啦，书记找了一个同志陪着苏丽每天路过老赵头家看看。

老赵头慢慢能自理了。一年后那个商场全部更新成了一家中美合资的中型商业企业。

苏丽是董事长，原来商场的书记，成了这家合资企业的经理。

老赵头，由这家企业出资进了一家养老公寓。

这就是我认识的苏丽，一生坎坷，一个出身资本家，却富有同情心和一颗强烈的爱国心的人。

苏丽常说：“我是红旗下长大的中国人，我要为祖国的富强尽我的心和力量。”

潮起潮落心不变，云卷云舒志更坚。

祝您健康长寿——苏丽！

年级篮球队

右安门中学是北京市城郊的一所普通中学，它坐落在右安门外关厢，是个居民学生农民学生都有的学校。这里往东两里，便是永定门火车站。“呜……，呜……”，南来北往的火车笛儿，这里听得一清二楚。

一、李华的心事

学校篮球队就要往下刷人了！

这消息对于校队里的“球迷”们来说，简直就是一颗就要听响的炸弹！

两天来，这件事弄得李华神魂颠倒，三更半夜说胡话：“宋老师，您就把我留下吧，我给您磕头还不行?”弄得家人莫名其妙。

今天下午两节课是地理和自习。李华心里一烦，下午没去上学。两点钟了，他还在床上“翻饼”。

奶奶发现他没去上学，急忙催他：“小华，还没去上学？快起来上学去！你看几点啦！”

“我们下午没课，一会儿我找同学学习去。”

李华躺在床上，两眼直愣愣地盯着墙上那张篮球比赛贴画，许多往事像电影一样一幕幕在他的眼前闪过……

别看李华才上初二，可他打篮球却已有几年历史了呢！

那是他上四年级的时候，他在的那个小学，忽然要成立一个小篮球队。由于李华个子高，身体好，跑得快，所以很容易就被体育刘老师选中了。

刘老师自己就是个篮球迷，他经常四处打篮球，技术可好啦，每次学校老师和外单位赛球，几乎有近一半的球都是刘老师投的。刘老师那敏捷的动作、投球的姿势，不仅引起观众的阵阵喝彩，而且像磁石一样吸引了李华和他的小伙伴。他们从羡慕，渐渐地开始学习模仿，慢慢地变成了小“球迷”。

每天，除了早晨小球队活动外，只要一下课，他就往篮球场上跑！就连课间十分钟，他还要用小皮球投几下篮呢！有时，他听说老师们中午和别人赛球，他回家拿两个馒头就往学校跑。他总是第一个观众，他就是坐在记分板的旁边，两眼直勾勾地盯着球，小脑袋来回转。他为进球跳跃欢呼，他为失球顿足叹息，他比打球的人还紧张哪！

有一次，一个工人叔叔在最后三秒钟，随着结束的哨声远距离投进一球，这一球转败为胜，险胜一分。全场观众无不拍手叫好。李华高兴地一下从小板凳上跳起来，大声喊着“好球！”由于过猛，把身边的记分板撞了个大翻个，“咣啷”一声，把身边的人吓了一跳。

那还是在五年级的时候，有一回他弄到一张北京体育馆的篮球票。他怕家里不让他去，硬是步行去，步行回，到家都夜里十一点半了。他爸爸妈妈急得顺脖子流汗，到处找，就差到派出所挂号了。他爸爸气得跺着脚说：“等我找到他，非狠揍他一顿不可！”说实话，打他的棍子都准备好了。等李华回家一说，原来孩子为看一场球来回走了三十多里路，给他爸爸妈妈心疼地说：“你怎么不知道要钱坐车呢！多远的路！”不但没打他，反而给他炒了五个鸡蛋。

转眼就是两年，如今他已是初二的学生了。他上中学那年，还不是择优录取，而是就近入学，不分成绩好坏，一拨轰。入学没多久，中学的体育宋老师就看中了他，于是，他和其他几个新同学被吸收到校篮球队。

中学终归和小学不一样，那么大的操场，一个足球场，三个篮球场，其中一个还是水泥地面呢！他们校队每人还有一身海蓝色的校服，白字蓝底，“右安门中学”几个字，那显眼，那精神，嗨，没治啦！他们经常和校外单位比赛，所以技术进步很快。然而，事情也有糟糕的一面，那就是，随着李华篮球技术和兴趣的提高，他的学习却越来越差了。小学功课，凭点小聪明还能弄个中游，到中学可不行了。不听还真不会，少做题，还真不熟。尤其是外语，少听一点就真不会，这次期中考试，他竟有三门不及格！

打倒“四人帮”以后，学习质量就成了学校首要的事。学习不好，真是寸步难行！

本来还想在篮球上大干一场，可是眼看就要成泡影了！

“看样子，非被刷下来不可！”李华想着想着脱口而出。他忙回头看了看，屋里没别人，才放了心。

“物理，数学，外语，简直是你们把我害了！”李华说着，腾地从床上下来。一跺脚，“嗵嗵嗵”地向门外走去。

“你又上哪去？”在厨房做饭的奶奶问。

“我去找小平，一会就回来。”李华说着，跑出了院子。

老奶奶毫无办法地望着院门口，摇了摇头。

“唉，就知道玩！连饭都不顾吃！”

二、“小军师”献计

李华一口气跑出胡同口，正要往东拐，只见赵文生急匆匆地走来，赵文生在家兄弟中最小，大家都叫他“小生子”。老远就听小生子喊：

“小华，你上哪啊？

“找王平去！”

“等等，我有急事告诉你！”小生子一边跑一边喊。

“什么事？”

赵文生喘着粗气说：“篮球队的事呗！”

“球队的？快，快说说。”

“听说咱们三个还有大刚，建国，明辉都被刷下来啦！”

“啊？凭什么？”

“人家学习好，纪律好！咱们……”小生子不好意思地低下头，使劲用脚踢飞了一块小石头。

“学习，学习！纪律，纪律！我体育五分咋就不看看！中国人学外语有什么用！我又不想当翻译！”说完，他飞起一脚，把脚前的另一块小石头踢得老远，把路边觅食的几只鸡，吓得“咯咯咯”连飞带跑。

小生子看到这情景，神秘地对李华说：“别急，还有个办法。”被同学们称为“小军师”的小生子果真计谋多。

李华一听，惊喜地说：“快说，有什么办法？”

小生子一本正经地说：“咱们这是篮球队。又不是选学习尖子，怎么能用学习成绩好坏来决定篮球队刷谁留谁呢？我们应当凭技术高低，决定去留。你说呢？小华。”

“对！有理！”

“再说，咱们几个不就是学习差点吗，要真论打球，那还真说不定谁上谁下呢，我看咱们几个和他们留在校队的那几个赛一场，输了，我们甘心下来，赢了，看他们还说什么！你说呢？”

李华听得很兴奋，忙说：“对，对，就这么办！那时，下来也甘心情愿，比着窝里窝囊下来强。”一会儿，他又像忽然想起来什么似的，忙问：“王平下来了吗？”

“他也被刷下来了。”

“什么，小平也被刷了？他因为什么？”

“人家和咱们不一样。人家小平是干部，怕影响他的工作和学习。还有，说他胖，跑得慢，身体也不够灵活。”

“嘿，正好，咱们快去找小平商量商量。”

两人飞快地向王平家跑去。

他们一口气跑到王平家。一进门，王平正在写东西。

“干吗呢？这么风风火火的？”王平停了笔，忙站起来问。

“跟你说点事。”小生子说。

“什么事？”

小生子看看李华，李华捅捅小生子说：“还是你说吧，你说得清楚，我也是听你说的呀！”

于是，小生子一五一十地又重复了一遍刚才和李华讲的。

听完，王平问：“这是真的吗？”

“那当然，我拿脑袋担保！”小生子瞪着大眼用手拍着头说。

李华急不可耐地说：“小平，这没错，我早看出这步棋了。你说说咱们今后怎么办吧？”

王平坐下来，没吭声，开始收拾桌上的外语广播讲座的作业。

李华心急火燎地问：“小平，你说到底怎么办哪？宋老师说，让我们回到年级和班里发挥作用。从校队刷下来，还有什么脸面在年级里打球！他说得挺好听，这脸面受得了吗？”

赵文生也帮腔道：“那可不！一听是因为学习刷下来的，那还不屎壳郎坐轮船——臭名远扬！我看哪，还是和他比试比试，打输了，下来也服气，谁叫咱们不如人家。”

“对，就得和他们决一胜负。他们的技术比咱们强哪了？不就学习比咱们强吗！”李华冲小平喊着。

这时，王平看他俩越说火气越大，再这么议论下去，明天还不得和宋老师、校队留下的人干场架！这还真是个问题，真得和团组织、班主任商量一下。想到这，王平说：“哎，别急啊。来，都站着干吗？先坐下，坐下再说。”

李华一屁股坐在椅子上。赵文生坐到床边，两条腿在空中来回甩着。

王平看他们都坐下了，接着说：“这情况我也估计到了，我也认为咱们几个会被刷下来的。不过，我认为从校队刷下来也没有什么，总不能都在校队啊。学校的体育活动不能只搞那么几个运动队。前些天团组织还向我们讲，要开展全校性的体育活动，各年级各班都得动员起来，体育也是学校的一项重要工作。其实，爱打球并没错。就是不在校队了，谁能挡着不让我们打篮球呢？不在校队照样能打篮球。再说，学习对我们学生来说，可是主要工作。对了，小华你下午怎么没去上课？"

"我……我头痛，不舒服。明天就去。"李平被这突然袭击，来个措手不及。王平关切地问："现在怎么样了？好点吗？"

"好……不……还行，明天我就去上学。"

"那你先把今天的作业写完，明天我再给你补地理。"

"那咱们球队的事呢？"小生子一看不理球队的事了，忙提醒。

"这件事先别急，我……"王平刚说一半，他妹跑进院，大声喊："哥哥，你做饭了吗？我饿啦!"

"你等会儿，先洗手吃点儿点心，我这就做饭。"王平扭过脸又对李华他们说："咱们今天回去都再想想，看怎么办好。我想咱们球还是要打的。一是个人爱好；二是锻炼身体。这是好事。另外，学习咱们可都要抓紧，得争口气。我还没想细，明天咱们再商量商量，我也和班主任说说，听听他怎么说。你们说呢？"

李华看看小生子，小生子又看看李华，两人都点了点头。

"那晚上我们再来找你？"小生子望着王平说。

"今晚可不行。我……"

"怎么啦？"

"我们班的刘慧茹同学，今天又没上学，我还得去看看她，她可能又病了。她住花园大队，不知几点我才能回来。"

"那——"李华抓耳挠腮，不知如何是好。

"你们今天先把作业完成，那件事，明天我问完赵老师再说吧。"

李华和赵文生告辞了王平，回家去了。

三、王平

王平从刘慧茹家回家时，已经是夜里九点四十。

这天晚上，王平也没睡好觉，下午李华他们的话，一直在他耳边翻腾。

一会儿眼前出现的是李华小生子他们在球场上生龙活虎抢球的情景：一会儿，出现的是小生子在课堂上睡觉的情景。老师摇了他三下，他才醒，好家伙，哈喇子足有一尺长！弄得全班哄堂大笑。虽然和赵文生不是一班，可这消息传得挺快，不到半天，就由大刚他们传给王平了。一会儿，眼前又出现李华旷课去体育馆看篮球的情景；还有李华，小生子，大刚他们和校外的流氓打架的情景：更多的是李华、小生子不服气，争着要和校队留下的人比高低的争吵声……

王平感到脑袋胀得疼。

怎么办？这些小“球迷”各个不是省油灯，要真是他们闹起来，别说班里上课成问题，就连年级也难安生了。再说，他们喜欢打球并不是坏事啊。可是他们的学习也真够呛！怎么办？赵老师给讲团课的时候，不是要求团积极分子要团结同学一道进步吗？对，不能看着他们不管，争取入团，不能只管自己进步！要是能把他们的学习搞好，又能让他们打好球，那该多好哇！对，把他们组织起来。想到这，王平兴奋极了，不禁脱口而出：“对，就这么办!”对面屋睡觉的母亲被这突如其来的一声给吓醒了，忙问：“小平，你怎么啦？怎么啦?”

王平这才发现是夜里，忙说：“妈，没什么，没什么。”

王平决定将今天了解的情况，连同自己的想法一起汇报给班主任赵老师。想到这，他感到全身轻松极了。瞌睡虫渐渐地爬上了他的鼻子尖。

四、任务

下午第二节课后，果然像小生子说的那样。他们在校篮球队的队会上，被通知不算校队的了。理由和小生子反映的差不多。不过，可比小生子说得入耳，好像还挺有些理。比如，宋老师还说：“为了更好地开展全校的体育活动，也需要把一些骨干下放到年级和班里去；当然有的同学在学习上有些吃力，也应当照顾一下他们的学习；有些同学是班里的主要干部。总在校队活动，会影响班里的工作，这要全校一盘棋。”人家宋老师根本没提什么刷下来不刷下来的事。

就这样，李华、赵文生他们几个离开了学校篮球队。

会后，李华他们本想去找王平，找了半天没找到，听说赵老师把他找走了，于是这几个小伙伴只好到王平家去等他。

王平和赵老师约好的，下午第二节课后，王平就去找赵老师了，他根本没去参加篮球队的会。

这个赵老师是全年级唯一的党员老师，今年有四十多岁，中等个，留着分头。这学期才来右安门中学，是王平他们班的班主任，教他们语文课。

赵老师听完王平的汇报，感到很满意。他觉得王平成长得挺快，心想一棵多么好的苗苗啊，将来一定能成材的。

赵老师认为王平反映的情况很重要。

“王平，李华他们几个在全年级的影响很大，如果引导不好会出大乱子呢！这次从校队下来。他们的思想波动一定很大，他们都是争强好胜的。一定不会善罢甘休。这几个同学在小时候就散漫惯了，不好好引导，非走上邪路不可。这不仅是他们几个人的问题，还会影响全年级，甚至影响学校。人是可以变的，可以变好，也可以变坏，这就在于教育，在于帮助，我们一同来帮助他们，要多关心他们，了解他们，成为他们的知心朋友，这样事情就好办了。你说呢？”

“那您说怎么办呢？”王平两眼望着老师。

“你那个办法可以，就是把他们组织起来。让他们既能学习，又能打篮球。他们现在还没理解到，让他从校队下来，是为了多给他们些学习功课的时间，如果整天都玩篮球，那怎么升班？他们还以为这是对他们学习不好的一种惩罚！”赵老师停了停又说：“是啊，要好好给他们讲讲道理。亲近他们，关心他们，真诚实感地帮助他们，他们会明白过来的，会进步起来的，我来这个学校不久，很多情况还不熟，让我们一起帮助他们吧。”

王平心里热乎乎的，浑身增添了无穷的力量，他心急地问：“那怎么组织他们呢？”

“这样，他们不是都爱打篮球吗？不妨就以打篮球的名义把他们组织起来。不过，组织起来可不是光为打篮球，而是一边学习，一边锻炼，然后一起进步。这里，要紧的是从兴趣出发，调动他们组织起来锻炼提高的积极性，然后是抓住思想教育这一环，让他们把个人的爱好和国家的前途联系起来，最后，让他们为祖国的四化事业而努力学习和锻炼身体，使他们德、智、体全面发展。你说呢？王平？”

王平被赵老师说得入了迷，听这么一问，忙说：“赵老师，您讲得真好，要从组织打篮球开始，他们保准积极性高。然后再慢慢引导，那一定会行的！”王平的两眼闪着兴奋的光彩。

“不过，困难也一定不会少，冰冻三尺，非一日之寒哪！”

“赵老师，您放心吧，让团组织考验我吧，我一定完成任务！”

赵老师把王平送出校门口，抚摸着他的肩膀说：“好，有困难，就找我好了。”

“再见，赵老师！”王平跑出学校。

此时已是下午五点多钟了。这已是十月的黄昏，太阳刚刚落山，紫薇薇的晚霞布满西边天际，太阳的余晖给它又镶上了金黄的边，白天看不见的山巅，现在也显示出它黑黑的轮廓。

“多美的一幅晚景啊！”每当王平看到大自然变幻无穷的美景时，他总是赞叹不已。

王平兴致勃勃地往家跑去，姐姐那绣着“为人民服务”的军用挎包，在他的背后还一颠一颠的呢！

王平刚走到街口，就见李华，大刚，小平子，还有范建国正从西边走来，他们走得挺快，又是比画，又是议论。还没等王平叫他们。小生子却先喊起来：“哎！小平！”这一嗓子不要紧，几个人一起向他跑来，呼啦一下把他围住。

李华先开口：“小平，刚才我们没找到你，等了半天，你也不回家。我们几个商量，打算和校队赛场球，你看如何？”

王平被这突如其来的问题问蒙了，停了一会儿，问：“都谁参加？“

“就咱们几个还不够？非盖了他们不行！”大刚抢着说。

李华急着说：“咱们几个差不多，哪班的都有，就以初二年级联队的名义，和校队赛赛，让全年级的同学都去观阵！怎么样小平？”

李华看了看周围的几个小伙伴，没说什么。

“那是！我们赛的时候，得叫全年级的同学助助威，也让全年级的同学比较比较嘛！”小生子转动着眼珠看了李华一眼。

王平看这情景，心想：好家伙，他们早串通好了，这场比赛他们准有什么名堂！于是他问：“干嘛非要和校队赛？”

李华他们面面相觑。这时李华脸一红把目光从王平身上转开，往街上望了望，用脚碰了一下赵文生的脚。

还是机灵鬼赵文生来得快，他一看这架势，忙说：“嘿，向人家学习学习嘛！这还不行？”

大刚也接上去说：“咱这一带头，也就揭开了咱们年级篮球队活动的……活动的……什么来着？”他抓着头皮看了看伙伴们。

又是小生子给解了围，他拍着大刚的后腰说：“活动的序幕吧？”

大刚嘿嘿一笑，说：“对，对，是序幕，揭开了咱们年级篮球活动的序幕。”

“大刚说到点上了，这一来，也叫咱们年级的同学振奋振奋，别觉得咱们初二没能人！”李华精神抖擞地说。

王平听到这，才似乎有点放心，不过还怕出什么漏子。于是想了缓兵之计，说："比赛也得和宋老师商量商量呀，咱们想赛就赛？"

李华说："现在刚考试完，有时间，我看准行。"

这时，李华的弟弟也不知从哪跑来，拽着李华喊："哥，哥！家来人了，妈叫你去买酒买菜去。"

李华没好气地说："等会儿！你没瞅这说事哪！你不会去，偏找我！"

"妈叫你快去哪！"李华的弟弟直摇他。

王平忙接过话茬说："商店快关门了，小华你先办事去，回头再说。哎，你们都做完功课了吗？"

这回，全闷了。一个个大眼瞪小眼。

"回家吃完饭，赶快写作业吧，今天的作业还不少呢！写完作业都上我家来，咱们商量点事。"

一听这句话，那可真是异口同声："好！"这伙"球迷"的街头小会，就这样结束了。

李华冲他弟弟喊："好，好！去，去！你就会找我的麻烦！"说完，一把从弟弟手里抢过兜子，另一只手把自己的书包塞到他弟弟怀里，转身向商场跑去。他弟弟拎着书包在后面一踮一踮地跟着跑。

小生子捂着嘴直笑。大家都回家去了。

五、秘密协定

晚上九点钟，这帮小伙伴又在王平的小屋里聚齐了。

有的坐床，有的坐椅子，有的坐板凳，讨论开始了。

王平的妹妹已经睡觉。爸爸和妈妈在北屋正小声嘀咕呢！

"这几个学生这两天慌慌张张来找小平，都是什么事？"这是王平的爸爸在问。

"这几个都有点愣头愣脑的，我已经注意上了。小红前两天就跟我说了，我让她听着点。要是小平和什么坏孩子来往，等我回来让她告诉我。"这是王平的妈妈在答。

"咱俩中午也不回家，不知道孩子们中午吃完饭都干什么。你看，都九点了，又来好几个，我去听听，看他们干什么呢。"

"慢点，那是孩子的朋友。哎，也真是个问题，这双职工真不好办！"

王平的爸爸轻手轻脚地来到小东屋窗前。

门关着，窗户只开了一点小缝，而且拉着窗帘。由于窗户没关紧，所以窗帘也留了一条缝。

王平的爸爸有点怀疑，什么保密的事，关这么严实！

他透过窗帘的那条细缝，看到灯光下几个中学生正随便坐着，听儿子说话。

“刚才说的比赛一事，明天我就和老师商量，误不了事，不过你们也想想今后怎么办。学习怎么办？打球的事怎么办？”

听到这儿，老王一愣，难道小平的学习有了问题？他又把耳朵向窗口贴近了点。

“我认为打球这事不能散伙，如果散伙，今天也就不到这来了。你们说是不是？啊？”小生子又先发言了。

接着是杂乱的声音：“那可不。”

“嘿，生子说得对。”

“不能散伙！”……真是你一言我一语。

老王听着不对劲，怎么？都快夜里十点了，原来是讨论怎么玩的事？这不是浪费时间么！他真想推门进去，又一想，才听几句，先别急。

大刚说：“咱们也组织个篮球队，人家不要咱，咱们自己练还不行？”

“对，咱们自己来，非镇了他们不行！”

“小点声，嚷什么！”

“那咱们的学习呢？”这是小平的声音。

“咱们几个除了小平的学习好以外，都够呛，谁都有一两门不及格的。”

老王一听，又是一愣：尽是些闹将？个个学习差？这些人混到一起还能好得了?！他刚要迈腿，就听见又有一个学生说：“咱们打球能组织起来，学习就不能组织起来？让小平当组长，帮我们好了，他是四班的班长。学习又优秀，帮咱们还不张飞吃豆芽——小菜！”

老王又收住了脚。

“那当然好了。学习，锻炼两不误！”又是那个粗嗓门的说的。

于是，下面开始讨论怎么组织小组又学习，又练球。谈得挺热闹，有的还站起来发言。

老王听到这儿，虽然有些不放心，但是也不能管了：孩子们讨论得是正事，小平是班长，怎么能不帮别的同学呢？他又悄悄回到自己屋。

“他们干什么呢？”小平的妈妈问。

“你先睡吧，没什么，小平在帮助同学呢。哎？小红的作业你检查过了？”

“你放心吧，我早检查过了，铅笔也给她削好了。你不是教小红写日记吗？

什么时候教?”

“同事们都说，教的早，怕孩子累，受不了，我再想想。对小平的功课也不能放松。这岁数正是要管理的时候，稍一放松就完了。他们的这个小组可要留点心，过两天你到学校去一趟了解了解情况，把他们在家的情况也跟老师讲讲。”

“嗯。小平的英语你可要查查，我不懂。”

“好，好。你先睡吧，我还有份材料没看完，我一会再看看他们，不能叫他们弄得太晚了。”

小东屋的讨论终于有了结果：

一、宣布（内部宣布）右安门中学初二年级篮球队成立。李华是队长。

二、宣布课外学习小组成立。王平是组长。

三、活动时间和内容如下：

早晨6：00—6：30练跑步。

中午和其他同学混在一起练打球。

下午放学后3：00—4：20练打球，

4：40—6：00小组学习。

晚上7：30—8：00在楼后面练实心球。

最后还有一条纪律：谁也不许泄露他们这个秘密的年级篮球队。

“要不然哪，哼！……”李华没说下去。不过人人心里都明白“哼”后面是什么话。

老王等小平关灯躺下，看了看表：十点三十七。

六、借东风

班委会散会后，赵老师又把学习委员刘慧茹留下来。

“刘慧茹，你们女同学的体育活动也要好好抓抓。咱们班的男同学已经开展起来了，女同学也不能落后啊！”

刘慧茹笑着点点头，两只手在自己腿中间互相搓着。

“身体很重要，毛主席就讲过，身体乃载知识之舟也，如果身体不健康，就是学了知识也不能为祖国四化服务啊！毛主席青年时代为了锻炼健壮的体魄，冬天洗冷水澡，夏天到江湖去游泳，雨天去爬岳麓山。列宁被沙皇政府从喀山大学开除后，在自学的两年里，仍然每天坚持到自做的简易单杠那去锻炼身体，在西伯利亚的流放地，他仍然坚持锻炼身体，祖国的四化建设需要的是有知识、有觉悟、有体魄的人哪！你看，我到学校才半年，你就病了七次。这怎么行呢？把女同学们组织起来和小伙子们比比，看谁的体育活动开展得好。你说呢？”

刘慧茹又点了点头。

“现在学习任务比较紧张，这就更需要有文娱体育活动，使同学们的脑筋能有个积极休息。你是学习委员，不能只一头只抓学习呀。和女同学们商量一下，看看她们都喜欢开展什么活动。”

一个同学跑进来，说：“赵老师，有个家长找您，在办公室等您哪。”

赵老师对刘慧茹说：“就这样吧，你再想想。”

然后他急匆匆拿着书和一摞作业本，走出教室。

赵老师一进办公室门，王平的爸爸就站起来迎了上去，去接赵老师手中的那摞作业本，嘴里还一个劲地说着：“赵老师，来，我帮您拿，我帮您拿。”

“噢，老王，您来啦！”赵老师把身子一侧，躲过了老王的双手，然后说：“您坐，您坐。今天有什么事吗？”

“有点儿事，不忙，您歇会儿，歇会儿再说。”

两人坐定后，赵老师急着问：“您说吧，老王，什么事？”

“是这样，昨天几个同学到我家去找小平，我听了阵子，孩子们说的好像是要和谁打球的事，火气还不小哪，看样子，小平是个孩子头，又听说他们还要组织个什么小组的，我怕他们会搞什么鬼名堂，特地来跟您通通气。看看这事是不是您知道。”

“噢，是这么回事。我知道，这是我让小平把他们组织起来的，不组织不行啊，不然，非出事不行……”

于是赵老师把情况全部和王平的爸爸讲了一遍。

王平的爸爸听完后，说：“这我就放心了，您让办的，我支持，就让他们在我那学习吧。看看还要我帮他们做点什么？”老王向前探探身，征求说：“在您那学习，少不了给您添麻烦，您就帮我操点儿心吧。”

“哪里话，哪里话，您为了谁呀？每天这四十多个学生交给您，这得给您添多少麻烦哪！我干点这个，也应当的嘛。”

“好，一家人不说两家话。哎？还有点事儿，今天您来了，也给您说吧，我想借点儿东风。”

“别客气，您尽量讲。”

“王平是发展比较全面的学生，我们想让您给全年级的家长谈谈，您看怎么样？”

“这……这……”老王直起身来，不知说什么好。

“这可不能推辞，时间不好抽的话，我们开介绍信，去你们厂请您也行。您这个东风我借定了！”

“我不是推辞。我是说，我没什么可说的呀。孩子是老师教的，没有老师教，他能会什么！”

“别这么讲，家庭教育非常重要，我分析过很多例子，凡是孩子走下坡路的，甚至犯了罪，去工读学校的，百分之三十是受父母影响的，百分之三十是父母离婚或吵架打架的，百分之十五是由于家庭溺爱，只有百分之十五是其他原因。前三项加一起占有百分之八十五！多大的比例呀！家庭教育是多么重要！相反的是，凡是优秀学生，家庭教育都是很好的。这难道不说明家庭教育的重要性吗？如果我们的学生家长都能像您那样重视孩子的成长，关心孩子的学习、思想、工作、生活，都能像您那样支持学校的工作，小平这一代青少年就能教育好，我们就能为国家培养出更多有用的人才。”

“我讲什么呢？”

“就讲讲您是怎样教育小平的。怎样教育他爱学习，爱工作，爱文体，又是怎样支持他的学习和工作的。还有，再讲讲您是怎样支持孩子体育活动的，这不内容挺多的吗。”

“这都是你们老师教育的，我怎么讲呢？”

“嗨，老王，就讲您自己尽的义务嘛，千万不能推托，这同样是责任，也是义务。就这样吧，老王，到时，我到工厂领导那去请您。”

“不，不了。我答应您，就利用我们厂休日。星期四，你们不休息，我们工厂休息，我来就是了，不用找工厂了，谁都不耽误，怎么样？”

赵老师稍微迟疑了一会儿，然后伸出手，一把握住王平爸爸的手，说：“老王，就这么定了！到时候，我事先通知您！”

“好，就这么定了！”两人都站了起来。

七、家访

年级组老师开了会，对于期中考试中反映出的学习问题做了具体分析。除了从分析试卷中找出知识漏洞外，还有些问题简直使一些青年教师头疼。外语老师小张就火气十足地说：“二班的李华才得四分，百分制啊，别忘了！我怕他们回去蒙家长，凡是二分、三分、四分、五分的，我都给写了六分，也好让家长知道他孩子是怎么学的!”

当然，说气话，反映没办法的人不是一两个，老教师一个个详细谈了本班或本科的知识漏洞，并分析了具体人的具体问题，多少谈了怎样改进的措施。也有些同志反映，说学生缺乏学习的积极性、光想玩，有的连作业都不完成。

最后，年级组长赵老师总结了大家的发言，除肯定了不少同志的意见外，还主张大家对个别生做一下家访，深入地了解一下学生的生活实际，究竟他们放学后都干些什么，为什么对学习没兴趣?为什么没完成作业?他们的知识漏洞主要在哪里?并建议对个别生要建立他们的学习“档案”，对他们的学习和思想要给予具体的切实可行的帮助。赵老师最后对青年教师语重心长地说:“光着急没用，要深入到他们中间去，了解他们，和他们建立友谊，一把钥匙开一把锁。我们当老师的，对待学生不仅要好似父母，而且要胜似父母才对。”

那天下班后，赵老师就去李华的家了，因为那天正好是星期二，西城的不少工厂休息星期二。

李华的奶奶正在做饭。李华的妈妈正在蹬缝纫机。

赵老师是由李华的弟弟领进来的。

“妈妈，我哥哥的老师来了。”

“赵老师，又麻烦您了，您看小华这孩子……”

“没什么，没什么，今天找你们聊聊。”

“快，里面坐。瞧我这屋子乱的，……正赶着给孩子们补补衣服。”说着，李华的母亲放下手里的活，迎了上去。

赵老师忙说:“不用，不用，您忙您的。”

“那哪行呢!您坐您的。小明，快叫你爸去!”

“我不知道他在哪?”

“去前院你马爷爷那，他准又在那下棋哪!快去，就说你哥的老师来了。”

小明一溜烟地跑出去了。

“工厂现在挺忙吧?”

“那可不!现在不比以前了，多劳多得嘛!工人干劲可足啦，上个月我们超产十万元!一等奖三十元呢!”李华的母亲乐得眉都弯了。

“这一抓生产，二抓奖励，生产上得真不慢。”

“不光产量上去了，质量也上去了!质量上不去，没销路，全厂都得停产，别说没奖金，还得扣发百分之十的工资呢!谁不怕这个!”

“哦，赵老师来啦?您好，您好，怎么，小华这孩子又惹事啦?”李华的爸爸一进院子，就高声大气地招呼起来。这是个又黑又壮的中年人。

赵老师忙站起来迎上去："没有，没有。"

"给老师倒水了吗？"李华的爸爸冲李华的妈妈问。

"嗨，光顾说话了，我这一忙收拾东西，给忘了。你就快给倒吧！还愣什么？"

"不用，不用，我刚从学校来，不渴。"

"来来来！别客气，喝点水怕什么？坐您的！"说着，李华的爸爸就去倒水。他从玻璃缸里抓了些什么放在杯子里，然后打开壶盖就往里倒水。"哗"一下，流着一桌子。他忙用手擦了一把。转身端给赵老师："喝点儿糖水吧，水不热，沏不开茶。"

"您干什么去啦？"赵老师问。

李华的爸爸不好意思地说："玩了会儿棋！"他刚要抽烟把话题引开，手一触到烟盒，忽然像想起什么似的，忙抽出两支烟，递给赵老师说："来，请抽烟！"

"我不会，我不会。"赵老师两手推着说。

"冒一颗，冒一颗，这是好烟。"一边说，一边还向赵老师亮着烟盒。红底白花，上面写着"牡丹"两字。

"不客气，我真不会，真不会。"

"那好，您喝水，我抽烟。哎，有什么事吗？"

"没什么，我想和您聊聊，小华每天放学后都干些什么呢？"

"干什么？我们双职工，一天不在家，老早就去上班，回家挺晚，谁知道。听他奶奶说，他每天放学回家也挺晚。"

"他回家看书吗？"

"没注意，可能不大看。"

李华的母亲插话说："他说他做完作业了。"

"你们每天检查他的作业吗？"

李华的爸爸"嘿嘿"一笑，看看李华的妈妈，又看了看赵老师，说："不瞒您说，我们都是小学没上完，这算术，语文的我也看不懂，那些个外国字，我们一个也不认识，怎么个检查法？这不是瞎耽误工夫！"

李华的妈妈也说："嗨，整天忙死，哪有那么多工夫？一天介上班，回家就什么也不想干了。再说家里还有不少活呢！光靠他奶奶哪行啊，都快八十的人了。"

"还别说小华的书，就连小明的书我都不懂。那汉语拼音的字码我就一个也不会。"

原来如此！赵老师心里一阵难过。

“赵老师，您说怎么办？”李华的母亲问。

“赵老师，您也别那么费心了。将来他们能像我一样。当个工人就行了。他这就比我念得多了。”李华的爸爸弹了弹烟灰。

“不行啊，李师傅，干四化，没有文化哪行？当工人没有文化也不行，那会儿的工人可跟现在的不一样，都是由电子仪器操纵，不像你们这会儿都用手干。”

“赵老师，现在的孩子有多少学坏的！我想，只要小华不当流氓，也就行了。他还能成什么气候？萤火虫的屁股——没多大亮！”

“瞧，你这当爹的就这么想，孩子还能学习好！”李华的妈气愤地接着说：“哪有你这号当爹的，一下班就是下棋，下棋能当吃？能当喝？孩子的功课你不抓，你一下棋就没够，这不，当着老师的面，你说说，今天你又下了多长时间，你说呀！”

赵老师一看这样，忙摆手对李华母亲说：“别急，慢慢说，慢慢说，这和我们学校也有责任。”

“我对您说吧老师，这要不是听说您来，就是吃饭也叫不动他！有的时候，在路灯底下下棋，夜里十一点多才回来！”

李华的爸爸青筋暴露地说：“你那孩子是成器的东西吗？老师，不瞒您说，求学，求学，过去是学生求着老师学，现在是老师家长求着学生学！”一次两次督促他，不行就打一顿，结果还不行，不能总打呀！孩子大了，再打就成仇人啦！我盘算着，算了，学习点儿，打打篮球，不当流氓就行了，也不指望他学习出个啥名堂。这不，没管他，不也没蹲班吗？

“不能这么想，总打，当然不行。不过，放松不抓更不对。你们也给孩子树个榜样，每天学习会儿。再忙，每天抽点时间问问他的学习，实在不行，少抽一根烟的工夫，也要抽出点时间看看孩子的学习。要关心孩子的成长。这是我们这一代人的责任。你们没文化，还能让孩子没文化，将来他们会作难的，到那时，不管孩子怨不怨你们，总之对工作，对孩子进步有影响吧？你们好好想想。”

“是啊，有时我也想，工厂的设备也要改进革新。一些新设备我就不摸门，也想看点书，可又一想，都四十多的人了，又没什么文化，还能学出个啥！也就不学了。再说，现在每月加上奖金快二百块钱了，心里想，就这么着得了，这比过去强多啦！”

“李师傅，不能这么想，什么都在前进，我们不学习就会跟不上，而且给孩子的影响不好！”

李华的妈妈接着说：“可不是，那天我让小明做作业。小明说，你们多好，没作业，就我有作业，我也快长大吧，长大了就不写作业了！”

赵老师心里一惊。

李华的奶奶端菜进来，说：“饭熟了，老师您在这吃吧，来，收拾桌子！”

“大妈，谢谢您，我不能久坐，还有事呢。”他指着自己的书包说：“这不，还有十多本作文没判，回去得判。”

“嗨，这儿吃了，就省得回家做了。来，这吃吧！”李华的爸爸说。

李华的父母连拉带劝的要留赵老师吃饭，李华的爸爸拍着赵老师的胳膊说：“来，咱们哥俩喝两盅！就两盅！怎么样？”

“不行，还得去一个学生家，然后得赶紧回家，孩子们也没饭吃呢！”

一听这个，那三个人全愣住了，三个人互相看了看，李华的爸爸说：“那好，以后再喝吧。早点办完事，早点回家，别太晚了，饿着孩子。不过，这杯水可一定得喝！”

“好，这杯水我喝了。”说完，赵老师将那杯糖水一饮而尽。

一家人送赵老师来到院门口。

临走，赵老师又回头对李华的爸爸说：“李师傅，李华回来不许你打他，学习的事，要从你们先做起啊！至于篮球，还让他打，这在我们正确引导。”

“赵老师，我听您的，您放心吧！”

李华的爸爸一直送了赵老师老远，老远……

八、将计就计

星期四上午，下课间操后，王平把小组成立的情况向赵老师汇报了。

赵老师听完，很高兴，对王平说：“很好，我们要相信他们，他们还是要上进的，而且一定能赶上来。这第一步很好，不过刚刚要开始，要准许走弯路。任何事情都不可能一帆风顺。这些同学的成长也一样。”

“下一步怎么办呢？”

“下一步是要积极开展好小组活动，要让他们对小组产生兴趣，愿意参加小组活动，让他们把小组看成是自己的，是每天生活中不可缺少的，那样，小组就有了生命力，就能坚持下去，以后的工作就好办了。另外，是关于他们要比赛的事。这说明他们不服气，有好胜心并不坏，不过要引导好，要把这股劲变成积极因素。你对这场比赛的前景是怎么估计的?”

“我看?我看准得输!”

“为什么?”

“李华的技术好，别人都差些，何况校队初三的多，人家个头平均比我们高。还有，校队都练两三年了，比我们打得时间长。另外，我们不是一个班的，配合练得少。还有……还有……我想不出来了。”

“输的可能性很大。不过这也不要紧。输了可以认真找到自己的不足，只有看到自己的不足，才好奋起直追，盲目的骄傲只会带来失败。这次比赛，要抓住友谊第一，比赛第二，不仅和校队之间要讲这个，就是在你们几个之前也一样，输赢没什么了不起。友谊，谅解，团结比什么都重要。输球，不能输风格。我和宋老师商量一下，没什么问题的话，后天下午3：20就比赛。”

“太好了，小组一成立就能满足他们的要求，他们准高兴参加小组活动!”

“关于学习的事，我昨天已经和年级的班主任老师讲了，各班都要在期中考试后，认真抓好对后进生的补差工作，各班老师都在制定具体措施。你们的课外小组再抓起来，情况一定会好转的。下一次团课，团组织还要针对如何提高学习质量问题开展讨论。这是个大问题，到二〇〇〇年要实现祖国四化。你们这一代人不能再耽误!”赵老师停了停接着又说：“小组活动时间要排，是不是紧张了些?你们活动一段再看看。关于赛球一事，放学后再告诉他们，不然，又不安心上课了”

“嗯。”

“叮……”

“赵老师，打预备了，我先走了?”

赵老师点了点头。王平兴致勃勃地向教室跑去。

中午放学后，李华和王平刚走到教室门口，那几个伙伴就追上来了。

“怎么样啊小平?赵老师说什么了?”赵文生钻到王平跟前问。

“现在不能说，不过，有个要求告诉你们倒可以。”

一听这话，四五个脑袋一下都围过来，争着问什么要求。

赵文生个子小点，一步窜到王平的对面，一边倒退，一边急着问：“什么要求?什么要求?快说呀!”

“哎哟，谁呀?”一个女生喊起来。

赵文生来了个斜不棱，差点摔倒。前边的那个女同学也差点被撞倒。

赵文生回头一看，被撞的是个女生的背影，吓了一跳，忙说：“对不起，对不起，没看见，没……”一边说，一边摸着自己的脑袋，一伸舌头出了怪样，溜到王平背后去了。

只见那个女生蹲下提鞋，然后抬头看了后面一眼，想看看撞她的是谁。

王平这才看出，这个女生原来是他们班的刘慧茹。

刘慧茹翻了一下白眼，装着生气的样子说："这么大个人都没看见?"

王平忙说："他不是诚心的，真的，不是诚心的。"说完，看了一眼在身后躲着的小生子。

刘慧茹站起身，看了一眼赵文生，说："没什么。不过，这么大的人都看不见还打球哪?"然后笑嘻嘻地和别的女同学走出校门。

王平回头瞪了小生子一眼："你啊!"

大刚说："什么要求啊？还没说哪!"

"今天下午，自习课都得把作业完成。不然下午可不准玩篮球！明天……"王平差点说漏了，忙改口说："明天小组检查外语第六课。"

小生子在王平说话卡壳中，感到王平的话中有话，便追问了一句："做完了作业又怎样呢?"

"完成了作业——有好消息!"

"什么好消息？你先透露透露，我们保证自习课完成作业！你们说怎么样?"大刚用眼扫了一下周围的伙伴，然后望着王平说。

李华补充说："谁不做完作业，打他丫的!"

"那也不能现在说，这是赵老师讲的。只要完成了作业，我保证告诉你们!"王平坚持不讲，大伙都有点扫兴。

"该拐弯了，李华!"小生子提醒说。大家分手回家吃饭去了。

九、巧做安排

下午放学后，按小组计划该练一个小时的篮球。可是，王平中午那一席话真憋得大伙够呛。不过，那一番话也真管事，第二节课后一问，没一个没写完作业的！小伙伴们这回可没心去练球了，都想问个究竟，这神秘的好消息到底是什么呀?

一放学，赵文生挎着没系好扣的书包就去找王平。不一会儿，那几个也都到齐了。

"怎么样，作业完成了，该说了吧?"

"是都写完了吗?"王平看看周围。

“没错！”“那还骗你！”你一言，我一语。

“好，告诉你们吧，赵老师和宋老师联系的，后天下午三点二十和校队赛球！”

“是吗？”

“好！”

“嘿，太好啦！”一片欢腾。

李华激动地把一抓住王平的肩膀，高声说：“好哇，小平，我们一定要打好它！”那个“打”字说得特别重。

朱大刚眉飞色舞地说：“嘿，还真没想到，赵老师能亲自给我们联系！”

“嘘——别说了，到小平家商量商量怎么打这场球吧！”小生子鬼头鬼脑地提醒大伙。

不多会儿，这伙小“球迷”来到王平家。

王平的父母都上班，平时家中没人。他的小妹妹也是班里的小干部，每天回家也挺晚。他们在王平的小屋里自由得很，没什么人干涉。

刚一进王平的小屋，可就开了锅了。

小话匣子全开开了，啥调都有！

“这回，非刷他们不可！”小生子进门把书包往床上一扔，冲大伙说。

“是得镇他们一家伙，别叫他们太狂了。”就连“老实人”范建国都沉不住气了。

李华把书包往桌子上一蹾，指手画脚地说：“他们还以为我们是因为差，才被刷下来的，这回，倒看看谁输，谁赢！”

大刚进屋就找水喝，没搭腔。

王平听这话，心里一惊：这哪有一点“友谊第一”的思想？这到了球场，还少得了干架！进而想，赵老师提醒得多好啊，老师想得真准。

小伙伴们还在你一言我一语。

“来，来，都坐下，哪来这么大火？这比赛，是锻炼身体，提高球艺，可不是赢房子赢地。”王平一边给大伙倒水，一边又接着说：“离学习还有四十多分钟，咱们商量商量后天怎么个赛法。”

这回是大刚先发的言：“我看主要是咱们得配合好，别摸到球就投。咱们比赛时，谁也别搞‘独秀’！”

李华平常有个绰号，叫“李独秀”，就是因为赛球时，由于他不爱传人，总爱独投，所以得了这么个绰号。这回叫大刚这么说，脸上一阵发热，忙说：“没的说，看这回的。不过咱们打球可得主动点，都得积极争球，别总站着不动，等食吃！那样，非输不可！”

小生子说：“小平，你得勇敢点，在球场上可不比上课回答问题，不能那么慢条斯理，不能总客客气气。该抢，就得抢！该争就得争！打球可不是谦让的事。再说，你那么胖，还怕撞掉一块肉？”

王平点点头。

李华又说：“明天咱们还是搞区域联防吧？就咱们这几个人，也没有后补队员，你们说呢？”

“咱们要不要再找一两个人呢？万一有人要顶不住呢？”范建国提醒大家。

大刚抢过话说：“用不着，咱们都能打两场，还找什么人哪，我看咱们几个足够。再说，哪找合适的？不行的，来了也不能让他上啊！那还不是瞎耽误工夫！”

小生子也说：“就咱们几个得了，别瞎找麻烦了。不过，我担心校队上的都是初三的。那可对咱们太不利了，咱们才初二。差着一年哪！我看，咱们建个议，就和校队里初二的比，谁也别吃亏。反正他们也能代表校队，你们说呢？”

“嗨，初三又怎么样？还就是要和他们比试比试呢！”李华满不在乎地说。

小生子照李华的大腿上就是一巴掌，高声喊道：“队长，你可真狂啊！这回可看你的了！”

“哎，对了，一人投球，其他人得配合点儿，别光傻愣着，该掩护的，该抢篮板球的，都得动弹！”

“这回，咱们可得镇他们一炮！狂要狂在点上，别在几百个老师同学面前丢了脸。争口气刷他们几个，给大伙瞧瞧，实在不行，盖他们一分也行啊！”李华一个劲地给伙伴们鼓气。

赵文生看小平没怎么发言，催促说：“哎，小平，你也说说呀！别光听我们瞎喳喳。”

“好，我说。说不对的，你们再说我。”

“嗨，你讲吧，啥对不对的，哪那么多对的？”小生子帮着腔。

王平又看了看大伙，然后才说：“咱们比赛还得讲个友谊第一，比赛第二，别总把赢人家，刷人家挂在嘴头，动不动就想镇人家一炮，有这种思想，就难赛出团结和风格来。这次，几乎全校师生都来观看。我们小组又是刚成立，别人怎么看我们？我们应当给大家留下什么印象？再说，这不是单纯为了赛场球，而是要推动全校群众性的体育活动。”

李华沉不住气了：“噢，打球不为赢，还为输啊！就是要争取赢球吗？难道我们是为了输球去比赛的？”

好一阵连珠炮。

“那万一输了呢?”王平反问。

“输？干吗输啊！就是豁出去，也不能让它输啊!”

“噢，为了赢球就可以什么都不顾了？我们还是应当把‘友谊第一’放在第一位。就像大刚昨天讲的，要揭开全年级群众性体育活动的序幕。”

大刚本来还想帮李华说两句，被王平的这句话给说得没词了。

两个头头接了火，谁都傻眼了。

一阵沉默。

这时屋门开了。王平的爸爸走进来。

“王叔叔”，“王叔权”，孩子们纷纷站起来。

“坐，坐坐。刚才你们的讨论我都听到了。”王平的爸爸一边摘帽子，一边说:“我给你们讲个故事怎么样?”

一听讲故事，除了小平以外，几乎是异口同声：“好，太好了!”四个伙伴“哗啦”一下围了上去。

小平有些不高兴，心想：爸爸，人家在说正经事，这会儿讲故事，不是捣乱嘛！他坐在原地一动没动。

等孩子们都坐好，王平的爸爸开始讲起来:“我讲的故事也是一场比赛，名字是：‘谁是第一’。不过这不是篮球赛，而是一场技术革新比赛。这件事就发生在我们工厂……”

王平开始还纳闷：今天爸爸怎么回来这么早，还有工夫讲故事？想着想着，恍然大悟，前两天爸爸讲过利用今天厂里的休息日给工人们讲技术课。所以回来早点。渐渐地他也被爸爸的故事吸引住了。

孩子们聚精会神地听着，十只眼睛紧紧地盯着那张吸引人的嘴。

故事里面，工人师傅为了祖国的四化建设，身居车间，胸怀祖国，放眼世界的精神，互助支援，互相学习，艰苦奋斗的品质，深深打动着五颗火热的心……

故事讲完了，怎样参加后天的比赛的争论也结束了。五个伙伴统一了思想：友谊第一，比赛第二。

最后，他们还研究了后天比赛的具体打法。场上分工是：李华打中锋，赵文生打左前锋，大刚打右前锋，王平和范建国两人打后卫。为了打好这场球，还商量好了第二天的练球计划。当他们想到球队有校服时，决定他们那天一律穿白运动短裤，白跨栏背心，下半场一律光脊梁上阵！用小生子的话讲，这叫拉屎攥拳头——要的就是这个劲!

然后他们把当天的外语和数学又复习了一遍。他们还预习了第二天的语文课呢！

六点钟，学习小组圆满结束了。

那天夜里，王平安安稳稳地睡了一觉。

十、较量

第二天，一大早李华他们就来找王平跑步。

淡淡的晨雾，弥漫着大街小巷，路边的树上落了一层厚厚的霜，仿佛下了一场雪。远道上早班的叔叔阿姨骑着自行车一个劲地摇铃。以李华为首的五人小分队，间隔着同等距离，沿着大街向前跑去……

在上学的路上，李华不安地说：“小平，今天咱们还得练练投球，不然够呛，投球的命中率高低关系很大。”

“是，一会儿，我们向学校借个球，练练。中午，早点吃饭，我们分拨打打。哎，昨天咱们传实习球的次数又多了十次，不知范建国吃得消不?”

“量不小，一会我问问他。”

快到校门口，碰到了赵文生。李华招呼着：“喂，小生子，放下书包出来快点！我们先借球去，你快来！”

“今天得好好练练，千万别……”赵文生刚要说，忽然又停住了。

“千万别什么?”王平问。

“千万别捅娄子！”赵文生灵机一动，转了话。

“什么娄子！”王平反问。

“嗨，就是别不友谊第一了呀！”

“哈哈哈”三个人都笑了。

“你呀，我知道你想说什么！”王平指着赵文生的鼻子笑着说。

李华和王平放好书包，跑到大操场，老远就看见赵文生他们三个早占好场地了。

王平从学校那借了一个球，几个人开始按头天想好的计划练了起来。先是严格练基本功，然后又模拟实战了一阵，正在热乎气上，突然，“铃铃铃”早自习的铃声响了。

几个人先是一愣，然后目光都转向李华。因为球这时正在李华手里。

李华看了王平一眼，说：“咱们再练会儿。”

王平站住脚，说："七点二十了，该上自习了。"

赵文生央求王平："小平，就再玩会儿吧，那不，校队也没收呢。"

的确，校队还没收。

"不行。咱们不是校队，怎么能不上自习呢？同学们会有意见的。"王平说着，向李华伸开两手，准备接球。

李华无可奈何，只好将球传给王平。

王平还了球，几个伙伴拎着衣服走出篮球场。"跑两步吧，要迟到的。"王平招呼。

别人都边穿衣服边往教室跑，只有李华还在低头慢慢走。王平赶上去，推了一下李华的后背："嘿，嘿，中午，下午还有的是时间哪，快走吧，不然迟到了。"

李华这才跟着王平向教室跑去，边跑，边不时回头望望篮球场真有点恋恋不舍呢！

这两天真够他们紧张的，除了学习以外，他们想尽一切办法准备篮球比赛。不过，这些紧张的生活都给这些小"球迷"们带来了无限的乐趣。

第三天的下午，一进校门，就看见花坛前摆着的小黑板，那上面用美术字写着："球赛！今天下午三点半，初二年级篮球队和学校篮球队进行友谊比赛。欢迎同学们光临！"

好家伙，这可真出乎李华他们的意料。就连王平也没想到：学校这么重视！

下午第二节课后，学校小广播站，又广播了一遍赛球的消息，还号召同学们都去观看呢！

经过议论，这几个伙伴们聘请了赵老师为场外指导，并且在赵老师的提示下，又找到了年级里的两个篮球爱好者当了预备队员。

今天来看球的人真不少，有的班还是老师组织集体来的呢！

去球场的路上，李华听到不少同学议论。

"哎，没听说初二还有个年级篮球队呀！"

"也不知道他们都是谁，你听说了吗？"

"好家伙，还真不含糊，初二的敢跟校队的赛？"

……

真是说啥的都有。

大刚对李华小声说："哎，你心慌不？我这心窝还真跳得厉害呢！"

"怕啥？勇敢点！不能怯战哪！"

练球开始了。

校队是十二个人在东半场练球。李华他们五个再加上现补的两个，共七人在西半场练。

就听见旁边观众中有个女生说：“哎，初二那里面有几个不也是校队的吗?”

另一个说：“嗨，不是前几天给刷下来了吗?”

“他们几个打得还不错嘛，刷他们干啥?”

“你没看见他们比校队的矮?”

“我看他们够呛，准输给校队。”

一个熟悉的声音插嘴说：“那可不一定，看看再说吧。”

李华不由自主地回头看了眼。原来说这句话的正是刘慧茹。

“嘟——”最后一分钟，运动员退场。

球场上多余的人都下去了。双方都剩下五个人。

这边是校队的朱立星、马秀基、张天翼、王宏宇、许林五人，蓝背心上印着“右安门中学”几个白字，下面一色的蓝运动短裤。那边是李华他们几个，白背心、白短裤，个个精神抖擞。一个个伸腿弯腰的，有的还练两下原地高抬腿跑。

“嘟——”“运动员入场!”体育马老师在球场中央，一手托着篮球，一手向运动员们比画着，双方队员入场的位置。

双方运动员一字排队，跑步入场。然后对面排成两行。一蓝、一白十分显眼。

乍看起来，比较势均力敌，不过，校队的身材显得高一些，而且校队主力之一朱立星出场了，人们不免为李华他们担心。再看李华他们个个也是昂首挺胸，斗志高昂。一看校队里也有一两个新队员，人们又放心了。

不知裁判员马老师说了句什么，只见双方运动员高呼：“发展体育运动!增强人民体质!”然后双方队员跑上前互相握手。球场上爆发出热烈的掌声。

一场激烈的比赛开始了。

双方的战术是：校队采取全场盯人，攻得凶猛，守得牢固；李华他们采取区域联防，中路突破。

开始，双方不相上下。在一阵阵的掌声中，比分板上的分数交替上升着，并且几次出现平局。场内外群情激昂。

宋老师在场外几次要求换人，校队始终保持着旺盛的战斗力。而李华他们却人力枯竭，只有两名预备队员，并且都是不出名的。由于体力不支，李华他们的速度慢下来，几次还没跑回来，就被校队冲到篮下丢了分。比分开始明显拉开。

赵老师要求暂停，李华他们围过去。赵老师问：“换人吧，谁歇歇？得保存点实力。”

“我下吧，歇会儿。”王平说。

“我也歇会儿。”范建国也说。

“那怎么行？他俩技术不行，那还不更得输？”李华不同意。

大刚和赵文生没吭声。

赵老师把王平换下来，由初二（三）班的郭健上，打后卫。

校队来了个“全上来，都下去”，重换了一批人。

结果，六分钟之内又丢了四个球。由于李华赢球心急。多次“独投”，多次失误。上半场结束时，比分已成18：28。

休息的时候，李华一人跑去喝水。其他几个人围着赵老师议论纷纷。

“咱们人太少，没得换！”赵文生一边擦汗一边说。

“小华后来太‘独’了，又犯老毛病，不传球光独投，也不管行不行！”大刚直埋怨。

“咱们的命中率太低。今天还数大刚发挥得好些，投的准，要是多传给他几个就好了。”范建国说。

“咱们的体力不行，防守都跑不回来，空位多，常常三打一，被动得很。”王平补充说。

那两个预备队员一言没发。

赵老师说：“输几个球没什么，认真总结经验，才能有所提高。”赵老师看李华回来了，忙招呼：“李华，快过来！”

李华也围过来，低着头，用手抹着脖子上的汗。一条湿毛巾从他身后递过来。他回头一看，又是刘慧茹。

赵老师接着说：“关于人少的问题，今天解决不了，今后再说，下半场主要是加强互相配合，多在外围倒球，谁的位置投球最有利，就把球传给谁。中路不行，就从两边突破，另外，进攻要迅速，防守也要积极。防守一定要加强。要靠集体的力量去夺取胜利。为了保存实力采取最后突击，下半场先不让李华和大刚上，你们看怎么样？”

“行，可以。”

“你说呢，李华？”赵老师询问李华。

“我同意。”

“嘟——休息时间到！”下半场又开始了。

总结经验后，采取了灵活战术，加强了配合，再加上休息了一会，体力有所恢复，初二年级的攻势加强了。那两个预备队员也放开了手脚，打得挺勇猛顽强。十分钟连得8分。

校队也进了五个球。

又一次暂停换人，李华、大刚换下了范建国和一个预备队员。

当事者迷，旁观者清，李华当了十多分钟的观众，大有体会，连连向王平建议取胜的方法。

李华、大刚一上场，初二的攻势进一步加强了。

校队的宋立星再次下场。双方战斗陡然加剧。

观众为进球的喝彩声，一阵高过一阵，两个裁判员跑得满头大汗。比分也急剧上升，初二的分数渐渐追上来。

突然，又是暂停，这次是宋老师要求的。校队又换上一个主力队员，初三（一）班的吴旭东。

全场观众都震动了。

赵老师又给李华他们嘀咕了几句，不过声太小，实在听不清，只见李华他们点点头，满怀信心地上场了。

又是几分钟的激战。

最后，比分以46比58结束了。校队赢了6个球。

虽然初二的输了，但观众没有不说李华他们打得好的。

范建国对大家说："有个初三的同学说没想到初二这几个打得这么漂亮！"

李华却大失所望地说："还是输给他们了！看他们多神气！"

赵文生也说："我还以为能赢了他们呢。咱们进了那么多球怎么还没追上他们？"

"真惨了，输了他们六个球！"大刚一边抹汗一边追着王平说。

"洗洗。拿上书包到我家去。"王平对大伙说。

李华、赵文生、大刚低着头跟着王平、范建国走出校门口。

刘慧茹和几个女同学在校门口站着，看着他们过来，便冲王平他们说："别灰心，大家都说你们打得挺顽强。"旁边的几个女同学也跟着说。

王平向他们点点头，说："谢谢你们。"然后扭头又对伙伴们说："喂，听见没有，人家还怕咱们灰心哪！"

李华和赵文生偷偷斜眼看了看那几个女生。

十一、败北之后

总结会是在王平家开的。开始，都闷着不发言，只有喝水的声音。

王平又给同学们各倒了一杯水，然后说："你们觉得今天球打得怎么样？"他用眼扫了一下大伙。

还是没人吭声。

王平放好暖瓶，接着说："我看挺好，你们说呢？"

赵文生说："挺什么好？我怎么没看出来？"

"是挺好。这场球有多少观众，这说明同学们是爱好体育活动的啊……"还没等王平说完，李华直着脖子说："没那么多观众，还不丢那么多脸呢！"

王平不以为然地说："哪丢什么脸？打球比赛，就是有输的，有赢的。还能都赢？"

"噢，照你这么说，输他们十二分，还不算丢脸！"李华不服气地瞪了王平一眼。

"这场球输了十二分，正好暴露了我们的弱点，我们可以从此谦虚起来，好好找差距嘛，这怎么不好？"

"好，好，我看哪，什么'友谊第一'，纯粹是输球第一！"李华生气地把书包衣服往床上一扔。把正要端杯子喝水的范建国吓了一跳，以为李华要怎么着似的，举着杯子愣住了。

王平说："就这个呀？那我还有意见呢！"

赵文生一听王平也有意见，忙问："你有什么意见？说说，听听。"

"有什么意见？最后我们去和人家握手，你们俩为什么不去？"

"噢？你就这意见！"赵文生大失所望地看了看李华。因为他和李华都没去和校队的握手。不过，当时他蹲下正提鞋呢。

李华怒气冲冲地说："我没脸去，我也不服气！"

"那你的'友谊第一'跑到哪去了？"王平追问。

"友谊第一？我要是赢了球，我也会昂首挺胸地跟对方握手！狠赢了人家一家伙，又伸手来讲友谊？去他的吧！我才不稀罕他们的友谊呢！"李华真是满脸的怒气。

"哎呀，输了球，算咱们打得不好，怨人家干吗？咱们自己总结经验不就得了？"王平说。

“总结个什么?”

“就从你那总结起!”

“从我?我怎么啦?”

“你那个‘独秀’还不该总结总结?”

“噢,输球就赖我‘独秀’?瞎传八传的,还不够丢球的哪!再说,也耽误工夫!我不投,能拿那么多分?”

“你要是多传传别人,兴许还能多进几个球!”

“传谁?”

“大刚!”

两人的争论一下都停住了。

李华看了看窗子边坐着的大刚,大刚没吭声。范建国一口水也没喝,听到这儿,他点了点头。

李华木愣愣地站在那,一动不动。

王平缓了口气说:“谁也别怨了,总结完经验教训,制定好改进的措施,我们是能赶上去的,小华,别生气,坐下慢慢说。”

赵文生拉李华坐在床上。

风波一平,下面就顺利了。大家开始认真地总结了这次比赛。范建国这才想起喝他那杯水。

这次输球的原因被总结为以下几点,王平的日记本上写着:

“1. 投球不准。

2. 运动中接传球不稳。

3. 互相配合不好,战术不活。

4. 速度慢,体力不够。

如何克服呢?

小本上写着:

“1. 增大运动量,早晨跑步绑沙袋。

2. 中午、下午混在各班里练投篮。

3. 晚上练传实心球。

4. 多看球赛,学习别人的战略战术。

5. 多组织各班之间的篮球比赛。”

最后,小本上还写着:“学习小组每天加强英语练习。

以上各条,集体讨论,一致通过。”

这就是讨论的结果。这场比赛成了李华这些小“球迷”新生活的起点了!

十二、新的起点

早晨，刚打早自习铃，赵老师就把王平叫到了办公室。

王平一一把昨天他们讨论的情况告诉了赵老师。

赵老师高兴地说：“王平，你帮助团组织做了很好的工作！谁说李华他们不能转变？我们非让他们转变不可！非让他们转变成先进同学不可！这是我们的责任!”

王平看着赵老师那坚毅的神情，浑身充满了力量。

赵老师眼睛一闪，右手抓住王平的肩膀说：“王平，明天学校的学生团员去瞻仰毛主席遗容，学校领导决定让你也去!”

“赵老师!”一股热泪夺眶而出。

这天下午第二节课后，刘慧茹叫住了王平。

“王平，我们女同学也组织了一个班里的篮球队，可是谁也不会打，我们希望你们教教我们，你们看怎么样?”

王平一听，高兴地说：“你们女生也组织起篮球队了？那太好啦！我早就说过，你这学习委员也别光抓学习呀，女同学也应锻炼个好身体!”

“教我们的事呢?”

“全包在我们男生的身上了！放心吧！哪天开始?”

“一言为定!”刘慧茹兴高采烈地去找那些女同学了。

王平看见那些同学又拍手又搂脖子的高兴劲，正愣神呢，忽然大刚跑过来说：“小平，快来，快来看看。”

“什么事?”

“我们做好了一个实心球，你看怎么样。”大刚在王平的耳朵边小声说。

“是吗？哪呢?”

“在我家呢！走，去瞧瞧。”两人向校外跑去。旧劳动布缝的圆鼓鼓的大沙球，一托，足有十斤！

“嘿，蛮不错，谁缝的?”

“我奶奶帮缝的。”

“这太好了，我还正发愁这事呢!”

“我自己还做了一个呢！你再瞧瞧我那个。”大刚从他的床下又拉出一个蓝色劳动布的东西，然后站起来对王平说：“就是这个，你试试。”

"大刚，你可立了头功啦！"王平一下握住大刚的手，两个人高兴极了。

四点三十分，伙伴们陆续来到王平的小屋。李华和王平班因为今天有两节自习，所以两人的作业都写完了。为了不影响别人，他俩拿着小凳子来到院子里，复习英语。

李华的外语真够呛，刚学的课文就不会，发音也不准，他不是通过拼国际音标来读单词，而是通过单词下面写的中文字。比如：英语的"desk"，他就在下面注上"代斯克"，在"country"的下面，他就写上"扛锤"。

王平听着李华那生硬走调的发音，好奇地看了看李华的书，真叫人又好气又好笑！

"你怎么这样学单词呢？"王平问。

"我怕忘了读音。"

"那也不能这么写中国字啊，这可不是中国的同音字。你听，这一样吗？"王平读了一遍英文的"country"，又读了遍"扛锤"。

连李华都笑了。

"那怎么办呢？我不会国际音标。"李华为难地看着王平。

"我教你。从今天就开始。"

"那太好了，那太好了。"李华高兴地抓住王平的手。

"咱们每天保证在学校完成作业，在小组里学一小时英语。先复习当天学的单词和课文，然后专门学音标，怎么样？"

"行，就按你说的办，你可别嫌我笨。"

"好，那你得认真学！"

"那当然！"李华一拍腿。

"好，说学就学。"

王平一个单词一个单词地教他，一句话一句话地教他。复习完当天学的，又开始学国际音标。一个音标一个音标教李华发音。李华今天可真服气王平了。王平教李华怎么读，李华就怎么着读。学得特别认真。有的音他发不好，两眼直愣愣地盯着王平的嘴，又是看口形，又是看舌头的位置，好家伙，要是不知道的人，还以为他给王平检查口腔呢！李华反复练了二十多遍，这回他也不烦了。

今天，王平从李华的身上看到了一股劲，这劲是怎么来的，他不知道，但他感到了这股劲。他看着李华那认真的样子，心里又高兴又惭愧。高兴的是，李华这架飞机终于发动起来了，惭愧的是，哎，我怎么早就没去帮他呢！

一会儿，大刚走出屋子，伸了个懒腰，向王平走过来，说："哎，小平，这道题我怎么也算不出来。问他们，他们叫我问你。”

王平拿过书来一看，原来是一道二元一次方程的应用题。他看了看题，便给大刚仔细地分析了已知条件和未知条件，引导大刚一步步列出了方程，并且亲自看大刚一步步做完它。大刚欢蹦乱跳地进了屋。王平也跟了进去。

赵文生立刻跑上来，小声问大刚：“怎么算？”

大刚按王平的办法讲了一遍，赵文生一拍大腿喊道：“哎！我怎么就没想到！”

“干什么你，小生子！抽风哪！吓人一跳！”床边闭着眼背书的范建国，被赵文生这一嗓子吓了一机灵，喘着粗气不满地说。

赵文生一伸舌头，来了个鬼脸：“对不起，走火啦！”

建国瞥了他一眼。王平被这一场面逗得差点笑出声来。

屋里又平静了。大家又开始学习自己的功课。

看到大家这股劲，王平打心眼里高兴。他走出屋也看起自己的外语书来。李华还在认真地读自己的外语。

大约五点半左右，屋里读外语的声音渐渐大起来。王平心想，大概他们都开始复习外语了。不过，那一个个的发音可实在够呛。有人居然把英文的中央——Central，读成“神吹”！不过那声音不像是捣乱，听起来还挺认真，那声音像是大刚的。

一会儿，声音又小了。怎么搞的，又玩上了？王平不放心，进屋看：好，都在写英语呢！

“哥哥，做饭了吗？”妹妹小红放学回来了。

“嘘——别嚷！”王平轻步跑出他的小屋，对妹妹摇摇手说。

小红跑过来跷着脚根，拉着哥哥的胳膊，小声说：“怎么还不做饭？”

王平弯下腰小声说：“小组正学习呢。”

“那，那我做饭吧？”

“行，你淘米、蒸饭，我学习完再做菜。”小红点点头，上北屋去了。

李华用手招了招王平。王平走过去。

“你再听我读一遍这几个字的发音，听听行不行。”说完，就又把当天学的单词逐个读了一遍。王平一边听，一边看着书上的英文单词。除了一个单词读得不准以外，其他基本都对了。王平高兴地说：“小华，你一定能学好的！”他发现李华在练习本上又写了一遍单词。问：“怎么，你又写了一遍？”

“是我自己默写的。”

“默写的？”

"嗯。"

"我检查检查。"王平拿过那个本一个单词、一个单词检查完。高兴地摇着李华的肩膀说："错两个，明天听写你能得四分了！"

这时，北屋的钟响了六下。

王平喊了一声："六点啦，休息啦，屋里的！"

"是吗？真快呀！"赵文生的声音："哦——哎！"大刚伸懒腰的声音。

王平到屋门那往里一看，好家伙，大刚伸着懒腰，打着哈欠，两眼还直直地盯着英文本上的单词呢！

王平问："今天学习得怎么样？"

小伙伴们你一言我一语的，都说不错。

赵文生说："要都像今天这么学，还愁期末不及格！"

"这组织小组学，就是好，不会，可以互相帮助。"大刚一边收拾书包一边说着。

"什么都好，就是往后别那么大惊小怪的吓唬人，就更好了！"建国白了赵文生一眼，一本正经地说。

赵文生悄悄溜到范建国背后，把右手往他胳肢窝里一杵，范建国毫无准备，痒得他猛地一夹胳膊，手里的书包又差点掉在地上。

几个人"哈哈哈"笑起来，范建国追着赵文生跑出小屋，又跑出院子。王平跑到院门口喊："哎——晚上七点半见！"

"哎——忘不了！"不知他们俩谁回答的。

王平送走了大家，急忙转回家去做菜。

"咚咚……"一阵急促的切菜声。

十三、赵老师

刚吃完中午饭，还没来得及洗碗，外语老师张颖来找赵老师。

"赵老师，您去管管你们班的李华吧，我可没办法教他了！"

赵老师一惊，忙问："怎么啦？"

"怎么啦？什么都不会，还不写作业，说他吧，他不听，还直着脖子冲你嚷：'我又不想当翻译，学外语有什么用？'"张老师学着李华的样子扬头、挺胸，然后双手一摊，无可奈何地说："这叫什么学生！更可气的是，我跟他说话，他却一个劲地往窗外篮球场看！你没看见他那手脚痒痒的样子，他哪里是在听我讲话，心早飞到球场上去了！”

看着小张那含着泪的眼睛，赵老师腾地站起来，忙安慰说：“小张，别这样，别这样，别生气，我这就去找他，……哎？你还没吃饭吧？”

“气都气饱了，还吃什么饭！”

“哎，不吃饭怎么行。你坐，我去给你买饭。”

“不用，我不吃了。”

“那怎么行！下午还要上课呢！”

“赵老师，你买饭我也吃不下去。我听说，他打球的事，是你支持的？”

赵老师一愣，然后笑着说：“噢，原来在生我的气？哎，别生气，别生气！是我的事，那好办，我保证解决。那有一条，你先吃饭，我来解决这件事。”

“那可是真的？”张老师睁一双水汪汪的大眼睛望着赵老师说。

“当然是真的！这回行了吧？”

张老师脸上的阴云一下子都散了，圆圆的脸，笑得像一朵盛开的花。

“赵老师，像李华这号学生还打什么球？心都玩野了，还能学习好！早下决心不让他们打就好了。”

“好，好，你去吃饭，我来办这件事。”

“不，还是我去吧。”小张说。

“我惹的事，还是由我来解决吧！”

张老师无可奈何地望着赵老师急匆匆走路的背影，心里热乎乎的。

赵老师来到外语教研组。李华正站在窗子那往外面篮球场上望呢！

赵老师心里暗暗说，真不愧是个“球迷”啊。

“李华。”

李华一惊，忙扭过脸，不好意思地说：“赵老师。”

“刚才我都听张老师讲了，不完成作业可不对，张老师批评得对。”他看了看手表，说：“都一点十分了，先回家吃饭，吃完饭到教室来找我，我等你。”

李华一愣，心想，张老师让我把作业一字写五十遍才让回家，赵老师怎么不让我写，就让我回家呢？这是真的吗？于是他没动。

“还愣什么，先吃饭去，什么事都回来再说，快，你们家该等着急了。”

“那五十遍作业呢？”

“什么？五十遍作业？”这回，是赵老师一愣。

“嗯。一字五十遍，我还没写呢。”李华低下头。

“那也先回家吃饭去。回来再说。”

李华向赵老师鞠了躬，拿起书包跑出办公室。

赵老师耳边还回响着："每字五十遍……"他自言自语地说："这怎么能行……"

张老师吃完饭来到办公室，发现里面只有赵老师，急忙问："李华呢？"

"回家吃饭了。我让他走的。"

"他补完作业了吗？"

"没有。我让他今天放学以前补完，你放心吧。"

"噢，没写完就跑啦！那我说的话还算不算数？"张老师生气地说，一屁股坐在靠门的椅子上。

"小张，别急呀，都一点多了，他饿着肚子怎么有心写呢？"

"谁让他没做完呢？没做完，就得罚！也让他们知道，不完成外语作业行不行！别觉得我是个女的，又刚当老师，就欺负我！"

"不会的，他们是孩子，还想不到那。"

"不完成作业，还尽惦记着打球，这回我让他打，一字五十遍！得让他抄两钟头，还得拐弯！"张老师狠狠地说。

"小张，这方法可不妥。这样学习，学生哪还有兴趣？那不成负担了吗？一看到作业就发怵，还能爱学习吗？你说呢，小张？"

"什么兴趣不兴趣的，当学生就得学习，有兴趣没兴趣也得写作业，要不，那还叫什么学习！"

"写作业当然对，可哪有一字写五十遍的？"

"谁让他昨天不完成。再说，他也不是一次了，屡教不改，还不应罚他？省的他老想玩球去！"

"小张，这教育也是一门科学，不是蛮干的事。要引导他们对学习产生兴趣，一旦有了兴趣，就是你不让他学，他也会想方设法去学习的。这就如同你学习外语一样，谁逼着你每天早起背单词？谁逼着你星期日憋在家里看外语？又是谁逼着你省吃俭用花那么多钱买录音机，买外语书？这不都是因为你喜欢外语吗？如果让李华也像你那样喜欢外语，还愁他不完成外语作业？"

小张一边听，一边暗暗想：我的事他怎么知道这么细？听到赵老师讲自己对外语入迷，她心说：他们哪能和我比？我从初一就迷上了外语，都十年历史啦！李华哪懂学习外语的乐趣呢！

赵老师看小张不说话，又进一步讲："小张，我们要学点心理学，要摸索教学的规律，要理解学生的心，动之以情，晓之以理，以心换心，循循善诱啊！想想我们自己成长的过程吧。"

张颖老师低下了头，好像在思索什么。莫不是在回忆自己是怎样迷上外语的？

一阵沉默。

赵老师缓缓地说：“你休息休息吧，小张，一上午挺累了。”说完，走出外语教研组。

赵老师向自己班走去。他刚走到自己班的窗前，便发现有人在教室。他探头向教室里仔细一看。原来是李华在写作业！

李华听到脚步声，抬起头来：“老师。”

“你怎么这么快就回来了？”

“我还没写完作业呢！”

赵老师急忙走过去看了看。李华正在写英语作业。一个单间就写了五行，密密麻麻的一片。最后“poitialt”这个单词，五行都没给“i”点上“.”。

赵老师指着“poitialt”问：“那个“l”怎么都少一点呢？

李华不好意思地说：“还没来得及点呢，这就点。”说着，李华就给五行“poitialt”的“I”字头上点“.”。赵老师惊奇地问：“你怎么这样写作业啊？”

李华不好意思地笑着说：“这是流水作业，快呀！”

赵老师听到回答后，一阵心酸。心里说：“这哪是在学习，这可真是在完成任务！不，是在抵触！”

“李华，不要这样写了，每个单词写三遍，一个一个写，不要图快，要写对，写好。”

“张老师说每个单词写五十遍！”李华奇怪地望着赵老师。

“不，张老师刚才对我说的，让你每个单词写三遍，和今天的作业写在一个本上，明天一块交。还要读课文。学外语，最主要的是读，一定要读课文。”

“老师，您放心吧，我今天保证完成。”

赵老师一看这情景，就没再说什么。转身走出教室。

“对，给体委的吴永立写封信，让他给借本篮球运动的外语资料！”走出教室后，赵老师这么想。

十四、再借东风

赵老师给他在市体委工作的一位老同学写了封信，意思要向他借一份关于篮球的外文资料。

四天后，赵老师接到了一封信和一个印刷品的邮件。文中，那位老同学对赵老师忽然关心起体育资料一事很感兴趣，还以为赵老师的孩子或朋友中有篮球爱好者，很高兴，随信还寄来两张国际篮球票。那份印刷品是一份最近英国篮球协会出的《篮球研究》。

赵老师立刻给那位老同学回了信，表示感谢，并告诉他，约好时间，打算登门拜访。至于那份外文的《篮球研究》赵老师交给了李华。

“李华，你不是很喜欢打篮球吗？我从体委借到一本最近英国出版的《篮球研究》你看看。”

李华一听非常高兴，双手接过那份杂志，来回地翻着，嘴里一个劲地说：“太好了，太好了，谢谢您赵老师！谢谢您赵老师！”

“不急，别丢了，就行，看完再给我好了。”赵老师走了。

李华起初高兴极了，因为他太喜欢篮球运动了，这不是如鱼得水吗？可是，满眼的外文，他只认字母，不认字，也别说一个不认得，里面的：“and”“a”也认识几个，别的就大眼瞪小眼儿，有不少图和摄影。有赛球的镜头，还有一个运动员，运球上篮的连续镜头。但大部分是文字。当李华把插图都看过四五遍后，便感到没意思了，他什么也看不懂，就连那些图也得瞎猜。他又一想，这么好的东西也得让王平他们开开眼哪！

李华把王平找来，虽然王平比李华的外语强多了，但是，对这些英文杂志来说，他连英国的小学生都不如。当然，他绝不像李华那样只认识“a”“and”。

几个人传着看了看图，只好由李华再还给赵老师。

赵老师对李华说：“外语张老师懂外文，你拿给她看看。”

李华一想，对，找外语老师不就可以明白是怎么回事了吗！于是，李华叫着他的伙伴们去找外语张老师。

张老师正在开教研组会，看到这几个小伙子挤眉弄眼像是在找自己，于是他和组长说了一声，出了办公室。

“张老师，赵老师给我们借了一份英语杂志，我们想看，但是看不懂，您帮我们翻译一下好吗？”李华带着恳求的眼光望着张老师。

李华竟会拿外语资料来求教自己？张老师做梦也没想到会有这种事！可是，现在是事实。

张老师接过杂志，扫了周围几个人一眼，然后翻了翻。她立刻知道这是英国篮球协会出版的《篮球研究》。她只看了看目录，抬起头对李华说：“今天我们开会，我先拿去，明天再给你讲，怎么样？今天实在没时间。”

“行，明天就明天。谢谢张老师。”李华高兴地回答。

第二天，张老师一上班，李华他们就围了上去，问长问短。张老师一一给他们重点讲解了。李华听得津津有味。心想，没想到打好篮球也离不开外语！

从那以后，李华开始努力学习外语了。

当李华到赵老师那去还那本杂志的时候，赵老师意味深长地问：“李华呀，这外语有用吗？”

李华很不好意思地说：“赵老师，往后我一定学好外语。”

“哪门功课都要学好。建设四化，没有文化知识怎么能行？以后要努力了。告诉王平他们，这个星期日，我领你们去市体委我朋友那，让他给你们讲讲篮球技术。”

“真的？”李华惊奇地问，他简直不敢相信自己的耳朵。

“是真的，我已经给我的同学联系好了，先到我家聚齐，然后我带你们去，你们几个都叫上！”

“赵老师，您真伟大！”李华高兴地连蹦带跳地跑出办公室。正要进门的马老师莫名其妙地望着李华跑去的背影，心想，赵老师又给李华吃了点什么药，又这么抽风败火的！

星期日一大早，李华、王平他们几个就去找赵老师。不去不知道，这回可知道老师家有多远了，坐汽车，倒电车，好家伙，一去就是一个多小时！

赵老师领着这几个小“球迷”去见他市体委那个老同学。

赵老师那个同学真热心，不仅给李华他们讲了一些篮球新技术，而且亲自领他们到球场上，一一指导。

那一天，李华、王平他们这些小“球迷”们可算是开了眼，学了不少本事，而且各自知道了自己的弱点。

十五、意外考验

本来，王平计划晚上和李华去北京体育馆看篮球赛，可是邻居李奶奶让他帮助送人上火车，而且是晚上十点十分的车，王平只好舍了这场球，他把票给了李华和赵文生。李华直埋怨王平不去看球：“你不会说有球票！”

王平送完人上火车，已经是十点二十了。王平没有走出站口，而是沿着铁路，抄近道往家走。一边走，一边想，今天是国家队对八一队，巨人穆铁柱准得上场，准特别精彩，也不知道结果怎么样。又想，七点半开始，这会儿早结束了。他又开始考虑他们那个小组，他直为李华的外语担心，他落得太多啦，真得为他想个具体办法……

铁路两旁是农村的菜地，一排一排的架豆，晚上看去，黑黑的一片，就像一堵一人多高的墙。路右边也是菜地，不过，白天看见这边是一片玉米地。铁路两旁也没路灯，要不是月亮地，这路还真不好走。

王平走了半小时，快到一个路口时，发现前面架豆地边有人影在移动，还有慌乱的脚步声。

王平机警地蹲下，借着月光巡视着出事的地方。两个人在往地里拉什么东西。

“怎么？他们在偷国家的枕木？”王平决定制止这种罪恶活动。

“站住！干什么？”

动静没有了，黑影躲进架豆地里。

“不能让坏人跑掉！”王平想到这，抓起两块路基上的石头，穿过铁道，向出事地跑去。

一个黑影突然从架豆地里跳出来，拦住去路。

“再往前，我就捅了你！”那人压低声音凶狠地威胁说。

“你们是干什么的？不放下东西，我就要喊人啦！”王平毫无畏惧。

对方看到眼前是个学生，便放了心，说：“没你的事，快走开。”

“你们刚才拖的是什么？把东西放下！”王平命令那人。

那人恶狠狠地说：“小丫的，你活腻了！”那人没把眼前这个比他矮一头多的学生放在眼里，拿着一把亮闪闪的东西向王平逼来。他本想把这个学生吓跑，可是他万万没想到，那学生一步没退！

“站住！再往前我就不客气啦！”王平拿着石头的右手抬了起来。

那人停住脚，软下来说：“小哥们儿，这没你的事，咱们各走各的路吧。”说完，那人转身往回走。

“站住！你们必须把东西放下！”王平喊道。

那人慌忙转回身，压低声音回答：“找放血怎么着！”一步步向王平逼来。

王平右手在空中晃。那人往下一蹲，然后猛地向王平扑来。王平开始来了个假动作，然后将石块狠狠地扔了出去。

“啊！”“咣啷”刀子掉在地上那人弯腰去摸刀子。

“抓坏人哪！”随着大喊一声，王平猛地扑向那人。

两人扭打在一起。

李华和赵文生看完球，正往家赶路，刚骑车到铁道口，突然听到一声熟悉的呼喊。

“听，有人喊‘抓坏人’。”李华对赵文生说。两人都急忙下了车。也没来得及支车，他们把自行车往地上一扔，飞快地向出事的地方跑去。

这时，架豆地里又窜出一个人。

赵文生猛蹲下在地上抓了把土，等那人向李华扑来时，他把土往那人脸上扔去。

趁那人擦眼的工夫，李华狠命的一拳打在那人的鼻梁上。

“啊”一声，那人倒退了两步，栽倒在路边。李华一下跳到那人身上，又是一阵拳头。

“抓……啊！”王平刚要喊，又被那坏人卡住脖子。

赵文生向喊声跑去，那人忽地站起来，拼命地向菜地斜插过去。赵文生顺手抓起一块石头向那人扔去。

“啊！”一声，那人拼命穿着菜地跑了。赵文生正要追，王平喊住他：“别追他，菜地里还有一个！”

“小平？是你！”赵文生惊奇地喊道。

“生子？是你们！”王平又惊又喜。

“我这抓住一个！”李华喊。

王平和赵文生急忙跑过来。这时，又有几个过路的人跑过来。

人们把那个坏人捆了起来，有个人用手电照了照那人的脸。好家伙，脸上又是土，又是血，眼睛肿得老高。不过，还能看出是个社会青年。

“他们在干什么？”有人问。

“他偷了东西！”王平说。

“东西在哪？”

“在菜地里，就在那！”王平指着前边的架豆地。

王平在前，拿手电的人在后，向架豆地里走。

手电的光束在一个女的身上停住了，王平惊：“是个人！”

那是个女的，花衣服被撕开，人一动不动。

拿手电的大人忙蹲下，把手放到那人的鼻子上。

当手电照在女人脸的时候，王平惊叫了一声：“刘慧茹！”

拿手电的大人蹲下来，伸手摸了摸那个女的鼻子，高兴地说：“有气，有气，没关系，一会儿就缓过来。”他又用手电把刘慧茹的全身照照说：“头有外伤。快，送她去医院！”三个学生打了两个流氓，救了一个女学生。

这一夜的事，第二天就在学校，不，这一地区传开了。

那天是刘慧茹给同学补课，回家晚了，本来同学要送她，她想，没什么，坚持不让同学送，结果半路遇上了坏人，她被突然击晕……

学校领导在全校大会上表扬了王平、李华和赵文生。说真的，这对李华、赵文生来说还是有生以来头一次受这么大的表扬呢！

十六、月光下

夜幕降下来了，天上闪着亮晶晶的星星，就像幕布上镶着的颗颗宝石。银白银白的月牙悄悄地爬上了树梢。清风徐来。枝叶婆娑就像那飘动的面纱，时隐时现的月牙，就像那害羞的少女。

黄楼的背后有一块不大的空地。由于僻静，晚上很少有人到这里。这块空地就被这伙小“球迷”们选中了，成了他们每天晚上锻炼的宝地。

干吗非找这练呢？起初大刚直纳闷儿。用赵文生的话说：“这才能保密哪！等咱们蔫不唧儿的练好了，突然杀出去，一下子镇了校队，那才给劲呢！”

李华他们一听，无不点头赞同。王平心说，在这偷偷练，没啥风声雨声的，也不招惹是非，也同意了。

人陆陆续续到齐了。王平问：“都谁吃完饭帮家干活了？”

只有建国说：“我刷完碗筷，扫了地才出来的。”

其他三个，你看我，我看你，都给问傻了。谁也回答不上来。

王平停了一会儿，看看没人回答就说：“往后，咱们都应该向建国学习，得帮家干些家务。别吃完饭一抹嘴就走。在家里也要勤快点。”

三个人都挺不好意思。赵文生带头说：“行，这好办。我们都能做到，你们说呢？”

他看了看两边的李华和大刚。那两人也低头看着自己手里的实心球：“行。”

赵文生快活地一拍建国的屁股，说：“要不然我今天也刷碗了，我怕来晚了！”其实，他根本没想到刷碗。

一会儿，五个人开始练传实习球。他们练原地胸前传，练头上传，练运动中传……

第二天清早跑步时，王平问赵文生：“生子，这俩胳膊怎么样？”

赵文生一边跑，一边回头撇着嘴，挤着眼说：“还真够劲！今天胳膊还酸疼呢！”

王平心想：这真是体力和耐力的锻炼啊。

等到晚上七点半，小伙伴们没一个迟到的，又在秘密的“训练场”上聚齐儿了！

十七、动力

这天下午第三节课，是赵老师给全年级写过入团申请书的同学讲团课。

听完团课，王平的心很久没有平静，脑子里反复思考着赵老师提的问题，赵老师那语重心长的话一直在自己的耳边回荡。

“申请入团不过是参加团组织的要求和愿望。但是，这个要求和愿望的实现需要脚踏实地的努力。”

“人才，就是要把自己的智慧和力量贡献给组织，贡献给党的事业。而这一事业绝不是几个人所能完成的，它需要千百万人，它需要亿万人民，它需要全世界的无产阶级和劳动人民共同努力，一代人一代人的不断奋斗。这不仅需要每个团员把自己造就成为革命事业的接班人，而且需要带领和团结广大青年一道前进。同学们，在这方面我们每个人又是怎样做的呢？要时刻想想，我为团组织做了些什么呢？我为祖国做了些什么？”

“我们入团绝不能只是为了好看、光荣，而是要胸怀革命目标，要为共产主义奋斗的！我们可以看看卓亚和舒拉是怎样生活和战斗的，我们可以看看保尔是怎样默默地为共产主义事业奋斗的。我们要像保尔那样生活，让生命更有意义……”

“同学们，团组织不仅希望你们迅速成长起来，还希望你们把班上周围的同学也带动起来，我们不仅要努力发挥主观能动性，调动自身内因的积极性，还要做革命的外因，促进周围同学的进步……”

想到这，王平有些不明白，心想：这“内因”和“外因”是怎么回事呢？于是他又去办公室找赵老师。

赵老师高高兴兴地给王平讲解了矛盾论中关于“内因”与“外因”的论述，并且结合教学实际讲了一些例子。王平听了很受启发。

今天的团课和赵老师关于《矛盾论》的讲解，又为王平打开了另一个知识领域的大门。王平晚上写日记时，就觉得钢笔尖突然变成了一个小泉眼，蓝墨水不停地往外流……

那天的日记，是他自写日记以来最长的一篇。

临睡前他还想：对，让赵老师也给李华他们上这有意义的一课，让他们也发挥好内因的作用！让他们也建立起日记来……

王平带着幸福的希望睡着了。

十八、乐在其中

经过一个多月的小组活动，李华他们有了很大进步。尤其是那次全校表扬他们救同学抓流氓的事迹后，全校都知道他们的名字了。不，何止学校呢？就连这个地区的大人小孩，没有不知道李华、王平和赵文生的！当然，有人记不住他们的名字，但是认识他们。尤其那件事刚发生的十几天里，他们在前面走，前后左右议论的人可多呢！

年级里的老师也反映他们的学习和纪律进步了。就连传达室的张大爷还到赵老师那表扬过李华呢。“赵老师，您可得表扬表扬李华，昨天晚上要不是李华他们几个来帮我关那几个教室后窗户，还不得打碎十几块玻璃！我手脚不灵，多亏了他们几个。”

外语张老师高兴地对赵老师讲：“赵老师，我本来都想放弃李华了。可是没想到，他这一个多月起色挺大，还很有希望呢！”

赵老师用手指点着她的鼻尖说：“看把你乐得！不是气你那会儿了！”

大刚的母亲还特意到学校找老师道谢呢，说大刚不和院里的孩子打架了，每天还能帮助家里干活，回家也能坐下来看书写字了。说这都是老师教育得好。

说心里话，赵老师也感到这些孩子变了，他们不再是年级里的害群之马，一个个都变成了积极因素。

这些小“球迷”是各班的体育骨干，全年级课外体育活动开展起来与他们可分不开。二班、三班的小篮球队，四班、五班的冬季长跑活动都和这些孩儿们的带头、指导有关。自己班的情况更是这样了，李华还是班里女子篮球队的教练呢！就连刘慧茹这样只钻学习的女生，也快成了体育爱好者了。在全校党员会上，党支部书记表扬了赵老师的工作。赵老师感到时代是变了，党的全部精力确实转到“四化”上了。他曾自言自语：要没有那场‘文化大革命’该多好哇，国家能出多少人才！祖国该前进多少年呢！

尤其使赵老师高兴的是，王平入团的预审材料组织已经通过了。“多好的一棵苗子啊！将来一定能成才！”那天夜里他半夜三更说了这么一句，弄得他爱人莫名其妙。还有三班的朱老师反映，赵文生还写了入团申请书呢！孩子们在进步！他们知道上进了！每想到这些，赵老师就感到自己的工作有着无限意义，浑身充满力量。

李华的父母这个月挺顺心。一是老师同学没一个到家告状的，就连奶奶也不告小华的状了，反倒在他们俩面前夸小华懂得心疼人了，知道干活了。那次全校会表扬过后，李华的父母感到自己也有光彩，到哪去都可以高声大气地说笑了。不过有一件事他俩可有点别扭，就是李华这些日子回家净说些外国话，弄得他俩丈二的和尚——摸不着头脑。一来就是：“妈——紫儿，”“发——紫儿”“不拉——紫儿”，什么“yes，thank you，”哎呀，咿哩哇啦地可多啦！他们也听不懂是个啥。有一次他妈不耐烦地说：“小华，你这咿哩哇啦地干吗呢？什么毛病？”

“嘿嘿，这是说英语呢！”

“我们中国话还听不懂呢！你给我们说什么外国语！”

“你们不懂没关系，我说我的，这是在练习。老师说，外语要学好，就非得常说、常念、常用。八百年不说一句，啥时候学会！人家王平在家和他爸爸还用英语对话呢！”

闹了半天孩子干的是正经事，李华的母亲不再说什么了。从那以后，不管懂不懂的，只要小华说外语，她不仅不管，还认真听呢！她觉得这些天来，儿子往出息里变了，看到这些，她心里挺美。有一天夜里，李华的母亲摇着爱人的肩膀说：“小华他爸，咱们可得好好培养小华上大学呀！别像咱们一样，连小学都没上完，看现在工作多难！”

“你呀，少操那份心吧，还用你说。快睡觉吧！三更半夜的，抽风哪！”小华的妈抬头望了望窗外，可不，月亮才偏西，自己也笑了。

十九、跃跃欲试

又是半个月过去了。

一天晚上，刚练完实心球，赵文生提出了问题：“你们听见有人说咱们没有？”

“怎么，说咱们什么？”大刚问。

“什么？你们真没听说！那你们猜猜！”

“哎，小生子，到底说咱们什么来着？”李华忙问。

赵文生把实心球一下塞给大刚，对大家说：“他们说，初二的篮球队刚一冒头，就被校队一棒子打回去了。好，两个月都不敢露面了！”

一下子炸了窝！

“谁说的？”

“谁不敢露面?”

你一言我一语，就连那几个后参加进来的，也个个不服气。

赵文生一看这阵势，又说：“咱们这么苦练两个月了，也该露露头了，别让人家瞎猜估呀!”

“他们还以为咱们输怕了哪！谁怕谁呀！狂什么？明天就敢跟他们赛。”李华瞪着眼嚷。

王平却说：“好家伙，个个都是炮捻子？见火就爆!”

李华不服气地说：“噢，瞎猜估咱们就行？谁吓得不敢露头了？给他们露露，让他们瞧瞧初二的年级篮球队没有垮！在这哪!”

“输赢没什么，这口气实在叫人窝得慌!”大刚也发了言。

“我看也该出去闯闯了，别总是耗子扛枪——窝里横!”赵文生火上浇油。

“对，是骡子是马，咱也出去遛遛。两个月了，也看看咱们的本事到底有多高。”大刚也说。

王平心平气和地说：“别急，这不是谁怕谁，再有半个多月就要考试了，我想，咱们一边再练着，一边抓紧功课，先打好复习考试这仗，然后再向校队挑战。那时考完试了，一身轻松，痛痛快快打一场，那多好哇，你们说呢?”

有人赞成，有人不赞成。

王平又进一步说：“别听将火的，沉住气，咱们也再好好练练，打，就要有把握。一忍方可支百勇。忍口气，好好练，再争口气，要不，又……”还没等王平说完，范建国说话了：“也对，我们还没把握，再练练，再说，快考试了，考不好该怎么办？咱们哪，还按咱们自己的计划走。说那话的人哪，依我看，纯粹是屎壳郎钻灶火堂——拱火!”

这个老实巴交人也说了句开心的话，一下把大伙都逗乐了。

范建国却一本正经，一乐不乐。于是大家便乐得更欢了。

过了一会儿，大刚说：“就是不和校队赛，咱们也别净分着打，抽工夫还得集体多打打配合。”

赵文生忙说：“要是不和校队赛，咱们几个别在一块打，不然，那不正好说明咱们初二年级篮球队存在，可就是不敢和校队赛吗？这么一来，泄露秘密又丢了脸!”

“我看没啥。”范建国说。

李华说：“不行。咱们开始组织起来的时候怎么说的？这秘密还得保守啊!”

赵文生说：“可不！别这么轻易就打击咱们年级篮球队的牌子呀！要打，就得和校队比赛的时候。”

大家的眼光这时都集中到王平身上。王平看了看李华和范建国，又征求了刚加入球队的几个人的意见，那几个人不知说什么好，没吭声。

一阵寒风吹来，刚出过汗的身上，一阵冷。王平说："都穿上衣服，回家。这事明天再说，都回家想想怎么办好。"

一是有些冷，二是这儿也黑，所以大家同意回家，明天说，就明天说吧。

赵文生和大刚几个抱着实心球往北走去，范建国几个去四街，往南走了，李华和王平往西走去。李华要拐弯时，王平问李华："小华，你说咱们不暴露球队是为什么?"

"咱们开始用这个名字输了校队，大家都爱这个名字，不愿再往上面抹黑。所以在没练好之前，决不能以这个名义出去。要不，别人会讥笑我们。"

王平说："这种想法，我开始也同意，可是，它也不对。"

"怎么不对?"

"因为这种想法里有小团体主义的思想。它只为了自己这个小团体的荣誉，而没想到大集体。我们练篮球为的是什么？是要为祖国锻炼身体，是要推动同学们的体育活动，如果能行的话，长大要为祖国争光。怎么能只为了一个年级篮球队的名誉呢?"

"这……大家这样想，不光是为咱们几个人哪！我只想这些了，没想你那么多，那么远……"

"现在呢?"

"那还是你想得对。"

"哎，小华，再问你一件事，怎么不写入团申请书呢？小生子都写了，建国说也要写，就差你和大刚了。"

"我？我连少先队都没入过，怎么能入团?"

"那是以前的事了，现在申请入团也可以。人家小生子不也没入过少先队吗!"

"等我学习都赶上去了再写，也别给共青团脸上抹黑呀!"

"申请是表示有要求，这样团组织才好帮助哪，你连要求都没有，怎么帮助呢？写了申请咱们一块听团课，你看怎么样?"

"我没写过不知道怎么写呀。"李华有些为难。

"只要你有这个要求，我帮你呀，明天就写怎么样?"

"那，那好，你可一定得帮我?"

"那是，我帮你。哎，关于练球的事，咱们都回去好好想想，还要说服小生子和大刚他们!"

“好，明天咱们一块找他们。”

分手了。王平这才觉得身上挺冷。路灯闪着黄光，街上没什么行人了。王平急匆匆向家走去。渐渐地消失在夜色里。

二十、喜讯之后

今天是星期六。中午，校门口板报栏那围了一大堆同学。李华也挤过去看热闹。原来是两个大喜讯：其一，下午三点半，开初二年级团员发展会！第二个喜讯是，下午三点半东铁营一中的校队和本校校队比赛篮球！

“哎呀，小平，您可真能保密！”李华惊喜地说。他打心眼里为王平高兴。在李华眼里，王平可真是个好样的，可以说在哪方面都是自己的榜样，在他们那个秘密球队里，虽然他李华是大家推选的队长，但是，真要说谁是大伙的主心骨啊？就连他李华都得说是王平。

一进教室，同学们早议论开了，大家纷纷谈着他们的好班长。李华想找王平，可是听同学说，王平让赵老师叫走了。

篮球毕竟比发展会更吸引“球迷”们。李华和赵文生、大刚他们都去看球赛了。

发展会开了一个多小时。当王平走出会场时，已经是四点多了。赵老师又把他叫进办公室。

“王平，你看过这两本书吗？”

赵老师从抽屉里拿出两本书。王平接过来，仔细看了看。一本是精装的《列宁传略》，不过已经旧了，看来有了年头，里面不少地方还用红铅笔画着一些圈圈点点的。另一本是恩格斯的《社会主义从空想到科学的发展》这本书是新的。

“老师，这两本我都没看过。”

“那好，就送给你做个纪念吧。要用心读读，让社会主义在自己的头脑中扎根，让领袖的生平来做自己的一面镜子。”

王平激动地望着赵老师那闪着刚毅深邃光芒的眼睛，说不出话来……

王平从办公室出来，球赛早已结束，天空已经昏暗了。有几个外班的同学走过来。

“你们怎么这时回家？”王平问。

那几个人笑着说：“玩球了。”

“这么晚还打呢？”

“什么？……噢——没什么。”说完，王平向后操场跑去。

那几个学生莫名其妙地望着王平的背影。

转过最后一排教室，王平冲着篮球场喊起来：“喂——李华！”

那几个抢球的停住了。“噢——小平，干什么？”李华的声音。

“还不回家？

“噢！噢！这……这就走。”李华他们几个一边穿衣服，一边朝王平走来。剩下的几个人又打起球来。

等李华他们走近了，王平问：“你们学习了吗？”

“这……这……今天不是有球赛吗？”李华抓了抓自己的头说。

“你没在，怎么学呀！”赵文生捅了一下李华。

“哎，今天下午我妹妹没课，她在家哪！我跟小妹说了。”

李华倒是敢说敢当，他接过来说：“小平，我们作业都写完了，我问他们了。就是没复习……不过，今天特殊呀。铁营一中的校队来了，我们还真学了几手呢。就想趁热打铁，学了就练，再说……复习功课哪就少这么一次！”

王平没理这些话，只是说：“快六点啦，都回家吃饭吧，晚上咱们还得活动呢！”

“对，走。”李华一招手，大伙都跟着往外走。

一出校门口，大刚问：“今晚上咱们练什么？”

“带上本，讨论点事。”王平说。

“不练了？”赵文生问。

“练哪。先讨论点事，回家吃饭快点，别晚了。”

“好，就这么着！”几个小伙伴分头向自己家跑去，李华跑到一棵槐树下，还来个投篮动作呢！

王平一进家门，妹妹小红正在做饭。他急忙放下书包，挽起袖子说：“小红，我来。”

“哥哥，今天你们怎么没学习？”

“我们一会儿学。刚才有事了。哎，菜洗了吗？”

“洗了，没做呢。哥哥，饭该端了。”

“好好，我来，我来，你歇会儿吧。”

等到王平的爸爸妈妈回来的时候，饭菜都准备好了。

妈妈放好包，就笑呵呵问：“小平，刚才我碰到刘慧茹，她说你们今天下午开发展会了。是吗？”

“嗯。”

妹妹又惊又喜地摇着王平的胳膊问：“哥哥，你入团啦？”

“嗯。”

妈妈幸福地看了看爸爸。老王美滋滋地点着了一支香烟。

王平说：“爸，咱们快吃饭吧，一会儿，我们还要在咱家开会呢。”

全家高高兴兴地吃了一顿晚饭。

二十一、叔叔讲的故事

吃完晚饭，王平刷锅洗碗。小红擦桌子扫地。

不一会儿，李华他们陆续来了。

妈妈做针线活，爸爸看报纸，妹妹写日记，王平小屋的讨论会也开始了。

问题是由王平提出来的：“今天小组没学习，大家都谈谈自己的看法。”

“噢，闹半天就讨论这个？”李华翻了王平一眼。

“这有什么错？我们都写完作业了！”赵文生直着脖子问。

大刚也说：“我认为没什么错。再说，我们玩的时候，你们那的发展会还没完哪，你不在我们也没法学呀！”

李华接过话：“他倒是对我说了，小红在家，让看完球到小组学习。不过，我想，反正写完作业了。小平又不在，再说，刚学了人家铁营一中的那两手，还不趁热练练？就这么着，我没跟大伙说。只顾玩球了。”他又抓了抓脑袋，接着说：“没想到一玩球，瘾就上来了，一下过了梭。”

“嗨，不就这么一次吗？复习少一次有什么了不起？明儿补上，不就得了！”赵文生说。

大刚又说：“这学习也差不多了，都跟上来了，还那么紧张干啥。”

王平看见范建国没吭声，问：“小国，你说呢？”

范建国放下手中的一本连环画，说：“我不反对今天看球，不过，看完球是应该上小组学习，明天星期日，练球也不迟啊！”

“嘿——你倒挺会唱！打球的时候，你干吗来着？你怎么不早说呢？”李华腾地一下站起来，冲着范建国嚷。

范建国也挺直腰说：“我……我那会没说，谁问我来着？我就这么想的，我没学也不对。”

“哎，哎，别吵。慢慢讲嘛。”王平打手势叫李华坐下。

李华这一嗓子不要紧，王平的爸爸还以为出了什么事，忙开门来到王平的小屋外。站在院子里细听着小屋里的动静。

大刚说：“小平，你也发发言。”

“好，我说说，不一定对。错了，你们再批评我。”王平看了看屋所有的人，然后心平气和地说：“铁营一中校队的打法是要好好学，我也同意这点，可是，我们为什么非占下午学习时间呢？对，学习是可以明天补，那为什么练球不能第二天补呢？实际上大刚那个想法是真实的，就是认为学习差不多了，成绩有了进步，少学一次没关系，对不对？”王平又看了看大家，然后接着说：“我们哪叫什么差不多呀？3 分算什么标准？太低了！我们对待学习应该像对待打球一样，要高标准才对。嘴上说第二天补，我看哪，补学习是假，还不是又补一天打球！”王平这回再看大伙时，只见赵文生正弯腰低头捂着嘴不出声地笑呢，还歪头看李华呢！

“离结束课没多久了，我们还要努力，不能只停留在及格，要努力争取更好的成绩。这次没学习，不仅反映了我们的自觉性不够，而且反映了我们的头脑里有些骄傲自满的东西了。再说，制度是我们制定的，我们不能随便破坏，这些问题不能克服，我们的小组就要走下坡路，期末的学习成绩又全够呛。”王平不说了。

屋里一阵沉默。

大刚开口了：“我没想这么多，听小平这样讲，我承认我不对。”

又一阵沉默。

老王听到这，推门进了屋。

“大叔”，“大叔”，孩子们纷纷站起来。

“坐坐，都坐下。刚才你们的讨论我听到了。来来，我给你们再讲个故事来。”

李华他们哗啦一下都围过来。这次王平也走过去了。

王平的爸爸一手摸着赵文生的头，一手拉着李华的手讲起故事来。

“我们家祖祖辈辈是贫农，家里有两亩薄地。这两亩地碰巧和我们村地主张有三的地挨着。狗地主张有三总想霸占我们的地。”

“有一天，我爷爷我爸爸从地里干活回来，刚走到葫芦沟，就看见对面张有三骑马过来了。张有三的马后边还跟着三四个狗腿子。我爷爷忙拉着我爸爸躲到沟边。心想等地主他们过去了再走。谁想到，万恶的狗地主走近，突然给了马一鞭，那马冲着我爷爷他们奔来。我爷爷一看不好，怕马撞了我爸爸，忙上前去挡。马的前蹄一下踏在我爷爷的胸上。爷爷“啊”的一声倒在地上，鲜血直流，我爸爸那时才十二三岁，吓得直哭。忙去扶爷爷。狗腿子们却哈哈大笑。”

“我爸爸和乡亲们把爷爷抬回家，全家人看到这情景大哭一场，出外打短工的大爷回来后，抄起锄头跑出门，要和张有三拼命。乡亲们也跟着追了上去。地主家的大门关着，骂了半天又砸了半天门，狗腿子才开了门。六七个狗腿子把乡亲们拉下台阶，这时，张有三才走出来，他站在门口说：我是过路的，他们拿着锄头立在路中，马惊，误伤了他。这是药钱！说完，把一块银元朝台阶下扔。我大爷冲上去，被一帮狗腿子给拦住。张有三溜进了门。”

李华他们却悲愤地含着眼泪望着王平的爸爸，李华的拳头攥得紧紧的。

“张有三的大哥在县里做事，打官司也赢不了，只好忍下来，家里卖了半亩地给爷爷治病。三个月后爷爷还是死了。我大爷还有我爸爸对奶奶发誓，一定要为爷爷报仇。”

“那年冬天，张有三的狗腿子给我家送一封公文，说是村公所派的公差，要到大乡送这份公文。我大爷饭都没吃就去送公文了。谁知道，到村公所把公文一交，那人看了看公文哈哈大笑。我大爷正要往回走，就听那人大喊一声：把这小子抓起来！立刻有几个家伙把我大爷捆了起来，我大爷说：我是送公文的公差！凭什么抓我？那人把公文一扬，说：公文上写得明白，送公文的人是我村的壮丁！听见了吗？傻瓜！我大爷气得说不出话来。就这样，我大爷被抓了壮丁。这一去就再也没回来。家里人听乡公所一个做饭的说了这件事。我奶奶气得疯了，不到半年也死了。我爸爸只好卖了剩下的一亩多地上了关东。”

听了这故事，孩子们都哭了。大刚哭得“呜呜”的。

王平的爸爸流着眼泪说：“孩子们，别哭了，要记住这笔账，要发奋读书，学好本领，要接好革命的班哪！”

李华霍地站起来：“王叔叔……我错了！……”

赵文生也站起来：“王叔叔，我们错了！”

王平的爸爸语重心长地说：“孩子们，不是不叫你们打球，是叫你们别只顾打球，还要学习好。没有知识，没有本领，四个现代化是建不成的。”

从那以后，小组的学习和练球抓得更紧了。他们都憋得一股劲儿，一定要争口气！

后来，在全年级课外活动普遍开展的基础上，他们这个小组又吸收了几名同学。就连女生的篮球队也正在酝酿着成立呢！这个秘密是赵文生探听来的。

二十二、真是金钥匙

连续四天的期末考试结束了，学校工作进入了期末扫尾阶段。再过四天就要放寒假了。

这天下午，王平兴高采烈地在小组会宣布："告诉大家个好消息，明天下午三点钟，初二年级篮球队和校篮球队进行友谊比赛！"

"噢！——"小组一齐欢腾！

李华一挥手，上到板凳上喊："喂！听我的！"他瞧着赵文生，接着说："小生子，这回，咱们可得刷刷他们校队啊！"说完，他又瞟了王平一眼。

赵文生急忙说："那可不行。要友谊第一，比赛第二！"

"哈哈哈！"全屋的人都笑了。赵文生捶了李华一拳："噢？你拿我开心哪！"

"哈哈哈！"又是一阵欢笑。整个小屋弥漫着欢乐的气氛。

"对，要友谊第一！"王平紧紧抓住赵文生的手。

小屋里开始研究第二天的战略战术了。那么认真，那么细致，那么聚精会神……

第二天中午，校门口板报栏前又挤满了人。大刚伸着脖子往前看：是下午赛球的通知，落款是"教导处"。大刚忙转身小声告诉赵文生："小生子，这次比赛还是教导处组织的呢！"

"是吗？我看看！"说完，他就往人群里钻。一会又钻了出来，撇着嘴对大刚说："真的哩，没想到！"

这时，听见一个学生说："好哇，初二年级篮球队闷了半学期，这回又露头啦！"

另一个学生说："那次输得够惨，这回可别……"

没等这人说完，又一个学生插嘴："这初二年级篮球队都有谁呀？听说没有？"

没有一个人回答。

"嘿，管他谁呢？想赢校队可不易！人家不好能是校队！年级篮球队还想和校队比高低？那还不是小菜一盘！"

赵文生一听这个，那肝火，一下子冲到天灵盖。要不是大刚拉走他，他非和那个同学争论争论不可！

“铃……”上课铃响了，同学们呼啦一下全跑了。

一下第二节课，同学们纷纷向后操场跑去。

刘慧茹她们那些女生都挤到记分板周围。同学们把篮球场围了个水泄不通。有的同学东奔西跑希望找好地方，有的不知从哪捡来半块砖垫在脚下，要不是老师们制止，有的同学竟要上树，或上旁边的篮球架呢！有的同学个小，没办法，只好跑到学校后门那个土堆上远远的观阵。还有的同学上了老师宿舍的窗台！不知谁嚷了一声：“那楼顶上还有观阵的呢!”

人们不约而同地扭过头，看了看校外红楼楼顶，好家伙，那上边还真有不少呢！赵文生拉了拉李华说：“哎，看见没有，楼顶上那个指手画脚的不是你弟弟吗？

李华往楼顶上一看，急了：“哎，这小子，他怎么跑那上面看去了!”

一是快放假了，没事干，二是人们都想看看这初二年级队到底能不能打翻身仗，(因为期中考试后的那场比赛，不少人还记忆犹新呢!）所以，今天来观阵的人特别多，不少看完卷子的老师也来了。

练了十分钟后，“嘟——运动员退场”这回体育宋老师亲自当裁判。

球场上的人都退场了。双方队员各围一圈，商量上场人员。这次校队的场外教练是马老师。李华他们的外场指导还是赵老师。

“嘟——运动员入场!”

校队的一色大蓝色运动服，白网球鞋。李华他们一色紫运动衣，学生蓝裤，蓝运动鞋，一声令下，跑步入场。

顿时，全场精神大振。

随着“发展体育运动，增长人民体质!”的口号声，双方运动员跑步上前互相亲切握手，然后各就各位。

“嘟——”又是一声哨子，“跳球”！比赛开始了。

球被李华拨给了王平。王平运球、对方来抢。王平将球传给赵文生。小生子低运球，做上篮假动作。在对方盖球的一瞬间，他转身把球打给外围的李华。李华运球过人，刚要跳起投篮，一看形势不妙，转身又传给王平。王平过人，跳起，转身投篮。好，命中一球！场上响起一阵暴风雨般的掌声。

校队发球。②号高运球至中场。李华他们采取区域联防，五个人各防一区，互相配合。五个人弯腰，屈腿，两臂张开，忽上忽下，忽左忽右。即前又后，十分灵活。全场观众无不惊叹 。

校队的②号看防守严密，只好将球传给至右前锋，右前锋看无空可钻，又将球传回中锋。李军猛上前抢，②号将球传给后卫，自己切入前场。校队后卫又将球传给本队左前锋⑤号，③号运球过人，刚要上篮大刚张臂拦住。⑥号将球传向②号。说时迟，那时快，赵文生猛蹿过去，截住球。李华他们一看小生子抓住球，拼命奔向前场。赵文生随即将球传给王平，王平一个长传给李华，随后自己跑上去掩护李华，李华运球过人，转身上篮。好，又中一球，观众掌声雷动。初二年级队旗开得胜，连胜两球，观众一片喝彩声，人们个个精神抖擞，不少人交头接耳，指手画脚……

一会儿，校队也进一球。观众为双方进球鼓掌，球场上喝彩声，鼓掌声，欢呼声一阵又一阵。

王平的中距离投篮，李华的切入上篮，赵文生的假动作，激起观众一阵阵的喝彩声。

场上的比分角逐着：4：2、6：4、10：6、14：10……这场球真是攻得勇猛，守得顽强。就连那些不爱运动的老教师们，也互相拉着扶着来到后操场，有的老师没看完试卷，也跑出宿舍，踮起脚，伸着脖子观看！

这个匿名两个多月的初二篮球队，以它精彩的球技使不少观众惊叹不已。就连宋老师都心里叫好！

上半场以32：26的比分结束了。初二年级篮球队领先。

一下场，观众把李华他们围了里三层外三层。许多鼓励的话语向他们耳朵灌来。

赵文生洋洋得意地说："今天还算打出了水平！"

大刚说："再加强一下摘篮板球就好了。"

赵文生提醒说："披着点衣服，别冻着。"

建国说："小平呢？"

大家四周看了看。不知哪个同学说："他和校队说话呢。"

李华说："小生子，去，把王平叫来，咱们再商量一下。"

一会儿，王平跟着赵文生挤进了人群。

李华问："你干吗去了？"

王平回答："我和他们说了会话。"

"下半场怎么办？"李华又问。

王平看了看赵老师。赵老师看了看正在练球的预备队员又向王平点了点头。意思是说：说吧，王平。

王平说："下半场是不是换换人？你们说呢？"

"换人？那……"赵文生没说出口。

王平知道赵文生的意思，他是怕换人输球，于是说："校队换了几次人，咱们一个没换。这怎么行？一是体力，二是都见见阵势吗！”

李华说：“我也有这个想法。明明他们也应该上上场，人家即是年级篮球队的，就不能只是挂名的。下半场我下，让他们上。”

“我也下。”大刚接着说。

范建国也要不上场。

王平说：“别都下呀，那不行。我建议我和李华、小生子下，让你们上，打会儿再换，怎么样？”

李华说：“行，就这么着吧，一下就都换成新人也不行。赵老师，您说呢？”赵老师看了看大家，点了点头。下半场开始了。

观众一看初二的换了新人，都替他们捏了把汗。校队也换了人，不过他们老换人，不新鲜。

可是，下半场的比分眼看着不利于初二的了，这正是校队听了王平的建议，加强配合的原因。

还剩十分钟的时候，双方都要求换人。这时比分是46∶48。校队胜一球。

双方都换了主力队员。谁赢谁输，就看这十分钟的了，这可是以硬对硬，棋逢对手，将遇良才。

十分钟的激战，双方比分急剧上升。50∶52、56∶56、58∶60、60∶62……

观众的心情激动得很，一双双眼睛跟着球忽东忽西，忽上忽下，一会儿是喝彩声，一会儿又是叹息声。刘慧茹两眼一个劲地瞧记分板，她的心都快跳出嗓子眼了。

还有半分钟，校队还胜一分，为了保持胜利，校队开始采取守势，抓住球磨时间。

赵文生急出一头大汗，心说，磨时间算什么本事！由于李华勇猛断球，校队把球打到场外。

李华马上跑去，场外发球。可是，时间已经没多少了。最后三分钟的提醒过了。眼看就要到时。双方一发球，双方都很紧张。

李华用力将球传给王平，王平一看宋老师要拿哨，说时迟，那时快，王平在离球篮将近小半场的地方，奋起投篮。“嘟——”随着哨声，那球破网而入。全场轰动，欢呼声，跳跃，掌声响成一片。不知是谁，把帽子都扔上了天。

宋老师点点头，打着手势，表示算分。

记分板上的最后比分是64∶63，初二年级篮球队胜校队1分！

双方队员热烈握手，拥抱在一起……

二十三、结业式后

结业式完毕了。

李华他们满脸笑容来找王平。伙伴们互相传阅着彼此的记分册，庆贺，跳跃，皆大欢喜。李华的英语居然得了七十一分！

赵老师送同学们走出了校门。

同学们纷纷向赵宏义老师挥手："再见，赵老师！""赵老师，再见！"

赵老师左手摸着夹在腋窝下的书本，立在校门外，直直的，高高的，那有些花白的鬓发，在寒风中颤动着，紫边近视镜后面一双深邃的眼睛，闪着幸福、温存的光。

"再见！同学们！再见！祝你们过个愉快的寒假！"赵老师招手回答着，像是对李华他们，又像是对所有的同学。他那挥动的右手，仿佛握着一把万能的金钥匙。不是吗？正是这把无形金钥匙，二十多年来，它打开了多少宝库上的那些失灵的锁啊！有学生、有同志，有家长……

第四部分 04

剧　本

独幕剧

《修车》

人物

修车人：中年男子 五十多岁

男青年：二十八岁

女青年：二十五岁

道具

一辆装有修车工具的小三轮车

（气筒、脸盆、二八外带、内胎、酒瓶）

一辆二八自行车

一辆二六女车

场景

北方五月下旬的一个早晨，城郊一个小十字路口。

启幕

（修车人骑着小三轮车来到十字路口）

修车人：（下车安排好修车工具，面向观众）

邻居老王问我，别人修自行车，一天也就七八十块，你怎么一天能挣二百多块呀？

（神秘地笑着）这里有学问！见过钓鱼的吗？有人一天钓不着几条，有的人哪，半天能钓二三十斤！同是钓鱼的，本领不一样！首先，是什么季节钓什么鱼，鱼食不一样；其次，是什么水层钓什么鱼，钓钩下的深度不一样；最后是选择钓鱼的站位不一样。俗话说一步差三市哟！还有一个秘密，就是不打窝子不招鱼！

这修车也一样，虽然干事不同，道理是一样的！今天我这站位怎么样？城乡接合部的小十字路口，没什么汽车，东西南北骑车的人肯定不少！买卖大大的！

今天就让大家观摩一下我的工作！

咱今天也先打下窝子，不愁不上鱼！

（从车里拿出几个玻璃酒瓶，向观众晃了晃）向某一方走去。

（不一会儿，断断续续听到摔瓶子的声音。修车人再次上场）

修车人：窝子打好了，万事俱备、守株待兔！

（坐在小椅子上，听起半导体里的说书的）

（一个男青年，推着自行车上场）

男青年：这是哪个缺德鬼呀，把酒瓶子摔在路上！把我的车带扎了！口子还不小，还有十多里路哪。上班非得迟到！

前面像是个修车的，我去问问！

同志，您修车？

修车人：怎么啦，小伙子？

男青年：车带扎了。

修车人：过来，我看看。（站起来，关了半导体，去接车）嘿，这口子不小呀，怎么弄的？

男青年：不知是哪个混蛋，喝醉了，把酒瓶子摔在路上，这不是害人吗？上班迟到还得扣奖金！

修车人：这外带可没法补，得换新的，内胎能补，不过这么大口子，补上也难保证一点气不漏，这还不如换条新的。

男青年：外带多少钱一条？

修车人：四十五块一条。

男青年：啊？这么贵？

修车人：这还贵？过去一辆自行车一百多块，现在嘛，儿童小车都二百多啦！一辆自行车都是几百块，好的上千哪！车都贵了，车带能不贵点吗？打气还2块呢？

男青年：内胎呢？

修车人：20一条。修不修？

男青年：修吧，就这一家！

（修车人扒带，换带，打气，修好车）

修车人：一共七十五！

男青年：四十五加二十，六十五元哪。

修车人：我这扒带、打气、装带的，白干哪？不收点加工费呀？我还优惠你了呢？打气的两块钱没收你的！你们年轻人哪，一个月不是几千吗，几十块钱在你们眼里还算钱？毛毛雨的干活！

男青年：得，我也不跟你贫了，奖金比这多。给你！（下场）

修车人：（一边收好钱，一边面向观众）怎么样，大清早的，都赶着上班，谁还跟你计较这几块钱？要是碰上退休的老头，老太太，可不行，一分钱都要掰成两半花，见他们，躲远远的！瞧，又来买卖啦！

（一个穿着入时的女青年，推着自行车，匆匆上场）

女青年：越说今天有急事吧，越出事！经理让我今天早去会儿，有任务，这可好，车带又扎了，真倒霉！师傅，修车！

修车人：车怎么啦，姑娘？

女青年：刚才那边有一大片碎玻璃，我还小心从旁边过，结果还是扎了，您给补补。快点，我今天有急事。

（修车人一边接过车，一边上下打量着那姑娘）

修车人：您这车够新的，多少钱买的？

女青年：快两千啦，才买一个多月。

修车人：那还不买个电动车，买这个干什么？

女青年：有汽车，每周有一天限行，骑车一天也为锻炼身体，整天坐办公室，眼、腿都不行，这不，有几个同志，利用周日假日，一起骑车野游，方便。

修车人：在什么部门上班哪？

女青年：一个合资的科研所。

修车人：那挣钱不少吧？现在国家重视科技人员，我们有个亲戚，女儿刚毕业，学会计的，是什么金融公司上班，一去就八千多工资！一年后，每月一万多块，比当年毛主席的工资多多啦！

女青年：时代不一样了，物价也不一样了，哪还像过去一样，我爸当年大学毕业，一月才四十几元。

修车人：你这内胎怎么这么多破洞？

女青年：是吗？我看看。（急忙过去，看水盆里的内胎）

修车人：瞧，一个、两个、三个、四个、五个。

女青年：啊，这么多！

修车人：这不，一个冒气泡点，就是一个破洞，你再重看一遍。一个、两个、三个、四个、五个，怎么样？

没错吧？我这大岁数了，还能骗你！要不，你自己查好了。

女青年：你这盆里的水不干净，还是您来吧。五个就五个吧，多少钱。

修车人：一个五块，五个二十五块。

女青年：啊，这么贵？能少点吗？师傅。

修车人：我这就没多收，一个眼五元，哪都是这个价。

女青年：这也不知是哪个混蛋干的坏事，他不得好死！赶紧给我安上吧。（说着，掏钱）

修车人：准是个酒鬼干的！现在什么同学聚会啦、朋友聚会啦、同乡聚会啦，哪有不喝酒的？喝醉了，什么都干得出来，摔酒瓶还是轻的呢！二十五块！

女青年：给。今天限行，真误事！（下场）

修车人：一个内胎二十元，五个洞，二十五元，怎么样，这就是水平！（哼起小调）又来买卖了！快看！

（一男一女各推一辆自行车上场）

男青年：好像就是这个人。

女青年：可找到了，他出摊还真早。

（两人来到车摊前）

修车人：怎么着，车哪坏了？

男青年：（拿出一张照片）这个人你认识吗？

修车人：（拿过来一看愣住了）你们是什么人？

女青年：我们是警察。找你多日了。（拿出警证）

修车人：我怎么啦？我没干违法的事呀？

男青年：你做的事，自己还不知道？跟我们走一趟吧，赶快收拾家伙。

女青年：把水盆倒了。

（修车人倒盆，一个图钉滚出来。女青年捡起那个图钉）

女青年：（举着图钉）这是什么？

（修车人低下头，去收拾工具）

三人下场。

落幕

2014年于北京

话剧《大夫病了》

减少空气排污，天空就清新了；

减少水中排污，江河就清澈了；

减少社会中丑恶现象，社会就和谐了。

让那些不和谐的音符从美丽的乐曲中划掉吧，乐曲将更加美妙。

医生病了（四幕话剧）

人物

张文景——某医院内科主任　五十二岁

李浩——某医院内科大夫　二十八岁

刘振元——某医院内科大夫　二十五岁

陈志宇——某医院胸科主任　五十岁

护士甲

护士乙

李菊——铁路工人　28岁

金姨——某中学教师　45岁

吴玉梅——个体户　24岁

王军——铁路工人李菊之夫　28岁

孙明哲——某中学教师金姨之夫　48岁

赵永刚——个体户吴玉梅之夫　25岁

黄老太太——退休干部　68岁

小苗——医药代表　25岁

病人家属等——黄老太太的小叔子，两个外地老乡

景

七月底的此景

城南的某所医院

第一幕

景：

一个门诊大厅，正面是一个药房，有3个人排队拿药。右边有一个挂号处，有5个人排队挂号，大个李菊在其中。左边有个住院处，有一个在办住院手续。启幕

护士甲（上场：一边走，一边掏钱，直奔挂号处窗口）李姐，给我拿个号！内科的。

群众：你怎么不排队呀？

护士甲：就这么几个人，一会儿不就到了?!

群众：就这么几个人。你还不排队？

护士甲：我是这个医院的！

群众：你是这个医院的，就更应当带头排队！

护士甲：（拿出号，非常得意）老老实实排你的队吧！（扬长而去）

群众甲：当个护士就这么搞特权，她要是当个局长什么的，那还了得！

李菊：奥运会都开完了，咋也没改了这位护士小姐不排队的恶习呀！（挂号处有来有往的）

（药房那边有位患者手拎着一大包药往外走，走到台前，把药包提得老高，面对观众）

病人甲：好家伙，一个咳嗽，给了两百多块钱的药！当饭哪！？

（从左边下场）

（药房又过来一个老大爷，左手拎着一大包药，右手也拎着一大包药，一边走一边左右手看看，走到台前，把右手的药包拎得老高，面对观众）

病人乙：照这样看三次病，我都快能开药店啦！

（从左边下场）

（两个乡下模样的中年男子急匆匆跑上场，左右张望着，一个用手指着住院处，两人小跑过去）

群众甲：大夫，住院，办手续！

护士：医生的条呢？

群众甲：给，这哪。

护士：交五千元押金。

群众甲：（非常惊讶）五千元！这么贵？！能不能少点？

护士：（不耐烦）这是国家医院，不是个体游医！不能讨价还价，说五千就五千，少一分也不行！

群众甲：（为难地看看同伴）这可咋办？钱不够哇！

群众乙：老哥，我这就剩四百块了，都给你吧。（忙从内衣里摸出一个布包，打开好多层，把钱递给群众甲）

群众甲：（接过钱，仍然无奈地对同伴说）还是不够，还差八百呀！（转身乞求护士）大夫，还差八百，先让老爷子住进去，我马上回去找钱去，行不？

护士：不行，不交齐押金，不能住院，这是医院的规定，谁也不能破这规矩！

群众甲：你就可怜可怜我们乡下人，你们也学习学习人家白求恩，人家不远万里来到中国，为中国人治病哪，你们可好，老爷子还是中国人哪，摔得这么厉害，肯定骨折了，躺在急诊的走廊里，我们又不是不给钱，你先让我们住进去看病，我回去拿钱去，有什么不行的？

护士：别说白求恩不白求恩的，现在没有白求恩，交钱住院，不交齐钱，住不了，我也没办法。

群众乙：老哥，别跟她瞎扯了，这丫头片子看没看过老三篇还不一定呢，跟她说什么白求恩哪！咱赶紧回去凑钱去吧！（两人匆匆忙忙下场）

李菊：（一边上场一边自语）怎么成了住院啦？！（走到住院处）大夫，我办住院手续。

护士：医生的单子，准备五千元押金。

李菊：啊——五千元？！人家北大医院说我这是门诊手术，三百元。

护士：那你上北大医院看去呀！

李菊：人家大夫说我家住南郊，离北大医院太远，换药不方便，建议我上一家附近的医院，我家离你们医院近，所以来这了。这可好，门诊变成住院，三百成五千！

护士：这说明我们这对你负责。你到底怎么啦？

李菊：小腿上长了个小瘤子。

护士：怪不得大夫让你住院，腿上长了瘤子还不住院？当然得住院啦！

李菊：那北大医院的大夫说是门诊小手术？

护士：他们是糊弄你哪，怕你交不起住院费。给你打发走啦！

李菊：我是公费医疗，有什么交不起的！

护士：你是公费，还怕什么，大夫叫你住院。你就住院呗！又不花你的钱！

李菊：人家市级医院的大夫说是门诊手术。你们医院非叫住院，听谁的对呀？

护士：当然我们的对！你想，瘤子长在肉里，谁是透视眼能看到肉里？不得住院好好检查？谁能隔着肉就断定是良性瘤还是恶性瘤？这开刀可不是闹着玩的。万一不是良性的，瞎开刀，谁负得起责任！你就听我的吧。赶快交钱。早手术，早好。

李菊：我就带了一千五，认为小手术用不了多少钱。我哪知道一住院押金就得五千呀！没带那么钱，我得回去取钱去（转身，匆匆下场）

（那俩老乡匆匆跑上场，到住院处交住院押金）

群众甲：病房往哪边去啊？

护士：（从窗户伸出手往左边一指）往前，有电梯，三楼308号病房，到三楼找那的护士。

(两个老乡匆匆跑下场)

(不一会儿，两个老乡又从左边跑上场)

群众甲：大夫，我们不住院了，退钱！

护士：你们玩哪？一会住，一会不住？

群众乙：我们把老爷子送进病房，找护士找大夫，护士说大夫下班了，今天做不了手术，我们问大夫啥时候能来，护士说，今天是星期五，两天后星期一才能上班动手术。我们老爷子的病能等两天吗？半天也不行啊！你们不能治还让我们住院？这不是坑人嘛！退钱！我们上别处看去！

护士：谁说我们不能治？当然能治！不过医生下班了，我也没办法。

群众甲：(非常急切）退钱！退钱！老爷子这是骨折！八十岁的人了，这不是要他的命嘛！快退钱。

护士：退钱我可办不了。

群众甲：刚交给你的钱，就在你抽屉里怎么不能退？

护士：我只有权收钱，没权决定退钱。

群众甲：你收的钱，你不退，谁退，交款条在这，有你的签名！(用手指着收款条)

护士：我收的款，我签的名，不假，我承认，但是，退钱要有医生签条，没有医生签条我怎么退？！

群众甲：那你找医生签条去！

护士：你刚住院，医生还没看呢，还不知道是哪个医生看哪，我找谁去？再说手术还没做哪！

群众甲：没有手术大夫，你们让我们住院！钱是你收的，就得找你要！哪有你们这样的？收钱挺痛快，退钱这么难，你们快成了老虎机啦！只吞钱！不退钱！你不是办不了吗？我找你领导！

护士：领导？领导下班更早！早走啦！今天是星期五知道不？周六周日休息！

群众乙：告诉我们你们领导家的电话，手机也行！

护士：我不知道领导家的电话，手机更不知道。

群众甲：这不知道，那不知道，你都知道什么？

护士：就知道收钱。你们不会先到别的医院看，星期一再来这退钱来。

群众甲：你不退钱，我们拿什么到别的医院去看病！这五千，那又得五千，我们哪来那么多钱？你当我们是大款哪！

群众乙：得了，我说大姐！大姨！行了吧，你行行好，把钱退给我们，我们忘不了你！

护士：我刚二十三，你都四十多了，我可当不了你的大姐，大姨。这是医院的规矩，我也没办法，你们总不能让我犯错误吧，回头领导批评我，影响我奖金是小事，影响我调级怎么办？

群众甲：你气死我啦！你这小丫头片子，我非揍你不可！（说着就要挥拳打，群众乙忙上前拦着，往外拉他）

落幕

第二幕

地点：内科主任室

场景：门外有内科主任室牌子。

室内有两个写字台对着，墙上有一个看片子的灯箱正面观众。有两个沙发椅。几个靠椅在一进门处放着，对面有个文件柜，文件柜旁有个衣架。

启幕

一个年轻人和一个中年大夫上场。

两人边走，边聊着什么。

年轻人：（穿着入时，三十五岁）大夫，我父亲这辈子不容易，七十多岁了，身体不大好，这都是年轻时当兵落的病根，新中国成立前十五岁就参加解放军了。我们希望请个技术高点的大夫给我父亲做手术。听说现在的规矩是送红包，没问题，我能理解。只是没经历过，不知送多少合适。

张文景：你们哥几个呀？

年轻人：三个，一个姐姐，一个哥哥，我最小。

张文景：你在哪工作呀？

年轻人：松下电子。

张文景：外企，好单位。听说那的工资待遇挺好。（两人进办公室，张文景坐下，年轻人站着）

年轻人：还行。咱们医院送红包啥规矩？

张文景：没啥规矩，要说啊，上级不让送红包，你说也是，这病人家属非得送，不收吧，好像就是不想对病人认真负责似的，人家也是真心的，一片诚意嘛。大夫也为难。

年轻人：理解，理解。双方都是为病人好嘛。

张文景：你还真理解我们，谢谢。说实在的，这送红包，真没有什么规矩，病人情况不一样，每个病人的家境也不一样。这么说吧，下岗的一般每人五百。

年轻人：做手术一共几个人哪？

张文景：最少也要四个人，一个主刀，一个助手，一个麻醉师，一个护士。

年轻人：噢——下岗的，每人五百，4 个人……两千

张文景：你们自己定，不过，你们老爷子的手术是大手术，有一定的危险性，是良性的还是恶性的，要手术后再做切片。

年轻人：（非常坚定）那我们出一万红包，一箱可乐，一箱伊利纯奶，手术后，烤鸭店吃饭。行不？

张文景：我跟他们几个说说，先好好准备吧，吃饭不吃饭的再说吧。手术初步定在后天上午 8：00，如果明天可以，就明天上午，因为明上午那个手术还没最后定，今天下班前，咱们再通一次电话。你们也回去准备吧。（送走年轻人，坐下看文件）

年轻人：谢谢，谢谢！（转身走出办公室，走到台前面对观众）这哪是白衣天使啊？简直是劫道的！（下场）

（一个中年大夫，两个青年大夫说笑着上场，走进办公室）

张文景：陈主任，您都来啦，好，好，坐，坐。（陈志宇坐在张文景对面的沙发椅上，刘振元拿一把靠背椅坐下）

张文景：今天咱们定一下 207 室 1 号床的手术方案。

陈志宇：老张，李浩哪？

张文景：别等他啦，这些天他都忙爪啦！

陈志宇：怎么啦？

刘振元：股票呗！本想进股市挣钱买房子，这回呀，别说买房子了，都快卖房子出股市啦！

（李浩匆匆跑上场，边跑，边系白大褂，推门就进办公室）

李浩：刚开会吧？

张文景：来的挺巧，刚要开，快坐下吧，还以为你今天来不了呢！

李浩：哪能不来呢？得来呀。（愁眉不展地坐下）

刘振元：李哥，今天怎么样啊？

李浩：别提啦！开盘就跌！一片绿啊！跌停十多个！（突然来了精神劲，手舞足蹈）中国的经济学家都是江湖骗子！我这人本来不信股票，这么多年都没买过一张股票，去年股市疯涨，从 1500 点一直窜到 4500 点，我都没动心，到了 5000 点时，咱们的那位有名的经济学家作家报告，说中国的股市要涨到 10000 点以上，5000 点时再不入市，就享受不到改革开放以来取得的成果了，我也想享受到改革开放以来的成果呀！在那些经济学家的煽呼下，千军万马进股市，

我也左借钱，右借钱，弄了好几万，就等着到 10000 点时一卖，闹个几十万，买房子娶老婆呢！可谁想到没几个月，从 6300 点一路下滑到如今的 1850 点了！股市从天堂一下子掉到了粪坑里！借的八万块，赔了个精光，就剩下我那几千块了，我怎么赔人家呀！都是亲戚朋友，闹不好，我得卖我老爸房还钱哪！这真像人家说的，股市就是鬼市，到处都是各种各样的大鬼小鬼。一个个笑着进去，哭着出来！打着饱嗝进去的，饿昏了头出来！想投资进去的，想投河出来！

陈志宇：小李，股市本来就是赌博，输赢都是碰运气！听说中国股民有一个亿呢，有那么多人跟你陪绑，你愁什么？日子照样过，明天，太阳照样从东边升起来。

李浩：你说的轻巧，这可是八万块真金白银哪！说没就没了，我怎么赔人家呀！总不能真卖了我老爸的房，让我老爸老妈住马路啊！

刘振元：李哥，别怕，说不定哪天又窜上 10000 点呢！那你不就发大财啦！

李浩：我发屁财吧！不跳楼就是好事！

陈志宇：小李，我爱人还赔了十多万呢！你赔的算少的，赔几百万的都有，有的公司一赔就是几个亿！谁也别怨，要怨就怨美国！美国今年吹个泡泡弄得全世界跟着团团转。明年又吹个泡泡，哄得大伙团团转，一会儿这个泡泡吹破了，全世界都跟着倒霉，一会儿那个泡泡又吹破了，大伙又跟着危机。听说这次美国次贷的泡泡吹破后，金融风暴共造成全世界损失了四十万亿美元哪！

张文景：嗨——，话题别扯得太远啦！咱们这再谈也救不了市，小布什也听不见，他也受不了教育，证监会也不听咱们的。还是说咱们的事吧。

陈志宇：张主任，207 号 1 床的病情不是会诊过了吗？确诊是肺癌，已经转移到膀胱，属于晚期了。

（此时，一干部服装的老年妇人上场。东张西望，来到办公室门外，看看牌子，然后侧耳听房里的说话）

张文景：（慢条斯理）这是个离休干部，花多少钱都是国家报销，七十多岁了，又是晚期，成功率不高，有一定风险 ，不过病人精神状态还不错。大概他本人还不知道病情。

李浩：主任，这次无论如何得让我上，得救救我呀！前些日子股市闹得我一次手术也没参加，听说最近红包都涨钱了。

张文景：看你说的什么话，小李！科里会考虑你的情况，老陈，你上还是我上？

陈志宇：老张，上边归你。下面给我留着就行了。麻醉师我看让老魏吧，还是她有经验。让李浩给你当助手，小刘回头帮我。

（门外的老太太狠狠地瞪了门一眼气冲冲地下场了）

张文景：老陈。205 房 3 号床那个肾结石的，坚持去友谊医院检查，要不就让她去，但是手术一事不能答应她去友谊。咱这能做的手术，不能转院，她是咱们这儿的合同。2 号床，明天刘教授来会诊时要重点让他看看 2 号床，看到底是有盲肠的事还是阑尾的事。小刘，通知 307 房明天手术……

（黄老太太带着一个中年人上场，径直去敲办公室的门）

张文景：请进。

黄老太太：张主任，手术我们不做了。

张文景：（一愣）怎么啦，都安排了。

黄老太太：我们小叔子要了解了解情况，他刚从外地回北京，一听说他哥哥明天手术，这不马上赶来了。

张文景：（看看那个中年男人，又看看开会的人）会就开到这，各自安排吧，别误了事，我接待他们一下。

（其他几个大夫都下场了）

黄老太太的小叔子：我想问问我哥病的情况，到底怎么啦？

张文景：你们都坐，都坐。你哥的病很重，根据检查的结果看，是肺癌晚期，已经扩散到膀胱了，必须尽快手术。计划明天上午 8：00 手术，已经通知家属了。

黄老太太的小叔子：什么时候发现的？

张文景：2 个月前他们干部体检发现的，确诊是十天前，我们还邀请了刘教授会诊。

黄老太太的小叔子：大夫，现在是北京的七月底，正是北京最热的时候，能不能等到九十月份再手术啊？那时候是手术的黄金季节。

张文景：你是学医的吗？

黄老太太的小叔子：不是。

张文景：你哥的病很重已是晚期，现在手术都是晚了，因为他是离休干部，又是我们这的合同医院我才收他住院的，要不然，我们是不会收他住院的。这病能等两月吗？别说两月，就是再晚来两星期，我们都不一定收了。

黄老太太的小叔子：我不是学医的，可我们家有学医的，我表姐八年前就是北京一家市级医院的内科主任医师，现在到英国开医院去了。我表哥是一九五六年上海医学院的毕业生，也是主任医师。我们对医学不是一点不懂。另外，我哥在我们家是重点保护对象，我父母不在了，他是我们这一代人中的老大，十二岁就跟着共产党闹革命，这辈子不易呀！哪能说开刀就开刀呢？买个萝卜白菜还得货比三家呢，何况是给一个人开刀。

张文景：虽然我们不是市级医院，但是我们请市级医院的刘教授每周到我们医院来会诊，重大手术可请他做，刘教授是内科专家。

黄老太太的小叔子：你们是肿瘤专科医院吗？刘教授是肿瘤专家吗？刘教授所在的医院也不是肿瘤医院，所以，你们同刘教授关于肿瘤病的诊断与治疗怎么能和北京市肿瘤医院比呢？人家每年要做几万例肿瘤手术，你们不过几十例。所以，我们必须再去北京肿瘤医院检查一次，然后再决定怎么治疗。

张文景：（把目光转向黄老太太）您都签了字了，这个家谁说了算呀？

黄老太太：（非常坚定）这个家我们小叔子说了算！

张文景：（无奈看着黄老太太的小叔子）那你看着办吧。

黄老太太的小叔子：我们今天就出院。

张文景：今天出院行，手续可办不了，我马上有手术，明天也有一个大手术。你们……你们后天来吧，后天我有时间，反正你们也是公费。

黄老太太：我们还是留人等你吧，等你手术完了。

张文景：这手术时间可没有准，这要看手术进行的情况，两三小时是它，半天一天也是它，你们非要等也行，到外面去等，办公室不行。

黄老太太：那好，我留人外面等。（黄老太太与她小叔子下场。张文景，关门，转身拍了拍自己的头，坐回到办公室前，翻阅材料）

（小苗背着挎包上场，东张西望一下，来到办公室前敲门）

张文景：请进。

小苗：张主任，你好哇！哟，还真忙啊！

张文景：噢——小苗啊，快进，快进！我给你泡茶呢？还是喝点冷饮？（起身）

小苗：什么都不用，我带着矿泉水呢，哎，张主任我今天给你带来了一件好东西，是个稀罕物（神秘地从挎包里拿出一个精致的小盒放到张文景桌上）这是酒具极品，出口的，你看看。（张文景拿起来仔细端详着，然后又打开盒子，拿出一个透明爵看了又看）

小苗：张主任，多精致，水晶做的，1千多块哪！这叫水晶爵！还是专利产品哪。朋友来了，拿着这家伙喝酒，什么派头?！怎么样，送你的。

张文景：送我的？那谢谢你啦。（反复欣赏着水晶爵，还做着喝酒的样子）

小苗：张主任，先收起那东西，我再告诉你个好消息。（张主任把东西收进了文件柜里）

张文景：什么好消息？

小苗：告诉你吧，我们厂子也能生产外国进口药啦！

张文景：你们厂子生产进口药？

小苗：那可不！我们公司合资啦，外国人投资了三千万美元呢，我们厂生产的新产品叫“OK 都灵”！

张文景：你们生产的，那叫国产药，外国进口的，才叫进口药呢！

小苗：嘿——，你老土冒了吧！我们生产后先出口，在国外转一圈又进来了，名字全成了外国字，又进国内了。这不叫进口药，叫什么？

张文景：拿来，我瞧瞧。（小苗从挎包里拿出几盒药，张主任拆开盒，仔细看了看）这不就是小檗碱嘛！

小苗：什么小檗碱？！小檗碱什么颜色？这个什么颜色？小檗碱是铁饼似的形状，这是圆柱形的形状。这是小檗碱原料的二分之一，小檗碱叫小檗碱，这叫“OK 都灵”！怎么能是一样呢？！

张文景：你们这是干什么啊？

小苗：干什么？小檗碱几分钱一片，量还大，“OK 都灵”，用量二分之一，九块钱一片！几百倍！他妈的，外国人就是比咱们中国人鬼，要不然怎么叫洋鬼子呢！

张文景：别提他们了，他们也是鬼过头了，这次金融风暴，还不是由美国引起的？把全世界都坑进去了！弄得我股市赔十八万哪！

小苗：啊——你还会赔？真没想到。不过，赔的人多啦，玩股票，十个有九个半是赔的。就连大户老板们都赔得一塌糊涂，有的公司一赔就是几个亿呀！有的人是杨百万进去，杨白劳出来！开着奔驰进去，骑自行车出来！

张文景：别提啦，倒霉透啦！哎——这个月我能拿多少回扣？

小苗：八千多，我今儿给你带来了。（从挎包里往外掏钱，递给张文景）你再数数。（张主任没数，把钱收柜子里）

张文景：不数了，每次都不错。这次肯定也不会错。

小苗：张主任。我们经理说了，这次进“OK 都灵”，回扣比例比以往翻一倍。下个月你的回扣就不止八千啦！

张文景：小檗碱能用多少？现在人们都讲卫生了，谁还老得肠炎哪！你“OK 都灵”了半天，不就是小檗碱嘛！

小苗：瞧！瞧！你木了吧？谁知道这是小檗碱？名字不一样，形状不样，颜色不一样，再说还有 0.1% 别的成分呢！怎么也不能说是小檗碱呀！张主任，你这脑袋呀也就看病，做买卖可不行。

张文景：小苗，我还有点难事，你看怎么帮帮我。

小苗：什么事？您说。

张文景：我爱人看人家买大房子，她也非要买，说孩子大了，要结婚，不能和我们住一块，不然不方便，孩子能挣多少钱，买房子还不都是我出钱，一下七十万元，还贷了款，这又要装修，哪来那么多钱啊！我又不是印钞的，真有点难。

小苗：多大的房子？

张文景：一百三十平方米。

小苗：装修什么标准？

张文景：不能张扬，也不能太寒酸了，起码同志们去，能过得去！

小苗：这么着吧，我们那四种药，每月你多进20% “OK都灵”，每月进五万的，再给你的几个同学说说，让他们也进我厂的药，这装修的事包在我身上了。

张文景：（先抓了抓头，一狠心）就这样，你可嘴严点，别乱说去。就这么定吧。多谢。

小苗：那我就走了，还有两个医院呢！

（下场）

（一对中年男女急匆匆上场，直接办公室敲门）

张文景：请进。

病人家属：张主任，我们今天又来找您了，明明是因为你们打针造成我孩子屁股深度感染的；现在屁股肿得连腿都走不了路，你昨天还不承认。

张文景：昨天不是给你们解释了吗？打的针是青霉素，青霉素本身就是杀菌的，如果真是针头不干净有点细菌，那么多青霉素，几个细菌还活的了？肯定杀死。

病人家属：得了，张主任，你别欺负我们不懂医了，我们咨询了一个医学专家，人家说，青霉素不是万能的，不能杀死所有病毒细菌，只能杀死某些病菌，如果青霉素能杀死所有的病菌，还要氯霉素、黄霉素 、红霉素干什么？我们孩子是因为感冒来的医院，你们给屁股上打的青霉素，半天，屁股就红肿，脚就走不了路，不找你们找谁？！您也别糊弄我们了，你说怎么解决吧？

张文景：先治病，我开条，先住院治疗，别耽误了，至于怎么解决，既然你们坚持自己的意见，只好找院部了，我解决不了，院长在三楼，312室。

病人家属：行，我们也不为难您了，反正针也不是您打的，那我们去找院长去。（两人下场）

张主任：（拍着自己的头）今天是怎么啦？哎哟，这头还真有点疼。

落幕

第三幕

地点：205 号病房

场景：三张病床，并排靠右，左边有两个方凳。三个床头柜上放着些水杯水果和水壶。2 号床金姨坐着，3 号床吴玉梅躺着。

启幕

（李菊上场，走进病房）

吴玉梅：（起身）李姐，今天你回来得挺早哇。

李菊：总算都检查完了（走到床头柜前，拿暖瓶倒水）什么验血呀，查尿呀，胸透呀，心电图呀，CT 呀，合磁呀，脑彩图呀，B 超啦，还有个叫什么来着，忘了名啦，把人绑在一个板上，一会这个板就转起来了，一会头冲上，一会头冲下，哎呀，弄得我现在还头晕呢！

吴玉梅：你不就是小腿上长了个蚕豆大的疙瘩吗？至于检查这么多项？

李菊：大夫给开的单子，不检查行吗？进了医院，大夫就是上帝。这三天给我查的，真是从上查到下，从里查到外，一点秘密都没啦，全曝光了啦，楼上楼下一通跑，一天好几趟，可把我遛得够呛！

金姨：你年轻，身体好，我刚住院那几天，累得我真想出院！明天我还得去北京肿瘤医院，也不知道那个医院怎么样。

（吴玉梅的爱人拎着壶去打水，下场，护士上场）

护士：205 号房 1 号床，你的押金用完了，该交押金了。

李菊：啊——刚三天就五千块！我的天！

护士：你不想想，这三天你查了多少项呀？你就知足吧。

李菊：本来是三百块的门诊手术，这可好，手术还没做哪，五千块钱没啦！住院处的说，用不了还退哪，退什么呀？五千块都不够！

护士：人家说的是多退少补，你这不是多退，你是少补，不够，可不就得补嘛。

李菊：我这五千块花了，你们给我检查出啥毛病了？

护士：听大夫说，没查出什么毛病。

李菊：什么毛病都没有，五千块没了！

护士：嘿——你这人，检查没什么病不好？非得查出点病来，你才高兴？没毛病应当高兴才是啊！

李菊：五千块没了，我高兴得起来吗？你知道我们是一个普通工人，挣这五千块多不容易呀！上有老，下有小，物价又噌噌地往上蹿，我们是百姓，不是大款！

护士：你不是来治腿上的瘤子的吗？总不能检查完了，不治，又带着瘤子回家吧？再补交四千块押金，（递过一张条子）这是大夫开的条子，你看看。

李菊：（接过条子，看了看）啊——又四千！这就九千啦！这不是要命嘛！

护士：你看着办吧，大夫说你补交完，准备准备，明天手术。不补交也行，你现在就可以出院了。

金姨：得了，小李，怎么说也得把腿上的瘤子给做了呀！补交吧，我都一万啦，不也没动手术哪！

（护士下场，李菊走出病房开始打手机）

李菊：老公，是我，钱不够了，医院说明后天手术，叫补交四千块钱，押金不够了。你再向我哥借四千吧，早点送来。哎——这百姓看病真不容易呀！行，我知道了。

（吴玉梅、大夫、赵永刚拎着暖瓶进了病房）

赵永刚：告诉你们个新闻，刚才我去打水，在楼道里碰见了那个黄老太太，就是那个整天穿着干部服的老太太。

吴玉梅：就是那个307号房一号床老王头的爱人吧？

赵永刚：对，就是她，正在三楼发糖呢！

金姨：噢，就那个马列主义老太太，她发什么糖呀？

赵永刚：这个医院不是给老王头判成肺癌晚期，都转移到膀胱了吗，人家昨天没开刀。去了北京肿瘤医院，到那一检查，你们猜怎么着？（非常神秘地看看大伙）

吴玉梅：卖什么关子?！你就快说吧！

赵永刚：北京肿瘤医院的专家说，胸部阴影不是肿瘤，是老王头几十年前肺病好了的钙化点！

李菊：啊——（几个病号互相递了递眼神）

姨：那膀胱呢？

赵永刚：膀胱那不是肿瘤，是个囊肿！一看老王头的病历，四十多前就有，几十年没有变化，还是那么大小，专家说那是胎里带来的，人长，它也长，人不长了，它也不长了。

吴玉梅：专家真这么说的？哈！（全屋的人都笑了）

李菊：这不是误诊嘛！

赵永刚：是啊！是误诊。老王头一家一听没病，立马全家庆祝一番。这不，黄老太太高兴得见人就发喜糖！

（孙明哲上场）

孙明哲：嚯，真热闹，你们都笑什么哪？

李菊：老孙，待会儿叫金姨给您讲吧，是件奇事。

孙明哲：待会路上讲吧，老金，马上穿好衣服，车在外面等着呢，咱们今天去北京肿瘤医院去，大夫都约好了。

金姨：干什么呀？

孙明哲：咱到那再检查检查，号都挂好了，车在楼下呢，快点吧。

赵永刚：大叔，你还真有先见之明啊，高，实在是高，金姨，你是应当去那再检查检查，你没听刚才讲的老王头的事?!

（孙明哲搀着金姨走出病房，下场，赵永刚送出门，王军上场）

李菊：你交完押金了吗？

王军：交了，哪能耽误你的事呀？

李菊：你向我哥借的？

王军：没有。我向工厂借的，你就别管啦！哎，金姨呢？出院啦？

李菊：没有。她爱人领她去北京肿瘤医院检查去了。

王军：怎么啦？

李菊：昨天那个张教授来检房，判定金姨是截肠癌那个张教授是这个医院请来的市级医院的专家，每周来这个医院一天，大手术还都他做，他一来，所有内科大夫都跟着。

王军：我说呢，没听说金姨手术，怎么会出院呢?!

吴玉梅：王哥，外面有啥新鲜事，给我们说说。

王军：最大的新闻还是美国的金融风暴。美国一感冒，全世界都打喷嚏！全世界股市狂跌，石油价格狂跌，就连美国的三大汽车都要破产了，已申请国家紧急救助呢！

赵永刚：活该！美国就是全世界的祸根！它一会儿欺负这个，一会儿欺负那个，全世界没有它不插手的！它凭什么进攻伊拉克？不就是想霸占人家的石油吗？台湾碍它什么事了，那是咱中国的内政，它也横一杠子，让咱们中国不能早日统一，咱们中国也是傻帽，买美国七八千万美元的国债，咱们这挣点钱全帮了它啦！它不感恩，还给咱捣乱！就得让它危机！要我说呀，趁美国金融危机，咱们中国应当到美国抄底去，把它的通用汽公司买下来！让它看看马王爷长几只眼！

吴玉梅：你别瞎说，你这个人哪，要是在阿富汗，非得报名参加拉登的队伍不行，还是听王哥的。

王军：我给你讲一个今天刚听到的笑话，不过这可是真事，这是我们工长讲的他儿子的事。

吴玉梅：王哥，快讲。

王军：我们工长的儿子上小学三年级，我们工长检查他儿子的作文时，发现他儿子是这样写的，“新中国成立前，我爷爷上山下乡时，可苦啦，吃不饱，穿不暖，还得每天去山上凿石头，新中国成立后，我们家才过上好日子，我们要珍惜今天的好日子。上山下乡成了新中国成立前的事了”！

吴玉梅：啊——，上山下乡都成了新中国成立前的事啦！

王军：我们工长的父亲62岁！“文革”时，在山西插秧十五年哪！

李菊：别白话了，儿子该放学了，快回去给儿子做饭去，给儿子弄点好吃的！做作业时，让他离桌子远点，别近视眼了！明天我可能手术，你早点来。

王军：行，放心吧。我早点来，还带点什么？

李菊：什么也别带了，快去吧，别让孩子等急了。

王军下场

落幕

第四幕

景同前

第二天，早上。

地点：第205病房

吴玉梅躺在床上，李菊坐在床上看一本书。

启幕

金姨、孙明哲一前一后上场

金姨：明哲，这精神作用真是了不得！专家一确诊我这是肠吸室，我立刻觉着肚子不怎么痛了，你说怪不怪？真要是确诊我是癌症的话，我估计我就走不动了。

孙明哲：这医院和医院，大夫和大夫就是不一样！水平不一样呀！

(走进205号病房)

李菊：金姨，回来啦，检查怎么样啊？不错吧？

孙明哲：不是截肠癌，是吸室！

吴玉梅（拍着手）：太好了！太棒了！您还不赶快告诉大夫们去。

金姨：都去过了。

李菊：这儿的大夫们怎么说？

金姨：还是让老孙说吧。

孙明哲：我进办公室，装着愁苦的样子说，李大夫，你们还真说对了，嗨——小李大夫：胸有成竹地说，专家说的还能有错，人家是教授！拿诊断书让我看看，我把肿瘤医院的诊断书递过去。小李大夫一看诊断大叫了一声，摘了眼睛又看一遍，愣住了，张嘴说不出话来，那几个大夫一下都凑过去抢着看那张诊断书。是吸室!？几个大夫异口同声。接着又纷纷去争着看那张片子。小李大夫手里拿着眼镜一屁股坐到椅子上。

吴玉梅：也让这帮大夫开开眼！让他们见识见识什么叫吸室！

孙明哲：你们知道我为什么一听说他们诊断老金的病是截肠癌，就决定带她到北京肿瘤医院去吗？因为我知道这里面的秘密！

吴玉梅：什么秘密？

孙明哲：什么秘密？这可是绝密！

金姨：别卖关子啦！快说吧，还不定从哪瞎听来的呢！

孙明哲：什么瞎听来的，这是一位专家告诉我的！

李菊：老孙，快说说，快说说。

孙明哲：知道吗？100个被定为癌症的病人，其中只40%是真癌症，其余60%都是假癌症！

吴玉梅、李菊异口同声：啊——！是真的吗？

孙明哲：那当然，20年前我就知道，你们金姨已经被医院诊断过两次癌症了。上次是子宫癌。这次是截肠癌，2次100%的误诊！

李菊：金姨，是真的吗？

（金姨点点头）

吴玉梅：医院干吗这样啊，这不是吓唬人吗？这要不是癌症，硬给人说成癌症，还不给人吓出癌症来！

孙明哲：这里可有学问呢！

李菊：啥学问？

孙明哲：啥学问？你想啊，你要真是癌症，给你治半天，治死了，家属能说什么？癌症谁能保证治好！这是世界医学难题，比哥德巴赫猜想还难哪！哪个国家也没有医生敢说能100%治好癌症的。你要不能确诊是不是癌症的呢？先把你定成是癌症，那可保险多了．真是癌症，治死没责任，真不是癌症，治死了也没责任，因为病人和家属都不知道不是癌症，再说，手术合同上签着生死状呢！要是治好呢，那可是名利双丰收，某某大夫，把谁谁谁癌症治好了，大夫个人扬了名，医院也跟着沾光！这叫进可攻，退可守，总之大夫进了保险箱，有百利而无一害！

李菊：那些公园里每天都有好些治好的癌症患者，在那又唱又跳的，有的癌症都二十多年了，那是怎么回事？

孙明哲：那还不简单，我告你一条绝对真理：凡是治好了的，本来就不是癌症。凡是癌症就一定治不好！凡是死了的，不一定都真是癌症！

吴玉梅：孙叔，你总结的真高明啊！比两个凡是还多一个，你这叫三个凡是，癌症定性轮。

护士（上场）205号房1号床李菊准备手术

王军：（气喘吁吁跑上场）来啦，来啦

李菊：你怎么才来？

王军：我把孩子送到学校，就紧往这赶。

李菊：叫咱们去手术室哪。

王军：那去吧，还拿什么？

李菊：什么都不用拿，一会就回来，这是小手术。

（王军去搀李菊，李菊不让搀）

李菊：不用，你当我是什么大病号哪！我自己能走。

（小吴下床，金姨，孙明哲一同送到门外，赵永刚拎着水果，报纸上场）

吴玉梅：你这该死的，怎么才来！

赵永刚：上网看了会儿股市。

吴玉梅：股市，股市，你就知道股市！你呀，也就是没钱，要是有钱，非成个大赌棍不行！

赵永刚：哎，别这么说呀！这是国家让赌的！赌博为国家创造财富！彩票，股票一年给中国创造多少钱哪，好几百个亿呢！像你这一张彩票都不买的人，就叫不爱国！

吴玉梅：金姨，你瞧他这歪理，赌还有理！跟他一家子算倒了霉了！你去找找医院去，我这什么时候算个头啊？

赵永刚：怕什么，他们承认这是医疗事故了，花多少钱也是医院的事，什么时候完全好，什么时候出院！

吴玉梅：都一个月了，总在这待着也不是事啊！就算住院不花钱，这工作也丢了，你又挣不了三枣两核桃的，今后的日子怎么过？

赵永刚：一出院，把他们都告上法庭，让他们赔吧！谁让他们出医疗事故呢！

吴玉梅：你说你这人，过日子吧，一会要告这个，一会又要告那个，看看电视吧，你要去海牙国际法庭告布什去！你股票赔了钱碍人布什啥事了？布什让你买股票啦？

赵永刚：他没让我买股票，他掀起的金融风暴，让我赔了钱啦，让全世界的股市都赔啦，不告他告谁！

吴玉梅：得得得，你赶紧买飞机票去海牙国际法庭告布什去，再过几个月布什就下台了，成了老百姓了，告他也没用了！

孙明哲：我看布什先别告了，什么时候有闲工夫了，再去告他，还是先去医院问问小吴这事该怎么办了，这一月得耽误你们多少事啊！

赵永刚：我这本来是火眼金睛入市的，没想到到头来弄了个眼冒金星出市！哎——股市——纯粹是蒙市！把老百姓辛辛苦苦挣的钱都给蒙去了！（下场）

金姨：小吴，你的刀口怎么样了？

吴玉梅：这次比第一次好多了，不过两次开刀离得太近，这下边还是疼，我真怕肠子再粘连上。

金姨：多走动走动，我看你脸色好多了，还要多吃点，恢复体力吗，有病，就要多加营养，胖点就胖点。胖点有什么不好？现在的年轻人都怕胖，那么瘦有什么美?！等你身体全恢复了，再说减肥吧，现在可不行！听我的吧。

吴玉梅：嗯，听您的。

（几个人推着伤员车上场，进205号房，护士、大夫、王军一起把李菊移到病床上，护士挂好吊瓶，安放好监护仪。李大夫和护士耳语了一下）

护士：1号家属，用给她背镇疼包吗？

王军：什么是背镇疼包？

护士：就是手术后，刀口不是疼嘛，背上镇疼包起镇疼作用，病人就不那么疼了。

王军：多少钱？

护士：450元，自费。

李菊：我不用！别给我背！一个工人哪那么娇气！

（大夫护士都下场了）

王军：你好好休息吧。

孙明哲：瘤子有多大？

王军：没看着。

孙明哲：怎么会没看着呢？没让看？

王军：让看了，大夫说不小心把它给弄破了，水流出来了，就剩了一张皮、不点的。

孙明哲：不是瘤子？

王军：大夫说是囊肿，里面全是水。

孙明哲：有多大？

王军：不大点，听说也就小手指头肚大小。

孙明哲：刀口有多大？

王军（一比画）：有一寸半大小。

孙明哲：啊——，一寸半大小？开出个豆大小的囊肿！人家盲肠才开一寸多点的口子。

王军：咱也不懂，听说是个实习生开的，咱能说什么？

孙明哲：哎——，也是，名医都是病人培养出来的，明天该老金手术了，这是肠粘连的事，这还不得开二尺的口子！

李菊：王军，你去看药费单子了吗？

王军：看啦，好多篇纸哪，密密麻麻的，我记不住那么多名字，大夫写的字谁都不认识，我只看懂两个，一个是每天的查体温表，30 元。

李菊：啊——查个体温表 30 元！一个体温表才 2. 5 元，30 元得买多少体温表呀！

王军：另一个是，周三的张教授查房，一次 60 元。

（李菊霍地笑起来，吓了大伙一跳）

李菊：这不是坑人嘛！那个教授过来，问不了三句话，就走了，就 60 元，一句话 20 元，真是金口玉言哪！怪不得三天五千块呢！再住两天院这四千也没了！出院！出院！简直是进了老虎嘴啦！你看看手术费多少钱，那四千块钱还剩多少。

王军：别，别，干什么？你刚动完手术！快躺下！快躺下！行，我这就去看看还剩多少钱。

（王军下场）

李菊：我不能眼看着挨宰，我还伸着脖子往里钻，赶快拔腿跑吧，出院！

（说着就要下地，吊瓶在架上乱晃，孙、金也跑过去。）

金姨：小李，别急，别急，你刚手术完。

李菊：三百块钱的门诊手术，弄了个住院手术，五千块还不够，出院！出院！我——出——院！让王军，给我办出院手续去！

大夫，护士来了好几个。

护士：怎么啦？

李菊：我出院！

护士：你刚手术完，还得养病……

李菊：我回家养去，在这我越养越病！

护士：吊瓶，吊瓶（说着去扶吊瓶）

李菊：这吊瓶我不打了！其余的药给我开药！出院！这不是老百姓待的地，这是虎口！王军，快扶我，走！

王军：（王军上场）手术费2700元，还剩1300元。

（王军赶紧收拾东西搀扶着李菊一瘸一拐地向外走去。走到门口，面对观众）

李菊：哎——医生病了！谁给医生治治病！

落幕，剧终。

后　记

下海创业是一条艰难而又快乐的路，是很占时间的，企业的生存和发展始终是生活的中心，几乎忘了想当作家的初心。

二十年的创业路，三个企业和一个移动互联网平台，确实够我忙的，当作家的念头早已跑到九霄云外去了。

这些年我对北京房山农村，密云农村，对河北、内蒙古的农村，以及对家乡农村集体和个人的扶贫支援，也有百十万元了，我被他们聘为村的“荣誉村民”和家乡的“乡贤”。

我父亲兄弟四人，早年参加共产党，抗日战争中牺牲了三个，只有父亲活到新中国成立后。

大哥十二岁，新中国成立前一九四六年也参加了革命。

爱国是我家的传统，为人民做些好事，是我家族的心愿。

此书出版，感谢所有帮助我的人。

书有不当之处，望多指正。

王振宪

2019 年 8 月